阿 来 主编
巴金文学院签约作家书系

狐狸的后园

李 瑾◎著

四川文艺出版社

图书在版编目（CIP）数据

狐狸的后园/李瑾著. —成都：四川文艺出版社，
2012.9（2022.1重印）
（巴金文学院签约作家书系）
ISBN 978-7-5411-3543-9

Ⅰ.①狐… Ⅱ.①李… Ⅲ.①短篇小说-小说集-中国-当代
Ⅳ.①I247.7

中国版本图书馆 CIP 数据核字（2012）第 208135 号

Hu Li De Hou Yuan

狐 狸 的 后 园

李瑾 著

责任编辑	向　华	
责任校对	汪　平	
封面设计	邹小工＼经典记忆	
版式设计	史小燕	

出版发行	四川文艺出版社	
社　　址	成都市槐树街 2 号	
网　　址	www.scwys.com	
电　　话	028-86259285（发行部）　028-86259303（编辑部）	
传　　真	028-86259306	

读者服务	028-86259293
邮购地址	成都市槐树街 2 号四川文艺出版社邮购部　　610031

印　　刷	永清县晔盛亚胶印有限公司
成品尺寸	210 mm×148 mm　1/32
印　　张	9
字　　数	220 千
版　　次	2012 年 9 月第一版
印　　次	2022 年 1 月第二次印刷
书　　号	ISBN 978-7-5411-3543-9
定　　价	38.00 元

编委会名单

主任
朱丹枫

主编
阿来

执行主编
赵智

编委成员（按姓氏笔画排列）

朱丹枫 吕汝伦 牟佳 阿来 陈小海 罗勇
赵苗 赵智 胡焰 黄立新

序

阿 来

我们说如今是文化繁荣的时代，通常是以生产的规模与数量而言。

这样的数量与规模，常常是由于定制性的生产。

我们甚至可以说，今天的文学已经进入了定制时代。

由出版商定制的长篇小说批量出版。电视剧脚本、网游脚本和卡通脚本大量生产。特别是属于非虚构的我们称之为纪实文学或报告文学的文体，目前大多由企业团体和政府部门所定制。正是由于这种定制，造成了今天的文学特殊的繁荣景观。

在为这种繁荣景观倍感鼓舞的同时，我们心中也怀有一种隐忧。原因在于，各种各样的文学定制，是在大面积收获数十百年文学探索与原创所积累下来的那些成果：思想的，技巧的。因为各种文学定制需要尽量面向大众的写作，有了这样一个特定的前提，定制的写作从艺术角度而言，通常会成为降低难度的写作。不是创造新的方式，而是消耗已有积累的写作。在这种文学生产形态中，最原创，最具探索性的写作常常被忽视。

原创文学与定制生产之间的关系，犹如自然科学中基础理论研究与应用技术的发明的关系。如果没有前者，后者的繁荣是难以想象的。如果要找一个更浅显的比喻，就譬如大自然，如果没有众多看起来无用的草木，也就无法生长出那些有用的植物：可以建造房屋的大树和富含营养的果实。所谓可持续发展理论的一个重要方面，就是提醒我们，对于这个世界的一切构成，不能只关注当下就能被充分利用，产生各种利益的部分，更要关注使那些"有用"的部分构成得以发展，得以呈现的基础条件。

文学的持续生产，也要仰赖于文学最基本部分的建设。这个建设是帮助新人涌现，是期待新人带来的新作品，带来新的感受力，产生出新的思想方法与表达的艺术。

基于这样一种认识，四川省作协巴金文学院，取得四川省省委宣传部的大力支持，和四川出版集团·四川文艺出版社合作编辑出版"巴金文学院签约作家书系"，着力发掘富于原创能力的新锐作家，资助出版他们在文学创新方面的文学成果。这种举措的唯一目的，就是为四川文学长远的可持续发展，做一些计之长远的人才培养与新的艺术经验积累方面的基础性工作。

【目录】

金钱怪耳僧

传说在另一重天上，有一个和我们这个世界相对应的、却比我们这个世界美好得多的世界——琉璃界。

琉璃界里，生活着许多美貌的人，个个额点红痣，臂缠金钏，肌肤雪白，漆黑的长发水一样垂到纤细的脚踝。而这样美丽的人和我们的现实世界却是一一对应，并存在着星球引力般奇妙的联系。

也就是说，现实世界里有一个你，那么琉璃界中也必然存在一个你所不知道的你：如果你在我们人世间的美貌多一些，那么相对在琉璃界中的美貌就要少一点；如果你在琉璃界中的美貌多一些，那么你在现实世界中就必然会丑陋一点，每个人两个世界里美貌的总量均等，到底怎么分配，在你出生之前已由自己预先选定。

有人觉得琉璃界里人们的美貌基数本来就高，自己稍丑一点似乎也没什么关系，现实世界里人都长得平平，倘若生就一张美好的面孔定能被别人重视几分、占尽便宜，于是他选择在现实世界里美貌一点；而又有人觉得现实世界里大家都丑也无所谓谁瞧不起谁，但在琉璃界那个美人云集的地方，如果自己长得不好定然自卑万分，所以他把自己的美貌留在了琉璃界。

这是一个秘密，然而秘密的存在就是为了不胫而走。知道这个秘密的人看见这个世上的人就有了自己的想法，比如说这个人长得还行，那么他在琉璃界里可能就相当抱歉；而那个谁谁，一双水泡眼，难说琉璃界里不是擦肩而过惊鸿一瞥间的明眸善睐？但是这个世界上大多数人都长相平平，看来出生前都颇为踌躇，最后为了保险而将两个世界里的美貌程度对半分的人不在少数。这真叫人乏味是不是？怎么就没人敢在一个世界里把自己逼到极处，来换取在另一个世界里天上地下唯我无双的光华夺目？

直到有一天，他看见了一个叫他大吃一惊的人。

这个人是个丑陋至极的女僧人，一只耳朵萎缩成小小的一团贴在脑袋上，另一只耳朵上的肉又过于肥厚，直垂到肩膀上。她从他身边走过，眉眼耷拉，旁若无人。

他的心怦怦直跳，这就说明了在另一个世界里存在着一个天人一般的绝顶美人，他决定不管怎样，一定要找到她。

琉璃界。

他寻找了很久，苍冷的眼睛见过许许多多的河水缓缓流动，触摸到许许多多的花缓慢盛开。从这些河边和花下经过了许多美貌的人，个个微笑满目、含情脉脉，但是没有一个是她，因为他们都无法浇熄他心中焦灼的火焰。

直到有一天，他在路上遇见了她，就和在人间的时候一样。甚至根本不用多花脑筋来辨认，因为现在的她就和在人间时一模一样的丑，一只耳朵萎蔫，一只耳朵肥肿，相似的眉眼间烙着一个金钱形状的烙痕，好像被抓获的窃贼留下的耻辱标记，更丑。

他决定为自己艰苦地寻找要个分明的答案：为什么两个世界里的你都不美丽？

那人低低地笑着，好像泡沫在炭火上"吱吱"烧："如若不然，怎么会有这么多人在两个世界同时无尽地寻找我呢！"

我大姑

在我的成长历程中，大姑是一个很重要的组成部分，重要到跟家里那张用了二十年的实木饭桌一样，桌上吃饭的人也好，桌下打盹儿的猫也罢，几乎已经觉察不到它的存在。而它确实在那里，安静地发挥着它的作用，日复一日。

我妈是非常受不了这种"作用"的，"作用"始于二十多年前我妈和我爸相识。食堂打饭的大姑每次看见我妈，菜勺就会向下一颠——母亲因此就会得到比菜票份额多一点的饭菜，看看吃不完，便留着下一顿自个儿在宿舍里热热——这样又俭省了一顿。一来二去，大姑在中午吃饭的时候也会端着只搪瓷大碗在我妈身边挨挨擦擦，一边拨拉着饭一边嘴油油地说："小米，给你介绍个男朋友……"

那时我爸正暗恋着职工医院一梳童花头的小护士，被大姑汹汹一票否了："还是小米好，会精打细算过日子……"我妈告诉我，她迄今没明白这句话是夸她呢，还是另有其他意味。

在大姑半自由半封建家长制的撮合下，老爸老妈在一起了。不久听说单位上的党支书原本是准备把我妈介绍给他儿子的，抢来了高枝上的凤凰，大姑很为自己的眼光得意扬扬。其情状像八十年代初那场抢购风潮，大姑硬是凭着比别人敏锐一点点的眼光和宽厚一点点的身板，在滚滚人浪中抢先扑进国营商店大门，披头散发地将若干肥皂、毛线、暖水瓶运至人海外圈被吓得脸色发白的我妈处。虽然不久这场虚惊的风波就被国家调控平息了，家里平白堆的那堆大姑喊着号子血拼来的东西，光肥皂就用了两年，但谁敢说大姑是不对的呢？

"不是为着这些东西，而是不愿屈了她这份心！"我妈常常叹息。

就是凭着"这份心"，大姑堂而皇之地从意识形态到上层建筑全面占领我们家。比如周末，老爸老妈是决计不敢睡懒觉的，因为大姑一早会来我们家指挥我妈拆洗窗帘被单沙发罩，当我妈很悲愤地奋战在搓衣板肥皂泡第一线时，觉得身后恍然多了个婆婆。正牌婆婆和公公早在若干年前的那场饥饿中去世，是大姑拼着去商店抢购的精神发狠将自己的幼弟带大。为了唯一的弟弟能留城，不惜去最偏远的乡下插队，一插就是十几年，匆匆插过了少女最年轻的韶华，换来的是每逢探亲假挑回城里的一担几十斤红薯，还有喘着气从贴身衣兜里掏出的手绢包，一层层打开，是辛苦积攒的工分换来的全国通用粮票。

据说大姑年轻时是个铮铮的铁姑娘，干活好，思想红，连那一身的确良衬衫灰布鞋都比别的女子浆洗得干净挺括。这样的女子当然期冀一份同样干净挺括的爱情，"如同一只百灵儿唱歌另一只百灵儿和"，这样的爱，是那些只想一男一女凑合成家的农村青年和城市大龄男所无法理解，亦给予不起的。所以大姑决定一个人干干净净浆洗着自己的日子，乐得清净。但是再清净，人心底还是渴望一些家常的温情，就像最下饭的还是家常豆腐一样。大姑每天一个人在自个儿家里收拾匀停了，就寻思到我家这块"地"里来逛一逛，她总觉得我家这块"地"如果长出什么杂草稗子，她不插手那就是处理不干净的。

妈是个脾气好的小媳妇，能做到表面客客气气，但心里总是疙瘩呀，她觉得自己又腰做女主人的身份好像被剥夺了。但是大姑那样能干，煎出的海椒油四邻八里飘香，一小杯卤水能够点出一大锅云一样嫩嫩的豆腐花，还会自己酿甜酒、做臭豆腐，简直是那个时代无所不能的机器猫。连小时候的我也喜欢腻在大姑背上，大姑身上的味儿总像今年的新米熬下的粥，又清香又家常的亲热。

遇到老爸出差，大姑干脆卷着被盖卷搬进我家，兴兴头头的理由是"两个女人做伴，夜里睡觉不会那么怕"。看着她那么兴奋地撸着袖子刷锅屉，我就疑心她其实是很乐意老爸出差的。但是接下来的晚饭里，大姑端出蒸得满满当当的粉蒸肉，往海碗里一扣，糯叽叽的肉排上，细密密的红薯泛出油亮亮的光，把我的两腮塞得肉鼓鼓的，然后我就满心欢喜地觉得，其实大姑来也是件挺不错的事儿。

连爸出差回来，看见大姑执掌着这个家，也觉得家里更有家味儿。大姑一边对爸问长问短，一边指使着我和我妈去打盆洗脸水、拿双拖鞋什么的，连出去买二两肉都不让我妈插手，她要亲自去，荤的素的怎么匀停，她心里自有调度。

我想我和我爸看待大姑和我妈看大姑最大的不同，就在于我和我爸把大姑当做我们家的一分子，而我妈总把她看做隔了一层的外人。女人在一定范围内总有自己的气场，她习惯于在自己的老公、孩子、碗柜、拖鞋、毛线针……前面都加上"我的"、"我的"、"我的"、"我的"……所以大姑踩界踩得我妈很不爽，偏偏这种踩界又踩得那么贤惠，就使人即使敢怒也不知道该如何言。

我妈背后就跟她那帮小姐妹们诉苦，诉着诉着为了加强苦大仇深的力量，还把大姑怎么从食堂往家里捎盐带醋那点小破事儿抖落了出来。那年月，人人最恨的就是凭什么别人占得到公家便宜我占不到，这番话败坏了大姑不少的好人缘。后来想起来，大姑也许是在某天，端着她从食堂节俭来的盐鸡蛋兴冲冲地赶来我家的路上闻知此事的，她也许觉得心里有点凉，从此以后渐渐地就少来我们家了。

那个时候我爸经常出差，我和我妈挺受人欺负的。起因是我妈单位上那个小科长，把一部门员工的独生子女费都吞了，也不多，每月一家孩子五块。但八十年代的五块钱就等于一大兜白糖，我妈为这一大兜白糖硬是向上面妇联组织告了状，消息捅下来，那小科长把一单位的都还了，就该着我们家的不给。我妈去食堂排队打饭的时候还故意把烟头扔我妈饭盒里。我妈当时把饭盒一丢，上去就厮打起来，完全是以卵击石。我在旁边哭得哇哇叫，扑上去就一口啃在那小科长手肘上，小科长擂鼓样在我背上咚咚擂了几拳，就把我当小破鼓一样撂在一边。

大姑像孙悟空一样排开众人，掂着大菜勺就出来了！她先把我们隔在一边，再用大菜勺点着矮她一头的小科长的脸，好像平时磕鸡蛋那么娴熟。某年某月，小科长他媳妇又来食堂拿了三百个鸡蛋；某年某月，小科长又带亲戚来吃了几桌打白条；某年某月，小科长又来乱开发票报账……大姑眼睛瞪得圆圆的，"你敢再打一下试试？"

那天大姑又搬进了我们家，她不看我妈的脸，自顾自地说两个女人抵挡门户总是安稳些。

晚间下起了淅淅的雨，白天挨了打又受惊，我开始发烧，脸红得又咳又喘。那时我妈他们的野外勘探部门长驻在乡间，到最近的有卫生所的镇上要走四十多里山路。我大姑背着我，我妈在旁边打着电筒举着伞，天地间只有两个女人歪歪斜斜地互相扶持着，一身泥水的救一个小孩子。

后来妈和大姑的感情变得很复杂，做了什么好吃的都会让我做信差给彼此带一份，大家心里都明白对方的心，但偏又拉不下脸来握住对方的手说一个好字。

我考上大学时家里请客，大姑不请自来操持，她比谁都兴奋，一两白酒的小酒盅挨桌儿敬下来，大有"感谢天感谢地，感谢阳光照亮了大地"之势，敬到最后她醉得有些哽咽："小宝是她爸她妈的闺女，也是我的亲闺女，今天我闺女考上了大学，有我的骨气！我荣耀！"

她突然弯下腰哭了起来。我妈开始听了她的醉话只是笑，笑到后面竟也笑不出来了。

我的离家上学使我妈和大姑的关系亲密了起来。女人对于孩子的思念总有些祥林嫂般的强迫式，也只有我大姑能招架得住我妈并且彼此心意相通了。晚饭后我妈和大姑蜷在沙发上看电视，看天气预报，首先就是注意我上学那座城市。

"天冷了，要提醒孩子加衣服。"另一个点点头。

"天热了，要提醒她把盖了一冬的棉絮拿出来晒晒。"另一个又点点头。

天气预报后接着看那重播了八百遍的《还珠格格》，因为两人一致觉着里面的紫薇长得挺像我。

"看啊，我家孩子那酒窝笑起来也是这样的。"另一个也兴奋，唔唔直点头。

遇到反派角色暗害她们的紫薇格格，两人那个恨啊，沙发边上全是指甲印子。

毕业后的这几年，我一直计划在工作的城市按揭一套自己的房了，把我爸我妈都接过来。大姑知道这事好几年，她想问想说什么又不好开口，一定希望这件事拖得越久越好。

房子的事情终于确定下来。这下大姑开始禁足到我们家来了，她一定害怕我们以为她舍不得我们、想死皮赖脸地拖累我们，几十年做人的经验告诉她，要"知趣"，才不会惹人厌烦。有时我从她门前过，她站在小阳台上看见，就急匆匆地走开。我在楼下站住仰头看，她隔了一会儿，又在窗帘后露出一张脸来小鼠样窥探一下，看见我还在，大窘。我的心好像针扎了一样。新房子很大，三室两厅双卫，爸妈一个房间，我是最小的那个房间，还有一间，那是准备给你的，大姑。我一直一直打算着，那也是你的家。

一直以来，你一定觉得很孤单吧？那么那么想"染指"别人的家，其实也是想在关心别人的过程中体会一些温情，感受到自身的存在。就像没有人可以拥抱，环紧双臂，身体也可以感觉到温暖。你并不像你平时表现的那么强大，你像个孩子一样那么害怕被"遗弃"，其实你才是最需要被关心的那一个。

大姑知道自己也有份搬新家，一下找到了归属感，心也亮堂了，仿佛叫她做什么都愿意。隔了几天，她到处张罗着卖她五十平方米的那套小房子，"新房子总要装修嘛！哪能让丫头一个人扛了！"又隔了几天，我们发现她居然在楼下东北人开的那家小饭馆里帮厨，在没装抽油烟机的小厨房里，烟熏火燎地炒菜炒得呛呛地，理由是"新房子总要配家具电器！丫头一个人哪儿顾得过来……"

大姑、我的大姑！不行了，我写不下去了……

记得她

母亲得了老年痴呆之后，他们兄妹就很少回家了。

不是不孝，每年还是大把大把的钱寄回去。"五一、十一"的时候兄妹之间通电话，"今年你回去吗?"

"我不回去。"

"但是我寄了五千块回去。"

"我也是，三千块，还有特地给妈买的羊毛衫!"

仿佛用物质来辩解，表明自己并不是全无心肝，这就算是对母亲尽到责任了。兄妹两个互相安慰又好像是给自己打气。

"算了，有空再回去看妈吧，只是可怜同样六十多岁的老父亲一直受着她了。"

一切的原因在于母亲的老年痴呆症和别的老人很不相同。别的老人犯了病，顶多傻点，吃饭行动的时候需要人伺候，一不小心口水从下巴上滴下来。不过是多尽一份孝心而已，为人子女的又怎么会嫌麻烦。但是母亲的老年痴呆，却是特别的清醒而精明，精明得仿佛把前面大半生的温柔敦厚都补回来了。她唯一记不起的只是她现在是谁，是一个辛勤耕作了一辈子终于可以安享晚年的农妇，和相依为命一辈子的老伴住在儿女们为他们修建的新房子里，吃的穿的什么都不缺，他们终于成了村子里让别人羡慕的人家。

但是，这一切她统统不知道，这样平静的幸福放在她的鼻尖前她也视若无睹。她的思维慢慢回溯，她整天地哭，她意识里面的李书琴，就是她自己，仿佛置身在十年前的岁月里。那时，她的大小子争气，给她长脸，考上了北京的名牌大学，是村子里面这么多年以来第一个状元！但是这个状元愁坏了她。一年三四千的学费，还有吃的用的，她看着自己磨得秃秃的十个手指头和旁边老实巴交的丈夫，哪儿来这么多钱啊！况且二闺女今年高三，明年也该考大学了，孩子们都争气好强，这点像她，哪怕饿得黄皮寡瘦成绩也是一争一的强，从小到大的奖状贴满了家里一面墙。晚上，她在黯淡的灯下做活，看见这面闪闪发光的墙也会笑出声来，这是她贫穷生活里唯一一丝希望一丝好梦了。为了这丝梦，她咬着牙把两个孩子拉扯到高中，现在家里穷得已经没有什么能换成钱的东西了。但是她倔强，一手拉着儿子，一手拉着女儿，挨家挨户上门去借，进门先让孩子给人家跪下磕头，有拉不下脸借了钱的，也有冷嘲热讽看笑话的。但她只是微微笑，拉着孩子步履平静地走向下一家，她在儿女心中稳得像座大山，沉甸甸，很安全。

但是，现在她哭，十年后病得神志不清的她在哭，她骂几十年的老邻居是王八羔子，她说当时她都那么难受了他们不借钱给她，是嫉妒她、作践她、为难她。她分明忘记了哪些人是故意不借、哪些人是确实拿不出多余的钱，她也忘记了这么多年邻里间和睦相处，别人家一有什么事她就赶去帮忙的古热心肠，她只是潜意识里觉得别人亏欠她，于是她就要叉在门口挥舞着双手，用最粗陋的村语来骂个痛快，把当时淡然一笑中强行压抑的委屈全部爆发出来。老伴赶忙关了门把她往屋里赶，然后背抵着门承受着她的乱打乱撞。晚上等她睡了再拿上东西悄悄去给邻居赔礼道歉。

后来实在借不到多少钱，那年月的日子谁都拧巴。她在灯下面看着桌子上一堆大大小小的毛票，眼泪抹了一夜，一边抹一边回过身去给炕上的孩子揉额头上磕头磕出的红印，那眼泪，就淌得更多了。

第二天，她鼓足勇气给闺女商量，就保一个吧！牺牲一个总比两个都上不起学好。

但是女儿看她的眼神很静默，小小孩子也有自己的心思，并不认为自己是个女孩就该牺牲。

女儿哭着在她脚边晃她的裤腿，简直让她的心都要碎了，虽然她木着一张脸被摇得晃来晃去，"妈，让我读书吧，求你了！"为什么这么不懂事！这个世界上谁都在逼她，连她亲生的孩子都这样，她狠狠给了女儿一耳光，翻过身来又心疼，以后就再也没提退学这件事。但是这么多年以来，她知道女儿心里对她有浅浅的怨的，毕竟她当时曾经想要牺牲她。但是她装作什么都不知道，女儿来，女儿再带着自己的女儿来，是她的小孙孙呢，她抱抱，当时那件事她以为自己也许都忘了。

但是现在她病了，一切反而清晰起来。上年女儿一家回来的时候，她愣是拦在门口不让进，她斜着眼睛贴着女儿的脸说："你知道妈有多苦！你为什么就那么狠心！"

很多邻居来围观，女婿又是城里人，脸皮特别薄。这时她又说："只是让你出去打工帮哥哥，报纸上很多人都是这么做的，别人做得，你为什么做不得，又不是让你出去当小姐！"

这句话重重伤害了女儿，邻居发出一阵阵轰然的笑声，最后女儿是哭着被女婿拉走的，怀里她的小孙孙扯着嗓子哭，但她已经不认识她！

儿子回来也是这样被她戗了一次又一次："你考大学，你神气，你的前程是踩着你妈一步步往上走呢！"

半夜儿子睡觉，也被她惊醒，她坐在他的床边上低头俯视着他。"你长得又白又净！你是城里人了呢！你看你妈多苦，好苦，六月热天去给你背煤渣，煤渣！你大学读得舒不舒服？我摔了一跤滚到山坡下，煤渣全部戳到手掌心去了……"她使劲揉搓着那些早已消失的伤口，像个孩子一样泪大滴大滴下来，"好痛……"儿子抱着她，又心疼又不知所措。但是这样一次又一次，谁都受不了，儿女渐渐都不回来了，逢年过节别人家热热闹闹，他们家只有汇款单准时到达。她睡在家里面梦里都在叫骂，老伴一个人瑟缩着站在村外的小土冈上，看着归来的人走过一拨又一拨。

儿女不回来了，邻居不往来了。在她面前唯一勤勤恳恳陪着她的，只有那互相搀扶着一辈子的老伴了，她也没有放过他。

半夜他醒过来，是她在推他，开始推，后来拿脚踹，"滚！滚！谁让你跟我睡在一起。"她掩住衣领惊恐地缩在床的最里面，"我为什么要嫁你？你这个农民！"

那年月她成分不好，下放在他们这个穷乡僻壤里，因为心气高傲没少受欺负。别人家的儿女有爹妈从城里捎来的信、寄来的东西，她什么也没有。然后日子慢慢过去，别人家的儿女有家人亲戚想办法慢慢弄回城里，她仍旧一个人从地里直起腰，看着他们一个个远远离开。

她的爸妈在那场运动开始就不堪折磨双双离世，人世间只剩下一个冷冷清清无人理睬的她，一年又一年，她的一年又一年就这样过去了。

有个人一直在默默爱着她。他没文化，家里又穷，祖上的贫农，远远看见她直当她是仙女！现在他愿意不怕连累地娶她给她一个家，人说她多大的福气，只她知道自己穿着粗布红衣迈进那个破旧的小院时心里的不甘和不愿。但是他毕竟是个好人，成了夫妻她想该对他好。大冬天社里组织跳进塘里挖寒泥，他冻伤了腿，但是第二天还要去，不去就是不积极。夜里他痛得睡不着，是她呀，解开自己的袄子把他的腿裹在自己的胸膛上，他夜半醒来，发现她睡过去了，下巴还抵在他的腿上，脖颈儿暖着他的膝。

他有时觉得她也许不爱他，她和他话说得那么少，不像农村其他两口子那么吵啊骂啊，骂完了又亲热得要死。她和那些陆续离开村子、鼻子上戴着眼镜的知识青年才是一类人，看上去也更相配。但是这个念头他不敢多想，仿佛想啊想啊她就真走了，回到她该去的地方，像传说中的仙女终于找到了自己的羽衣。她已经是他们这个家、是他和两个孩子最依赖的存在。他一觉醒来吃着她做的饭，穿着她衲的衣，她温柔美丽，她朴朴实实，对一切隐忍而克制，不管生活出现多大的坎，从不见她皱皱眉头。她就像一翼温柔的庞大羽翅，一家人在她的庇护下始能安安稳稳。

但是现在她骤然缩小，像只新生的鸡雏般无依无靠，心里刺痛她很多年的那些棱棱角角开始不管不顾地浮出水面，她打心眼儿里一直一直委屈嫁给他，事情一开始就不应该这样啊。她是李书琴，出身在书香世家，三岁就能背诵唐诗，六岁就学唱英文歌的李书琴啊。当初父亲给她取这个名字就是希望她是个才女，以后升大学、留洋、做学者的，不然为什么名字又带书又带琴？她在这片贫瘠的土地上满脸风霜，和这个一个字都不识的男人浪费着自己的才华，虚度着自己的时光已然多久，现在张开嘴巴，无声地合上，还能唱出一句往日的歌谣吗？

他发现她安静下来不跟他闹时，反反复复把家里的被子叠起来打成一个包，拿绳子十字捆了，旁边系上一个搪瓷水杯，杯子上印着一个红五星，还是那年月的物事，杯口磕掉了几块瓷，露出黑黑的底色。她的手法如此熟练，好像在梦里演练过多次。她心中那个冬眠已久的秘密，惊蛰一样在她懵懂的心里开始苏醒。

父母平反后，她终于收到一张曾经心心念念的返城通知书，说是迟来，是因为那时她的二女儿已然降生。她看看怀里喝饱了奶脸蛋红扑扑的女儿，看着满地爬的儿子，昏暗的煤油灯下墙壁上糊着发黄发脆的纸，他正因为风湿浸了腿，躺在炕上不能下地干活。她已经是这个家大半个顶梁柱，这里的一切她虽然不喜欢，但是已经与她不知不觉间血脉相连。她夜里安顿好一家人睡下后又忍不住把手伸进枕头下面摸摸，返城通知书在那里，实实在在地冰冰凉凉地在那里硌着她的手指。她在梦里都忍不住打了背包就走，身姿无比轻盈，好像还是当初那个十六岁的少女，拿着通知书就这样走吧，出了门，出了村，太阳金灿灿照在前面的大路上，她终于可以回到以前的生活。这个梦无数次叫她笑着醒，然后捂着嘴哭。最后她仍然没走，围着围裙坐在灶前，是他的妻子他们的妈。

现在这个愿望再度复苏，她无私了一辈子，终于该给自己自私一回。她在床沿跷起一条腿打着她的背包，用的是她当初下乡时用的那根军绿色的帆布带子，她歪着头哼歌，是做小姑娘时流行的《艳阳天》，她小心翼翼地把她的红五星水杯抹得那样亮，她脸上的表情又天真又妩媚。

儿女们接到消息赶回来时，她已经卧床好几天，快不行了。枕头边上还放着她反复打了好多遍才打好的背包，整整齐齐方方正正，她精神好一点会伸手摸它，对周围来看她的人说她病好了马上就走，她要快快回去，让爸爸给她补习，她说她明年还要考学。恍惚中她越来越小，十六岁的女孩想家啊想家，家在哪里？家在天涯。

弥留的时候家人都希望她清醒一会儿最后和他们说几句话，不是说人死前都有那么片刻回光返照么？但是她始终没有回过来，她最后一句话，迷迷瞪瞪地拉着老伴的手："妈，我不想走！不想走！外面雨好大。"

儿女们背过脸去哭，老伴的眼泪滴到她的脸上。是的，很多年前她来的那天和今天一样，雨很大，下了一天一夜。

菊小姐

她宋钿也是偶然知道这个故事的。

认识这个女子，先是因为一小片银子。

彼时宋钿住在一个小小的村子里，出村五里，就是一个全国闻名的水乡古镇。宋钿也是中了那些游山玩水的小资文章的毒，看着那些山明水绿乌檐低垂、小小舟儿悠悠从河巷里划出的图片，以为那里就真是一个躲进就不理世事的桃花源，才硬是冒着被单位开除的危险先上飞机后请假地辗转投奔了来。

及至古镇两天，大大后悔。不过是个顶着老镇子名号的旅游景点罢了，大多数房子都是近两年仿古新修的，至于那乌篷船儿不过是拍照的背景，估计下水划不了五米远就会自行散架。小镇的居民又懒又刁，完全不事生产，就指着把游客当猪来宰以维持生计。一切都呈现着和宋钿以前逃离的都市相似的疲态，活像一个整容过度的妇人。

假期还长，康渡已经三天两头电话催着什么时候回去，电话的末尾无一例外是"说了三分钟了……说了五分钟了……长途话费很贵，别浪费我的话费……你到底什么时候回来？"她索性抠了电池，一个人呆呆地站在河边，风吹起瘦长的衣袂。

第二天她就来到开头的那个小村子。起因是乘拖拉机来的路上，那个瘦小又老实巴交的农民告诉她，他们村子里很多老银子，就是新中国成立前那些妇人们耳上手上戴的大圈粗耳钩耳环，绞丝银镯子，很多人家抽屉里边都压着有两件。女人最喜欢这些小东西，她被说得起了兴致。于是第一天就住在了这个老实人家，得到了一个小戒指，银圈掐花面，是老东西，上面的花几乎快磨平了。

晚上在那盏三十瓦的灯泡下，她一边听歌一边拿擦银布擦戒指，灰暗的表层渐渐像早春的污雪一样融化下来，褪出里圈的字迹，一笔一画手刻上去，稚嫩的"菊美"两个字。

宋钿心里一动，湿着手就那样从衣领里扯住一根细细的银链，银链末端带着体温是一颗白亮亮的小银锁，她把银锁抓在手里，正面三个镌刻的楷书字，从右向左念做"菊小姐"，反面是写意缠枝菊，横梁上小小一方落款，是一个"美"字。

是一个人的东西呢。

夜里宋钿做梦，有红衣女子在晦暗的天光下决然离开黑漆漆的梳妆台，镜子反射下，有锲着菊写着菊的小镯子、戒指、耳环、钗，暗哑地发着光。

天色还早，醒来时屋里闷热的空气让她出了一身汗。

隔壁的汤家作坊是做酥糖的，汤婆婆的小孙女端着盛酥糖的小瓷碗撵鸡仔玩。宋钿蹲在门槛上喝水。一小片银光，门前一瞬即失的女孩身上晃荡着窄边镯子，依稀花纹繁复。她咽了一口水招呼小姑娘过来看，是一对菊花镯子！一只上面有"悠然南山"的字样，那另一只一定有"采菊东篱"。还来不及细看，小姑娘就猛地抽回了手，大概看出了她眼睛里的贪心，女孩一边回头笑一边远远跑开。宋钿脚边只留下一块洁白的酥糖，嵌在石板地的缝里，衬着绿色的春草生得格外长。

她回头抽了两百块钱就去了汤家。

沉重的石杵砸着槽里半褐色的糖稀，碾子里一丝儿一丝儿的酥糖飞出来，渐渐变做雪白。在糖粉弥漫的空气里她俯头向半聋的汤婆婆说着那副镯子，汤婆婆"啊，啊"地答应，却是什么都没有听见，屋后催动石磨的溪水在流。

在竹椅子上并排坐下喝茶时，老太太问她："想不想听故事？"

故事，就是故旧的事儿。

很久以前，汤婆婆的很久就是新中国成立前，那时她还是小丫头，以至于这个故事她也不能分辨到底是自己亲身知道呢，还是像现在宋钿这样坐在椅子上听大人絮絮说的。

反正那个时候，村子还是附近十里八方数得着的大村子，颇有几户富户。菊小姐那家，只能算个很不起眼的中等人家，但是已经很不错了，至少他家的女人都不缺首饰戴，金的银的有那么三五件，逢年过节戴出来很不丢人，不像有的大户，空架子，女人只好在银子里掺铜打首饰……

关于这些忆古的话，宋钿又耐着性子听老太太回忆了半天，应该是好奇那个"菊美"吧，没想到流传这么多年的东西，居然还有人知道它的故主。茶水凉了时，汤婆婆才又说，菊小姐入过私塾，认识几个字，平日更是有和村子里其他妇女不同的风致。喜欢穿浅淡的衣服，这就和天天巴望着托人去省城带两身花的阴丹士洋布的一般女人很不同。村里的人除了对于富户当然的仰慕以外，对这个偶尔出来遇见，发饰精致，长衣长裙，领子上盘着菊形布扣的女子多了几分特别的尊重。

眼看到了成婚的年纪，对菊小姐提亲的人家却不是很热心。差一点的家庭都觉得高攀不上，她那么洁净又冰凉。好一点的人家又瞧不上她家的家底，况且她也不是很美貌，据说很淡薄寡像，不是宜男的福气相。还是有一家人，在她正好的辰光托了人上门来说。

何家有一个小小的庄园，产米和烟草，属于那种——农忙时长工不够，自己也会把长衫扎在腰上下地一起忙活路的小地主。何家的儿子懒，但是地里缺人让他去帮忙，他也会扛着锄头慢吞吞地跟着走。他们说他高高大大，大脸蛋子，和这家的菊小姐家世人才都配得起。

转眼近中午，汤婆婆一边扑了身上的糖灰一边进屋，她要预备做饭，如果宋钿想听故事，午后可以再来。

宋钿坐在竹椅上没动，这样的故事教她很郁闷。

同样她的生活里只有康渡。康渡"卑劣"地认为她离他不了，非他不可，因为宋钿的生活里没有其他男人。

很可笑吧。家庭健康正常成长起来的女孩儿，普通正规大学毕业，财会专业，工作过得去，有一两个至交女友，慢慢地嫁鸡随鸡去了上海啊广州什么的做云烟散，她周围也就没什么人，更加连逛街也不爱。每天下班蜷在家里上网、看无聊的热播剧，人长得又瘦又长，握起遥控板来嫣红边的细布袖子有气无力地从细溜溜的手腕上滑下，雪白皮肤下有骨，青棱棱的筋一起一伏，就这样的日子，还能找得到谁来喜欢？有个大学专科毕业、月入两千有余的康渡来陪她耗就不错了，所谓"家世人才都配得起"，一样的。

但是心里还是黯然。女人喜欢一个人，打心窝里真是流光溢转开出大朵繁花来，你在她眼角盼顾、嘴边自己回过身去低头含笑的那份风情里，都能嗅着那些花瓣香呢。但是命里遇上康渡，宋钿心里的枝子粘着冰，叶子爪子一样蜷着，她拒绝花开。但是拒绝又怎么样，她一时半会儿是放不开康渡的。

如果离开他，自己二十七八的年纪，交游又有限，只能等着别人介绍，但是大多数人都是抱着恶作剧的心态介绍一些返销回来实在卖不出去的歪瓜裂枣给她，劝她，"心气不要那么高。"

菊那时是不是也听过同样的话？

人跟人之间都是憎人好乐人坏的，他们在巴巴地等着呢，等着看她最后的下场和笑话，他们企图用命来叫她服软，用自己庸常而表面得意的幸福来刺激她的失意。这就是年龄渐渐大起来的单身女子必将受到的公众刑罚。

有个康渡终究是好的，至少她挽着他的手臂时，可以抱着兔死狐悲的心态去哀婉一下别的心高命薄的女子，然后回过头来，还有属于自己的小小幸福。

这样的情事两千多年前的曹操就有了定义，谓之曰：鸡肋。

食之无味，弃之可惜。

菊小姐在何家的媒人前，颔首低眉半晌，手中的绢子绞来绞去，女儿心样绞做一团。人说，到底是未出闺门的女子脸皮薄啊，其实是她的心里有分较，她不说好，也不说不好，就这么起身回了里屋。媒人面面相觑，只得回去。

一个月前村子里出了一件大事，李家的大少爷坐了车又渡了水，从遥远的东洋回来了。他以前在京师的学堂念书的，还参加了什么运动，村里人悄悄地咬着手指，以后怕是个什么人物呢！

村西绸布庄的大娘来串门的时候，给菊小姐的母亲带来一匹新舶来的开司米洋布。她嗑着瓜子儿说起李家的那个大少啊，高高瘦瘦的身体，在村前的牌楼前抬起了头来，眼睛是清亮亮的，说着老姐儿几个红了脸吃吃地笑。菊小姐在一边绣花，秋水横波缠枝菊，装作不在意。但是布衣领下的胸口，一小片肌肤烧得发烫。她在她的绣房里再次撑起了窗杆，从这个方向，那天她是看过他的啊，就那么偷偷地一眼，引得他心有灵犀地抬头一望，她惊措得手一抖，雕花窗格"啪"地合下来，她呆呆地站在窗前，好像那唱词里：姑苏河边上欲断了魂。

夜里宋钿把手放在胸口那枚贴身戴的圆溜溜的寄名锁上，想象着菊小姐的手也曾交叠着抚摩着这颗锁，锁在微微地发烫。她在梦里百转千回着与他相遇。

杨柳岸晓风残月，人生只若初相见，凤凰台上凤凰游，姹紫嫣红开遍……

正的，野的，该女孩想的，不该未经人事的姑娘想的，她在床上翻来覆去的，走火入了魔，魔里狰狞的鬼怪骷髅，想着是他变的，她也欢欢喜喜地搂了过来亲。门外冷月下敲了三更板，她醒不过来，她在梦里一身汗一身汗，浸透了她的菊花袄。

早上起来宋钿有些咳，想是前夜里没盖好被子，再加上古旧的村庄上又起了寒雨，淅淅沥沥更觉得凄清，年前在江南布衣上买的撒花夹衣也抵不了这初秋的秋寒。要不是对菊的故事刨根究底地好奇，她真是动了归家的念头，况且午后接了康渡的电话，听见她鼻塞着讲话又喊她的小名，嘱她吃药，多喝水多睡觉……她在电话里不耐烦，挂了电话未必没有被人牵挂的暖意。

但是汤婆婆的记性不是很好，她好像有心磨着宋钿样，这个故事模模糊糊，就跟小镇子的雨天一样，总不愿讲个分明。在这上百年的古旧碎片里，一摸就沾染上一手指尘，她知道当年那村子里兴起不大不小一桩事，就与那李家大少有关。

李家在庄子上真可以算得上望族，祖上出过状元公的，现祠上都还悬着赐的匾。就是到了大少爷父亲的那一辈，族叔里也放过一任知县。这么一个诗书礼仪的家庭，好容易逮着大少爷回来了，首先想着的就是给他安排一个门当户对的好亲事，好给这匹野马套上一个笼头，让他着起长衫来好好做个顶起门户的当家人。消息一传出，十里八乡自认为般配得起的家庭都托了媒人前来说项，女方赶着男方配也算是稀罕。菊小姐吃饭的时候，也常常听得家人这样笑，但是没人想得起她，甚至为着她的心情在跟前避讳一下也不知道。

好了，定了王家的姑娘，据说李家太太把所有看得上眼的名媛淑女的照片在堂屋桌上拢了个扇形，让他去抽一张。大少爷自己看自己的洋书，是不耐烦近前的。消息传出来有人暗暗揣测，不是心中另有中意的人儿？

消息传到菊小姐的耳朵里，她一针下去刺穿绷子上的绢布，白描素菊的蕊，有一点红颜色缠绵漾开来，那是刺破了手指流的血，但是她面上仍旧波澜无碍。

正月过后李家大少随着家里的执事礼节性地拜会庄上的门面人家。菊小姐家也在其中。菊一夜一夜没睡，又怕有乌眼眶子，强行闭了眼。早春的风吹了罢，一夜细细地响，叶子和花全部湿油油地长出来，像菊梦里嘴唇湿润的话，被子里不安定地悸动。她想自己是怕要化蝶的茧儿，白嫩嫩的胳臂，还有腿，蹭着黏黏的丝裹就的重重城楼，梦里在走，一下又一下。

五更天菊起来描眉，闺房里静静的生怕弄醒人，猫在门槛外呼吸远远地响，昨天晚上它叫了一夜呢，让人的心那样躁。

最后她复又洗干净好容易描上的妆，从外头回来的男子眼界是不一样的，她要他瞩目三分，不要把她混同为村里艳俗的碧玉们。

晚上华灯初上，中门摆开，专属男人们的宴会终于开始。女眷们只好偷偷躲在仿内廷的仕女石子插屏后偷偷地看、低低地议论着庄子上仙人一般被传述的大少爷。这时，有人觉得自己颊边刮起一阵风，有白衣白披肩的人飘飘荡荡地走了出去。

席上酒宴正酣。人们突然安静下来。李大少爷只看见一个惨白面颊、高高瘦瘦的女人，装作旁若无人样从黑漆漆的里间走了出来。这个女人，坐到了他对面的位子上，自始至终没有看他一眼，但是她仰起的脸、低垂的眼睑，仿佛都是在让他看她。他觉得怪异无比。

准确地说，这个庄子上的女子他都是看不起的，就像路旁的花，虽然盛放浓烈，但是旁边说不定还有一大团牛粪。但是并不妨碍他自上而下地欣赏她们的花哨，又羞涩又野性的生命力，让培养起城市胃口的他觉得极其有趣。而面前这个女人是多么古怪而不合时宜，明明是一样的村姑，却自认别具一格摆出一种姿态来。

菊家的老爷尴尬得很，他不认为自己的女儿是拿得上台面的东西，但又不好训斥，只举杯招呼客人继续吃啊喝啊。

她的"金风玉露一相逢"，活着醒着，梦里睡了的"便胜却人间无数"，不过是地上萌起的浅绿芽苗，那男人伸脚一踩，便作了惨绿一抹。

这是宋钿在村子里待的第二个星期，汤婆婆的故事就跟她的年纪一样延延绵绵好像永远没有终点。宋钿突然生了小人之心，怕不是为了帮着多赚几个钱，汤婆婆借这个故事故意把她阻在这儿吧？她呢，一天听一小段，午后着棉衫拖鞋，从后门沿小溪去汤家糖坊听故事，舒服慵懒得腰围长了一寸。坐在藤椅子上吃糖听故事，随着那以菊为名的女子忽而喜，忽而愁，像药剂一点点推入静脉里，渐渐入了戏。但是不成，不要说旅费所剩无多，就那份工作，真不想要了？

"您啊，就痛快点告诉我菊后来怎么样？"

"她和李家大少终究是不成的，人家瞧不起她。当然如果那次宴会上他看上了她，那么她的身份就不同了，贵人一样呢。但是现在她成了大家的笑话，连她家人也这样想，在被外面一伙儿人嘲笑时会分辩是她脑子有问题，借此远远地撇清。"

宋钿告诉她只想知道结尾。

"结尾啊，菊死了。"

"死了！"宋钿哑然，"为李大少爷？"

"那时到现在上百年了，还不该死啊？"老太太笑得狡诈。

坟头就在村西口，早年修公路挖开了，据说出了好些小首饰玩意儿的，后来就移在路边开始荒凉。宋钿撑伞找了好久，才在一根电线杆的不远处发现一个小土包，平地上微微隆起，覆盖了兔子爱吃的那种长长的青草。就有一只黑羊一直在那里埋头啃着，蹄在地上踏起圆圆的印子，衣衫褴褛的小孩站在不远处望着她笑，公路上有运砖的拖拉机轰隆隆地开过。

宋钿忽然觉得人生了无意趣。

不如归去。

狐狸的后园

郭狐从小就把往生当做了她的后园，从她三岁的时候在幼儿园的榆荫下冲往生歪着脸一笑，后者就乖乖将手里捏得浸了汗的两枚糖递过来开始。

当时郭狐转身就走，迎着阳光，将其中一块糖小心地藏在围裙兜里，预备给班上最漂亮的男孩儿吃。另一颗她则含在嘴里咂着它的甘甜。往生像奶奶家的后园，平时不用顾及，一旦推开那扇门，满目甜果繁花，他的全是她的。

从那时起，他们一直维系着这种奇妙的缘分。小学时的往生常常看着左前方的郭狐出神。那时满校都是绿男红女的统一服装，郭狐是年级主任的女儿，就有天天穿白棉布衣裳的特权；还有其他女生都是两把刷子小刘海儿的发型，而郭狐天生的好头发就那么懒洋洋地披在背上。这一切构成了那个年纪难以言喻的魅力，往生脸红、心促得自己都不明所以，回去给他在医院当医生的妈妈说，自己可能有心脏病。而郭狐则非常正经地听着她的功课、完成她的作业，对一切毫无所知。

上初中的时候，全部学生重新分班，郭狐分在一班，往生分在与她遥远得好像隔海相望的六班。数年如一日的凝视没有了落点，往生佝着背推着自行车，在槐荫落花下很是单相思地忧愁了好几天。直到一个星期一，郭狐背着她的大包课本，由年级主任的关系乘风破浪地从一班来到六班，在往生左前方的空桌上姿势优雅地放下她的钢笔。往生面皮不动，但是心里高兴得发狂，想抱着头大哭一场，手掌心攥着课桌腿，扭来扭去都是汗。

记忆里深刻的一次，是放学时的扫除，郭狐扭伤了脚，全部同学都走光了，往生还看见她坐在林荫道边等着年级主任来接。上天把女神放在了他面前，往生都不知道该怎么去对待她，只是勾着头，将单车推到她面前。

郭狐带着那个年纪少女特有的冷漠坐在了他的车后，自始至终除了"谢"字外再无其他。往生在前面费力而平稳地推着车，郭狐白裙的飘带偶尔搭了他的臂膊上，他觉得那就是额外的幸福，自己今天已经得了太多，实在不该再多要什么了。

那时的年月，校外植着一片白色的椤香，三四月的时候细米一样的花开喷了，人从旁边过，总是能激起一蓬雨花样的白粉蝶。就像整个少石中学男孩们对郭狐的爱慕，而郭狐从中自在而过，三四月的风景一样，不沾片点痕迹。曾有男生于放学路上在郭狐的身后按动着车铃，不过是外面下起了雨想送她一程，郭狐头也没回，撑开了自己的伞。

往生低下头，心里蓄存了小小的欢喜，只有他的单车载过郭狐，也许郭狐只是无意，却恰巧成就了他的与众不同，留到日后，慢慢回忆。

再后来高考，郭狐心无旁骛地和两个男生考去了北京的大学，而往生难以对人言的痴念却累得自己落了榜。那个七月里日光耀人的午后，往生在空旷的教室里找到一本残破的练习本，郭狐的，里面写着"昔人已随黄鹤去"的字样。往生把那一小片纸撕下来，抖抖索索地印在唇上吻，他的初吻。他把它含在嘴里，抵在舌上，全身郁闷得无处哭泣，回家立刻大病一场，烧退了，发现那墨迹模糊的字条还存在舌下。

后来往生又复读了一年，开初是一心一意想往北京那边考，但最后结果也只得一个本省的专科，这才领悟人终究是抗不过命，乖乖收起包裹，便自去行进了自己的人生上起了自己的学。期间心里百巧千机地关注着郭狐的消息，完全忽略了身边矮个子女生的爱慕。

郭狐在北京的学校有了一个男朋友，闻说其父母是京城地界上的领导。郭狐起先还想装冷漠，这是她前十八年对付男生的不二法宝。但是在这男孩那里却失了效用。

北京城多大啊！有多少来自四面八方的白衣狐狸在这一大片原上草之间扑腾，郭狐只是其中面容冷寂的一只，连很漂亮都称不上，一松手马上就会和其他游走的狐狸搞混掉。于是郭狐被逼着热情，被逼着妩媚，被逼着为这段爱情奉上自己的全副身心，结果还是不能求仁得仁。她讨得那男生的欢喜，后者便像特地给她脸似的带她去家里玩。那家，不过是某某胡同深处的一个小四合院子，破败残小，虽说是一家独住，但是院子里却晾着起夜用的搪瓷痰盂。

郭狐就那样站在院子里，天高秋深，她看着痰盂想哭。

后来打听了其他人，方明了那高干子弟的底细。北京城最不缺的便是干部，毕竟全国各大部门的中枢都在北京，各个行业各种级别，世袭的退休的外聘的代干的挂靠的，大大小小的领导们充斥在北京城几百年的雍容气派里。郭狐只落得个欲语还休的结局。

她主动和那个伪纨绔子弟"Say No"以后又恢复了以前的凛然姿态。只不过若说一直这般凛然，倒真使人心生敬慕。但是热了之后再冷，在旁人的眼中便似掺了些许灰的白，自然打了些折扣。郭狐心中知道，这些事总会三三两两辗转进往生的耳目，究竟他知道多少，她也不想去探究。

郭狐不知道的是，往生大学里没谈一场恋爱，写了很多不知对象的情诗。大学毕业时他成了一个高高瘦瘦、短发理得很精神的 IT 男子。

毕业后往生跟着大部队移向京城，这传说中压力与机遇并存的地方。在中关村一个公司扎稳脚跟不久，他就跟在北京的旧日同学取得了联系，参加了好几次同学会。开始一直没见郭狐的踪影，直到不久后的一次，酒过三巡，众人有些起身离去，黑衣的郭狐才推开门，姗姗来迟。

那夜往生和郭狐坐得远，根本没有搭上一句话。只在灯火微光里凝视着郭狐的侧脸，看着她在旁边男生讲的小笑话里微笑，小口地咽下红酒。等到往生清醒过来，郭狐已经不在。

往生留了心，一个月后跳槽到了郭狐所在的公司。彼时郭狐研究生在读，只是偶尔来这公司做做兼职翻译。每次来的时候黑发长衣，精致得一丝不苟，目标当然不是那一月一千二的菲薄酬劳，而是这家企业老总的独子，时任中国区总裁。

女人一辈子于情爱上的聪明一次便已足够。只要这一次用对了地方。郭狐相信总裁——她对这两个字甚至比那人的名字还来得敏感——就是需要她这一次聪明用对的人。虽然总裁在公司内部对女人兴趣了了，能从百忙的工作中抬头来注意一个女人的几率是千分之一，与她交往的几率是万分之一，在交往后爱她甚至娶她的几率更是小得不可计数，郭狐也无惧无畏地把自己置于最幸运的那个位子之上。这样握刀而伺的背景下，郭狐即使遇上往生，也不过是朝后者略微点头以示故人罢了。

盼望已久的短兵相接是在一个清晨的电梯里，郭狐进去后立即拥进好几个人，最后一个进来的即是总裁。郭狐只思考了短短几秒钟。

"先生，帮忙按下电梯，八楼。"

总裁回过头，看了一下郭狐。然后，伸手去按电梯。按完之后又似不确定地回头看了一眼。

郭狐无辜地站在那里，假装不认识他。至坏的结果不过输掉一份兼职的工作，她年轻，还输得起。

结果很久都没有下文，生活一切如常。这期间有次工作午餐，恰好和往生坐在了一张桌上，同桌的还有其他三个同事，往生请大家一人一大杯蜂蜜鲜榨橙汁，郭狐自幼儿园开始的嗜好，他还记得。

转眼公司周年舞会，能参与的只有中层级别以上的人物。然而受了邓文迪勇嫁默克多的影响，颇有些女职员把自己打扮光鲜以各种手段混进来博博运气。总裁想起了电梯里那个叫郭狐的女子，她的无知无畏不过是一种女人的滑头，是伎俩。然而在今天她理当出现的场合，却没来。一来一去，这个女子的印象在他的头脑里重复了两次。

为此他专门又举办了一次答谢客户的舞会，这次门槛降低，凡公司职员皆可参加。郭狐到底来了，打扮寒素，一杯鲜橙汁，却坐在角落里和满面通红的往生有一搭没一搭地聊天！总裁忍不住地看了她好几次，掌控欲极强的男子，手心蕴起一片潮湿。在舞会结束前，他终于走向她，"可以请你跳一支舞吗?"郭狐却以最女人的理由拒绝了他，新鞋子太紧，跳不了。两个月后郭狐毕业，成为公司的正式员工，半年内升至总裁助理，和总裁同赴欧洲公干。应该说让总裁沦陷的并不是郭狐的手段，而是他本身的好奇心。欧洲短短一个月时间，天蓝海阔，阔得能够让郭狐放下所有的戒备，内心重新还原成婴儿。而总裁是那种追寻过程的男人，当郭狐的爱作为结果展现在他的面前时，他看透了她的底牌，根基水草样轻浅。从欧洲回来时总裁已经在心里坚定了郭狐的定位，将她训练成一个值得倚赖的好下属好帮手，利用她的爱让她忠心不二，也算物尽其用——直到用残的那一天。这和郭狐的愿心背道而驰，但是当时，她什么也不知道。只是出于本能地和往生划定界限，同学会、午餐厅，这些地方是她的禁忌，她要从脚趾开始，洁身自好。于是往生很多句的问候，都随着郭狐的匆匆而遁消失在喉咙里。这个时候往生的租住屋中搬来一位新房客，小清秀小清秀的，叫温温，喜欢穿花布拖鞋满屋乱走。

温温对往生很好，做晚饭的时候常常多做往生那一份，去超市买卫生纸洗发水总是买大包装的，放在厕所里大家一起用。往生这辈子只会暗恋，学不会爱人亦分辨不出被爱。温温的好意他只能笨拙地接受。

有天雨后回来，往生受了凉，温温张罗着让他洗完澡换了衣服后，按家乡的土法拿茶匙给他刮痧。茶匙沾着碟中的酒，往生的背上一刮一条殷红的痕。

"温温你为什么要对我这么好?"

温温湿手将耳后的头发一绾："笨蛋，你认不出我啦?"那年专科学校的矮个子胖师妹，鼓鼓的脸颊上生着红痘，弄掉了死乞白赖问他借的专业书，再理直气壮地一顿顿约他吃饭，"我欠你的。"

转眼温温已经变得这么清瘦，从流年纷扰的尘埃里走出来，她已经找了他这么久。

往生觉得鼻酸，自他在窗外看见办公室里拥吻的郭狐和总裁，然后默默地把手中的伞放下，转身，走入雨里开始，他凝涩的眼睛在温温一下又一下的刮痧中，开始流泪。

参　商

这是一个老套的故事。我想我病了。

遇见凡静时，正是我病得最厉害的时候。我若无其事地和她相亲、吃饭、喝咖啡、看电影，看完《达·芬奇密码》后送她回家，在午夜的安静里我倚在她楼下吸一支烟，听着她的脚步"噔噔"走上楼去。

夜里上QQ，汉魏的头像在地球那一边明媚的阳光下闪动，我向她述说我和凡静的快乐。我说凡静买沙冰的时候习惯要两碗，一碗红豆的，一碗绿豆的，在街边的小桌子上我们分着吃。我还告诉她有一天早上我先醒，透过被子的褶皱看凡静的脸。

汉魏正在和她美籍华裔老公闹离婚。我在电脑前眯起眼，汉魏问我为什么不说话了，我告诉她正和QQ上其他女人聊天，起码她们离我比较近，触手可得。说完这句话我突然觉得累，无谓，于是我下了线，QQ上唯一的号码，就此消失不见。

周末我在加班和去普陀寺的问题上举棋不定，最后我去了普陀寺。十块钱抽了一支签，解签的老僧告诉我，这支签上的意思是我有执念，"执著的念头，对很多事情都放不开。"

回去的时候我在车上笑，我在以往那些鬼故事里看见过所谓执念，人死了化为鬼，如果执念太重，他就会在自己放不开的地方彷徨复彷徨，永远不得超生。原来那段爱情让我变成了鬼，我在同样的思念里彷徨，放不开、走不掉，不知道怎么办才好。

办公室里那个熟悉的男子在等着我，身材细长，目光贪婪。直到我把这个月的薪水分了一半给他，他开始逐张逐张数钱。然后他说，"上个月她的店亏了很多，和别人打架又被砸了。"我拒绝了他最后善意的要求，我不会去看她。但是半夜我噩梦醒来，急匆匆在房间里四处乱走，收集纱布、药水和剪刀，最后我在门前颓然坐下。十六岁那年，她爸妈离婚，她是我们那条巷子里有名的不良少女，每当鼻青脸肿的时候她都会来敲我家的门，我就是这样给她涂药水、裹纱布，她歪着腮帮对我笑，一去如许年。

二十二岁我大学毕业，我对她说我终于有能力照顾她，她愿意的话可以出去读读书，不愿意就在家晒太阳，可以开一间自己喜欢的店。那天她的睫毛低垂，含着薄薄泪水，抬起头来对我露出纯白笑容。可是不久以后她跟着一个男人走了，据说他很有钱，能够给她更远地方的沙滩和海。

认识汉魏的时候我正在疗伤，疗伤的最好办法就是开始一段新的感情。我以为我深深地爱上了汉魏，甚至准备娶了她，她偶尔提到的钻戒牌子我都暗暗记在心里，这才是爱，以前的也许根本就不算。十六岁的少年被一帮同伴推搡着教唆，"从这个地方，从这块砖头被抽掉的地方看进去……"我口干舌燥，心慌意乱，里边黑暗的空间里暧昧的水气蒸腾，模糊中其实什么都看不到，突然那个少女站在那里，半湿的小背心和底裤，她歪着脖子对我笑，我心里一慌，她是多么漂亮。第二天天没亮，我就拎着砖头水泥直奔女洗澡堂，四顾无人后把那个窥探的洞口牢牢地封起来。然后我经常从那条路上走过，看见那个牢固的水泥印记心里就很得意。我经常假装背靠着这一整面的砖墙，抬头仰望高高梧桐树顶的蓝天，其实手掌，红着脸将那只手掌，颤抖着印在水泥印上来回抚摸。我感受着冰凉质材下的热气和少女隐没水蒸气中的微

031

笑，并且永远把它刻在十六岁的记忆里。

对面汉魏张口闭口地对我说些什么，我点着头，心里胡思乱想。可能那时汉魏就告诉我有一天她会出国，她也许曾经有希望我一起出去、我们一直在一起的想法。对不起，我没在意。

周末和凡静逛街，问她想要什么，她偎着我的肩膀微笑，什么都不想要。恨嫁的女人都这样，什么都不想要其实是想要得更多，婚姻、财产、这个男人的全部。最后她终于买了一杯珍珠奶茶，一块五毛钱，夸张地掏出我的钱包付钱，夸张地感谢我，是想让我觉得她依旧纯洁可爱？近三十的女子，已经做到一家上市公司的中层，前半生一直在和一个有妇之夫纠缠不休，还会为了这杯奶茶而打心底动容？用黑话来说，她想洗底，洗成我纯白无瑕的新娘。我有微微的怜悯，仿佛是宽恕，更深的宽恕，连某人那份一并宽恕了。于是我更紧地搂住她的肩膀。天上下起细雨，我们躲在商场下，任由她轻轻地掏出纸巾，小心地碾干我肩上的湿迹。

我们回家的时候车子在东三环就那么堵上了，凡静好奇地摇下窗子看外面的景物。街边有一家小小破落的书店，堆满了盗版书，门前靠着一个怔忡的女子，头发很稀疏，吊带滑到肩头。

四五米的距离，车里车外的女子迅速打量了彼此。凡静的幸福感油然增加。那女子静默地看着她一两秒，直到有人路过好像踩到了她，她突然大吼大叫，蹦起来极尽泼妇之能事。整条街的人都被吸引过来了，越有人看，她就越表现得歇斯底里，直到被打倒在地，人群轰然散开，这时前面终于绿灯，在车子轰鸣的一刹那她抬头向这边看过来……凡静在旁边唧唧喳喳，高兴得好像鲁迅笔下看完杀头满意而归的看客！

我安静地开车，正襟危坐。

我的爱和心疼早就遗忘在很多年前，我仿佛忘了那些感觉。对不起，陆安可，我终于变成了一个普通的俗人。

北京情事

　　她背着她的印第安大花布包来北京投奔魏小和，她发现是个大错误。

　　魏小和当然很热情地接待了她，她们从十五岁起就共用一管浅色的口红，当然更大的原因是——后来她才想明白，魏小和把她作为了自己幸福生活的参照物，有点小得意地给自己本来甚是黯淡的日子镀上了一层比较之下自命不凡的色彩。

　　她毕业于一所普通大学，临走时月薪两千有余。而魏小和是某大的硕士，即将毕业，正准备向年薪六十万的学院前辈们看齐。这个时候看见她，看见面孔闪闪发亮生活乏善可陈准备到首都来重新开始的她，是觉得有些可笑的，就像上海原住民看待外地人一样，"这样的人，也可以叫做新移民吧。"

　　她在学院路那里租了一间租价不菲的小房子，只是为了离北京城里唯一的熟人魏小和近一些，每天可以一起吃个晚饭到广场上散半圈步什么的。前后左右的邻居都是为了考研，天天早出晚归，见面也没时间点头。起先魏小和也劝她考研，魏小和是知识改变命运的直接受益者，等到她真的振奋精神决定投身于向名牌大学研究生进军的行列时，魏小和又及时地告诉她，现在考研可不简单，不如先找份工作安身立命下来再做打算。处处都占理，只是这些理后的居心？她叹口气，宁愿自己多心。

那时魏小和有一个男朋友，×大本科，月薪三千，魏小和心底看不起他，人前人后还是把他当个宝。三个人常常一起吃饭，沸腾鱼庄的火锅要收锅底钱，三个人分账要比两个人便宜。关于找工作的事，她和蔡建一，也就是魏小和的男朋友话多了起来。魏小和在一边烫鱼片，煮菜叶子，闷头不响地吃，或是抬起头来满不在乎地笑笑。终于找到了一份工作，通过蔡建一的关系，不太好也不太坏，但足以在这座城市立足。魏小和一副被占便宜的样子，不依不饶地指明去一家有名的餐厅吃饭，她微微有些心凉。

为了方便上班也为了节省房租，她搬了家，房子也是蔡建一介绍的，就在他隔壁。魏小和帮忙搬家过来，满脸醋兮兮地拍她的肩膀，"帮我好好看着蔡建一啊！"实则警告。

她撇开她，自己去厨房倒水喝。

新的工作是一家日资企业，薪水比原来多不了两倍而辛劳何止两倍。她早出晚归更体会到了飘零。大雨、孤单、生病、夜归，那些桥段你在书上看多了也仅仅是桥段，而自己一点点亲身经历了过来真是分外凛冽。那天整整吹了一天的沙尘暴，她下班晚，用围巾裹了头脸匆匆朝家里赶，遇见一个乞丐，朝她伸手。她以为是要钱，凑近了才听见那个乞丐诡秘地对她说了一句极其下流的话。猥亵！她大骇，那乞丐叮叮当当地跑掉，一边跑一边对她肉麻地笑。

她是擦着眼泪爬上没有光的楼道的。蔡建一在她后面上来，抱了满满一袋水果面包速食面。看见她愣了愣。那天晚上他们一起在蔡建一的家里吃饭，平常的白菜排骨汤，热气腾腾。她俯下头喝汤，脸被蒸得通红。桌子对面有人注视着她，偌大的北京城里唯一的温暖，虽然不关乎爱。

后来蔡建一三天两头往她这里跑，理由都是正大光明，无外买菜打平伙做饭，离家在外的普通朋友常会做的事。她抱着大瓶果粒橙的时候，他在旁边提着白菜排骨走，路边的流氓便不敢对她吹口哨。周末的午后，阳光明丽，他甚至还带她去郊外的花圃挖了一大棵橙花，连包土，回来四只手沾满泥巴种在阳台上，那样的时候，不是不快乐。

魏小和又开始频繁地往蔡建一这边跑了，她刚签了一家会计师事务所，下个星期又要去一家银行面试，她永远懂得把握各种顶尖的机会，就跟她所欣赏的某明星一样。这样蔡建一更相形见绌了。所以次次吵架的内容从那个不隔音的阳台上传来，无外以逼蔡建一勤奋向上好早日比翼齐飞开始到互不相让结束。两个人都觉得自己伤了自尊。

吵了架魏小和就跑到她这边来哭，哭着哭着就有点见疑的意思。后来魏小和连橙花的事都知道了，拼死拼活要了去，估计第二天就枝叶尽碎地出现在×大某个垃圾桶里了。

这一事件的直接后果是魏小和给她介绍了一个男朋友，他们学校的研究生，家世很好，人也英俊，比她还小一岁。

她就去见了。

见了也就见了。

徐豫章是个沉静的男孩儿，他坐在咖啡馆靠窗的座位上阴郁地看着她。她轻轻地笑，觉得恋爱根本不适合他，恋爱是属于春天的话那么他则一直待在秋天，而且是接近冬天的那种深秋，枯枝梗上连片红叶都没有。

他是不快乐的，甚至更甚于她，她想拒绝。他为她点了咖啡，上面有厚到不像话的奶油，他说："我们做个朋友吧。做个朋友就好。"她看得出来他是急需温暖的。什么都没有说，她笑了笑。

这个世界上快乐的人是少数，不快乐的人总是比较多。人们偶尔为一些小小的理由开心一下，过不了多久就会轮番投入各种不快乐里。人的情绪如果是座城市，那么这座城市一定处在多雨的季风带，阳光转瞬即逝，然后大雨小雨，各种各样的雨，阴雨绵绵。

如果她早两年认识豫章，那一定比现在好，没被感情伤害过的人总是比较单纯，即使不做恋人做朋友也让人愉快。她这么孤单，跟他慢慢相处，越来越投契，就是朋友最后也会变成恋人。挺好的，她对生活的要求真是越来越低越来越平顺，毕业一年已经没想挑刘翔这样的人做白马王子。但是徐豫章只给她一段心里有洞的感情，这块洞属于一个叫林甄的女孩。几个月以前林甄去了美国，刚取得了宾夕法尼亚的全额奖学金。临上飞机前，林甄买了橙色的硬糖，心情无比灿烂。"等我。"她最后对他说。一个笑容后她穿过验票口，一切都隐没在北京上空厚厚的云层里。

她明白她做了他的替代、救生衣、过渡时期的方便面，其他诸如此类的东西，但她不生气，她觉得他们在彼此取暖。无聊的周末，有人在楼下等她看电影，一切都像以前在学校的那个初恋——总比一个人在家一边看阴郁的杜拉斯一边听外面的雨声好。她不是对某个人，而是对爱情这种令人敬畏的东西本身，为了一朵花，把自己低到了尘埃里。

晚上他送她回来，个子高高的他在她额上印下一个吻，路边的松针叶沁出清朗的气味，在月光下一团一团的花纹美好地印在他们的肩头。两人都穿着一个牌子的白T恤。她的心底有一点微微的触动。

上楼来不一会儿就听见敲门声，她以为是徐豫章折了回来，她决定要把开始的感觉告诉他。她是笑着去开门的。蔡建一扑倒在她怀里，他喝醉了。

那天晚上，他很郑重地向她求爱并求婚。

她惊惶得一遍又一遍告诉他:"这怎么可以,你是我朋友的男友!"

第二天公司门口有人找她,是个女人。有人趴在窗台边向外望。魏小和抬手给了她一巴掌。她失去蔡建一,她认为原因是她收留了她,引狼入室。

身后的公司里,有人在私语。她气极了反而笑:"是啊,我喜欢他,我们彼此喜欢,我抢了你的男友又怎样?"

魏小和自认为在一天之间遭到最惨烈的背叛。

她认为魏小和骄傲过分,天平一端高高翘起,另一端就必须放上什么来平衡。

打通了徐豫章电话十分钟后她就平息下来,往昔的坚强又回来了,其实何必麻烦他。北京一年,她的肩膀冷的暖的已经扛了很多,足够独立承受未来更多的重量。她在冰冷的马路牙子上擦干眼泪,决定回去继续上班,今天老板布置的任务要加倍做好,先待几天,如果流言越传越难听再跳槽不迟。

想不到才坚强起来徐豫章就来了,开着借来的福特车一路飞奔过来。他仔细检查她脸上的伤,强横地带她回家。她躺在后座上泪如泉涌。心底聚集的小小勇气被一直以来强忍着的巨大委屈所击溃,她望着他在前边开车的轮廓,踏实、安心、熟悉的味道,不要再走了,她想进驻他的心里并且就此落脚。红灯时他脱下了风衣转头裹在了她身上,隔着衣料他长久地握住她的手,直到车子继续前行。她的眼泪落在风衣的褶皱里,觉得心里似喜似愁的幸福。这时风衣里有什么在震动,她掏出来,是他的手机,扫了一眼,美国长途。她递给了他,车正好开到终点。

安静,这是间咖啡馆的名字。她熟悉了这个城市,熟悉了过往路径后就常常来坐坐。北京四月天总是起很大的风沙,她很享受被风沙困在"安静"里,靠在窗边一杯摩卡跳舞,就好像困在

037

孤岛一样看空气中的黄沙海浪一样奔涌。和魏小和这么多年的情分，说断就断，心里不是不可惜。但是，算了，人来来去去总有自己的缘。倒是有一次她去超市买东西，回来的路上隔着一条街，看见对面的蔡建一，他跟着她走过一个又一个路口，以至她不敢回到新租住的房子而推门进了"安静"，他们实在没有什么好说的。蔡建一没有进来，外边起了风沙，他就靠在消防水龙头那里看她。她只好别过头去听台子上的歌手唱VITAS的《人鱼》，听了半晌再回过头去看，蔡建一已经不见了，好像被风沙吹走了，这是他们最后一次见面。她还记得那天她书包里手机安静地颤动，徐豫章的短信，他犹豫是不是去美国找他的女朋友，语气间希望她能留下他。

她掐灭了手机，再不会回他的短信。以前看星座占卜书，朋友都觉得她像双鱼，柔弱善良不懂得拒绝，但其实她是白羊，表面温和内里坚强，喜爱她的男子，就要坚强、果敢又直接，箭一般冲到她的身旁，而不是犹豫、等待，在她和另一个女子之间选择。所以，这一切都过去吧。

在北京春天第五十六次风沙平息的那天，我们的主角从"安静"里出来，新买的黑色小牛皮靴子在沙地上踩起浅浅的凹印，晚上十一点多了，不好打车。这时有人从里面出来，刚才的歌者戴上了他的黑框眼镜，其实是个长得很像品冠的小男生，他看着她笑，说注意了她好久，如果她不介意，他愿意用自行车送她一程。

从未遇见过

那一年的 4 月 1 日，他在网上遇见了她。那时他刚好经过一个论坛，论坛上一个个彩色的 ID 在跳动：寻找同年同月生的人。他本来很烦这种交友的幌子，鼠标一点准备离开，如果他的动作再快 0.01 秒，那么他和她以后那么多的故事就消失在这空白的屏幕上。但就是那 0.01 秒，一行字从屏幕最下端浮了上来：1979 年 1 月 1 日。他的手停了下来，这也是他的生日，自从离开家乡后就再没谁记住的生日，每年都和同事在新年的狂欢中没头没脑地忽略掉了。其实，他只想在那一晚上有人安静地陪他吃一碗加了两个鸡蛋的长寿面罢了。

1979 年 1 月 1 日后面那个娃娃头像冲他眨眨眼睛，扎着两个小辫，是个可爱的女孩头像。于是他给她发了邮件，但是五分钟后，想起今天是愚人节，他又后悔，怕只是一个玩笑。晚上收到一条短信，陌生的号码，有人对他说："HI。"这就算认识了。

那时她还在一所遥远的大学，那里的人们说着他听不懂的川音。开始电话联系的时候她的普通话怪怪的，全是平舌音。她笑他的不习惯，夸耀这就是有名的"椒盐普通话"，全世界只有四川才有。他就耐心地给她区分 z 和 zh，c 和 ch 的不同。电话里半天没声响，然后她笑：你的声音真好听。在拥挤的办公室里，在重重叠叠的电脑后，他的脸贴着话筒，轰的红了，就听见她的笑声咯咯咯的，如清凌凌的山泉般响起，她好像看见了他的脸红。

那段时间真是着了魔，充值卡都是几张几张地买。计算着她下课的时间，还不能耽误了她吃饭和午休——然后给她打电话。最夸张的一次，真是从北京夕阳西下直聊到夜半星空极其清楚地看见了南天十字星座。他的话不多，大多数时间都是听她操着椒盐普通话天南海北地说，其实什么也没听清，他只是沉迷于她的笑声。女人的美丽可以在于她的头发、肌肤和体态。可是他从未想过笑声也会如此美丽，好像山涧一朵朵白色兰花开。他一边听她笑，一边用鼠标点击着网上的美女图库，想象着她会不会有这个形状的嘴唇、这个形状的下颌、这个形状的脖颈。

就这样，不知不觉，快过去了一年，身边的许多朋友分了手，他和她，隔着千里万里，从未谋面，还在一起。

又是新年，他谢绝了所有的活动，回家煮了一锅长寿面，分做两碗，又煎了四只鸡蛋，一个碗里摊上两只。然后晚上七点，电话响起，倒像她准时回来吃饭一般，她在电话那边端着一碗同样摊着两只煎蛋的长寿面，陪着他一口口吃完，互相祝长命百岁呵，万事如意，好像她就坐在他旁边般温暖贴心。

让他最终下定决心是因为一次他被公司派驻外地出差，才上火车就掉了手机，有那么短短的几天，他们没了联系。回到家里他第一反应是打开电脑，邮箱里、QQ里，全是她的留言，座机里的来电显示也全是她的。他大为意外和感动，电话回过去，她一接电话，竟然没了声息，她在电话那端晕倒了，几日几夜的担心，他是病了，出了意外，还是她做错什么事而让他生气了？她千般猜测，神情恍惚。

那天的电话，真是打得海枯石烂，到了深夜，他的电话都打爆卡了，他些许欣慰地想，她也该早些休息。然后电话铃那么大声那么大声地响起，是她，为了给他打电话，跑到校外的电话亭。校门已经关了，她说，外面下起雨，她蜷在电话亭里，无袖 T 恤外竟然来不及披上一层单衣。他的心牵牵地痛，整整一个晚上都揪心揪肺地牵挂着千万里外某个雨中的电话亭里那个素未谋面的她。直到她沉沉睡去，他还抱着电话柔声哄她，告诉她现在他在抱着她，他的肩膀很宽，手臂很暖。

天亮时他做了一个决定，辞职去四川找她，他要和她在一起，让她再也不用为了和他说一句话而整晚待在雨地里，哪怕他一句也听不懂四川话。

再次接到他的电话，她还在发烧，几天吃不下一口饭却本能地接起了电话，电话里她远没有他预想的那么兴奋。她是有男友的，属于事业有成那一型，认识了多年，虽然谈不上有什么感情，她告诉他，两家父母皆是世交，她一毕业就得结婚，一生早被安排稳妥，无力反抗。只是不甘心，从来没有好好爱过一场。

"于是就选上了我。"他想。然后说，"我只问你一句话，你对我真心过吗？"

她在那边静默半晌，"真的。"然后泪如泉涌。

他挂断了电话，拎着旅行袋在人潮汹涌的成都火车站，在离她仅有半个小时车程的地方，转身，买返程票，上车。

直到那年下雪

许印心中最爱的女人始终是顾清浅。

2003年，顾清浅死在由B城开往C城的深夜特快上。彼时许印历时数月的项目刚刚落下帷幕，一身轻松的他从陈艾那里得知顾清浅采风的下一站是在川西高原的黄河九曲源头上。本来他也可以在广州等她，她一回来他们就可以去登记结婚。求婚的戒指是玉制的龙凤老款，许家女人传了好几辈，一切都是寻常又平和的幸福。但是许印等不了那么久，他带着他的戒指先顾清浅去了C城。12月寒意弥散的清晨，他在C城火车站徘徊，他想她一下车他就会紧紧拥抱她，给她一个惊喜，他甚至想得到自己粗重热烈的呼吸下她苍白的小脸是如何变得通红。

男人偏着头，向着火车隆隆驶来的方向天真微笑，双手揣入裤兜，手心握着那个象征百年好合的温润玉戒。

后来许印无数次梦见这个场景，顾清浅走下火车，两旁拥挤的人流消失在这个12月太阳还未升起的清晨，顾清浅拢着那件素紫的风衣，洁白纤长的手指理着腮边的头发笑。然后他就在梦中惊醒过来。已经住在一起的陈艾就拍着他的背，告诉他一切都是梦，总会过去。

在陈艾出差的日子，许印会天天去看顾清浅。在她洁白的墓碑前放下一束白菊，看着她名字的勾画忍不住失声痛哭。一切的罪孽由他而起，在他专注于自己研发项目的那几个月，顾清浅的脸色越来越苍白。她有时在电话里冲他发脾气，更多的时候，电话打回家也没有人接。许印偶尔回家洗澡换衣服，窗台的瓷砖上，有大把掉落的头发——那个时候顾清浅睡眠一定很不好，她查出了自己有先天性心脏病，是种没未来的病，不适合结婚，也不能养小孩，并且自己哪天突然死去也说不定。她一定是觉得对不起许印，他是渴慕家庭温暖的男人，更加喜欢小孩子。也许从那时起，她就为自己从许印的生活中抽身而退做起了准备。

她先是辞掉了杂志社的工作，转做自由摄影记者，也许是想在生命结束之前多看看这个世界，也许是想有一天离开许印远走他乡。同时她把陈艾更多地引入许印的生活。陈艾是许印读研究生时的师妹，第一次一起吃饭，聪明过人的顾清浅就从陈艾的眼睛里读出了她对许印的爱慕。于是她想成全他们，好过自己离开，许印一个人孤孤单单无边无际地寂寞。所以好几次许印回家，开门的竟是陈艾，顾清浅扛着她的相机又出门采风，也许几天，也许几个星期。桌上的纸条要许印和陈艾互相照顾。

那个时候许印天真得很，让陈艾去睡卧室，自己则躺在客厅的沙发上，在另一个女人的呼吸里，遥想着紫衣寂寞的顾清浅。想着她在异乡的夜风中，天鹅一样孤零零地弯下脖颈，许印的心就有点牵牵地痛。

顾清浅下葬后，许印转身回家，狗一样病了好几天，没日没夜地发烧胡话，幸好有陈艾在。顾清浅当初真是一点没打算错，陈艾是手掌型的女孩，对人好而没有侵略性，不知不觉就成为了许印生活的一部分。许印在她的照顾下软弱无力，像个急需母亲安慰的孩子。但是有一点，陈艾固执地不和他谈顾清浅，仿佛希望把她的眼角、指尖，说话的嘴唇、笑容的香甜统统从这个世界上抹去，当她从来没有出现过。许印拗不过她，喝光稀饭睡觉，却在陈艾出门后满世界找顾清浅的相机，这是他从葬礼上拿回的顾清浅唯一的遗物，他和她在这个世间相连的唯一东西。

相片在午后微微的阳光里被洗出，许印在街边小小的冲洗店里再一次落下泪来。每一张照片都是顾清浅，大大小小深深浅浅的顾清浅散落在各地的山野里，那无邪的面孔对着他笑，像看不到今日的离别之痛。

这些照片成了他很长一段日子的精神食粮，他的心思经常随着照片中的顾清浅在各个地方游荡，祁连山脚无边的苍翠牧场、壮阔的北方古城墙或是西部的风沙，他嘴角不觉微笑，好像探出手去就可以抓住身姿妖娆灵活的顾清浅。陈艾默许了这些照片的存在。只是许印不知道，当他再一次翻看这些照片时，陈艾隔着门缝对他冷笑。

但是这些照片总有什么地方不对。许印心中觉得浅浅的不安，每一次看完照片后就有这种感觉，当他再一次于梦中抓空顾清浅的裙角后，他醒了过来。照片就在枕下。

许印看着最上边的一张，顾清浅伸出手来，好像在召唤着谁？他渐渐冷静下来，当然不可能是看照片的他，那么唯一的可能，是为她照相的人？

这些照片分布的地域相当之广，但是每张照片的风格又相当一致，排除了临时请人帮忙照的可能。而且照片上顾清浅眉目之间，眼波脉脉流动，真是完美符合一个男人心中最美好的萌动。许印心中有了可怕的想法。

第二天他收起行囊，预备去一次照片上顾清浅去过的地方。只是行程与当日的顾清浅恰好相反，他的目的地指向顾清浅的起点 B 城，那里是一切迷雾的终点。

那些地方的人们都还记得顾清浅，她美丽又大方，付钱非常慷慨，甚至在凉山地区还资助了两个因为贫困而无力继续学业的孩子。人们也没忘记那时她身边跟随的男人，对她极好，鞍前马后地伺候她。村子里的大姐告诉许印，那男人还搂了顾清浅在后边乱石头河滩上接吻。偏僻乡下从来没这么大胆的举动，引得附近放牛的孩子都远远地看，但是因为顾清浅人好，大家笑笑都过去了，没人认为她是个坏女人。

在墨脱两日徒步的行程里，许印拿照片问了所有遇见的导游。有人对顾清浅和那个男人有印象，但是时日久远，记不清那个男人是姓何还是姓张。

最后在丽江，他终于赶上了他们的脚步，那间酒吧的墙上有全国各地情侣们的合影和感言，在枯树枝遮蔽的墙角，他找到了他们的照片，依偎在一起，从拍摄背景来看在他现在坐的这张桌子对面。老板还保留着那男人当时给的名片，上面写着"B城恒远书店 张忆"。

B城。

他在那个男人的书店外守了一天一夜，怀揣着顾清浅的照片。

那男人戴着眼镜，很书卷的样子有几分像他，许印心尖浅浅生痛，会不会是顾清浅绝望孤独中找的替代品呢？因了爱她，便不知不觉为她找理由开脱，即使愤怒，里边也掺着悲悯。

男人旁边陪着一个女人，怀孕十八个月的样子，手撑着后腰站在他身边，为他擦汗或是递过去一本书，恩爱夫妻的样子。也许是因为这个女人，许印站在店外，忍了又忍，始终没进去。

天很快就黑了。男人关店打烊，独自抽着烟走过街角，许印在一栋居民楼前拦住了他。那男人一看见顾清浅的照片就明白了，什么也不用多说。

张忆有一间小小的书店，有一个微微乏味的妻子，闲暇里的爱好就是摄影。偶尔于旅途中拍下好的照片就寄给各个杂志社投稿，就是那样，认识了顾清浅。

他看着许印，"我只是犯了男人都会犯的错。"

在电话里，张忆听过顾清浅的声音，很清甜，声如其名，顾清浅。及至笔会上偶然的见面，握着玻璃杯的女子落寞地独坐一隅，白，瘦，寡言，头发稀疏，容貌平常。他有些失望，但又觉得顾清浅就该长成这个样子，与别的诸般颜色不同。是他先追求的她。很热烈，在她独自去黄山时他尾随并俘获了她，在冷雾缭绕的峰顶，那个女子扣紧了衣领，自顾自地说，"为什么不呢？"然后就将手放在他的手心里。后来他是真心喜欢上了她，虽然每次或长或短的旅途间隙，她都会挣脱他的怀抱回去某个地方一阵，他心里明白那里一定有她割舍不下的人。但是她总会回来，在约好的路口相见，像逃离般紧紧扑入他的怀抱。

如果不是小妻的短信……小妻是他的妻，就是许印白天看见的女人，小妻说她有了三个月的身孕。一边是家和未来的孩子，一边是和顾清浅永远没有尽头的一段又一段旅程。张忆选择了前者所意味的安定又平凡的生活。

B城的雪欲下未下的那天傍晚，他说对不起，然后成了临窗的咖啡店里，顾清浅眼中越来越远的背影。

对不起，张忆再一次重复，他看着楼上某一扇温暖的窗，"我妻子还等着我为她热一碗鸡汤。"

许印疲惫地在火车站买最快离开B城的一班列车票，售票员告诉他没有直达广州的了，可以先到C城再转车。也好。

他坐在自己的位子上，旅程终于结束，B城的天空泛着阴。

他所不知道的是，一年前的那天夜里，同样的这列火车，就在前面那个车厢，紫衣的女人可能刚哭过，脸色苍白地倚在座位的角落里。开始许印，后来张忆，所有人都离她远去，转身没入黑暗里，没人体会她的心情和对这世界最后一点迷恋。抑或是所有人都站在原地，只是她的生命在逐渐后退抽离，所以距离越来越远。也好，就这样吧。越来越远。

空落落的车厢里如果有其他乘客注意到的话，他会看见那个女子突然痛苦地抓住自己的左胸，微微喘着气在贴身的衣兜里慌乱摸索，最后摸出一个棕色的小小药瓶，然而它却是空的！

顾清浅无力地把药瓶抛到地上，她也许可以向乘务员求救，乘务员也许会通知列车上的医生，实在不行还可以紧急停车送她去当地医院，一切纷纷扰扰如同慌乱的人生。算了，她自己选择的，闭上眼睛，平静地睡了过去。

六个小时后的 C 城火车站，许印一脸笑意地徘徊在月台。列车停止，他向车门看去，想着等会儿向顾清浅求婚用不用单膝下跪呢？这时，他看见几个列车民警走下火车，好像发生了不同寻常的事，紧随其后的医护人员抬下一个担架，担架上的人被白被单盖着头。

雪终于在这 12 月阴冷的早晨下了起来，随着簌簌的雪片纷飞，许印看见雪白的被单下，一片紫色的衣角垂落了下来。

最初的牛奶鸡蛋羹

她一直喜欢吃一样东西，特别是情绪低落或每个月特殊的日子，更是心心念念。那东西是一种白色的羹，有鸡蛋的香味，滑滑爽爽的，有花一样的清甜，她叫它：哒哒哒。他也爱好厨艺，却始终无法参透那是什么东西，那东西属于她过去的记忆，就如同她首饰盒底一张小小的照片，照片上一个年轻男孩低眉浅笑，是她不希望他打扰的谜。

她小产后住在医院里，他炖了老火候的鸡汤去看她。她乱糟糟的头发下低蹙着眉，一口口喝下鸡汤，他不知道此刻如果有一碗"哒哒哒"，她会不会高兴些。

一次商务会谈，桌子对面依稀有一个似曾相识的面孔。他小心地用余光去辨别，虽然那人面上轮廓变得成熟尖利些，发型也变了，但毫无疑问就是那照片上的男孩。一连几天的合作下来，大家已经很熟，在酒酣耳热之际，他突然就忍不住问："你知不知道有一种甜食叫'哒哒哒'？"对方模糊的眼神一下清醒起来，他坐直了："你认识小蔚？"

从那人口中他又看见了小小的她，有着青色的眸子和柔弱的肩头，哭泣的时候会轻轻地一抽一抽。那个时候她经常哭，因为她父母的关系非常恶劣，只要小小的房子里又响起激烈的摔砸声，她就会哭泣着敲开隔壁家的门。隔壁住着一个单亲家庭的男孩，母亲经常为了养家糊口而在外奔波，同病相怜的缘故，在女孩心里，男孩和他简陋的家是世界上最温暖的地方。一场大雨倾盆中，男孩的家门又一次被敲开，女孩披着湿淋淋的头发蜷在门口哭，那一天，她的爸爸妈妈终于离婚了。她一口水也没喝，昏睡了一下午，梦中眼角犹有浅浅的泪迹。他想着给她做什么吃的，小厨房里只剩一个鸡蛋，半盒牛奶，他把鸡蛋打散，又把牛奶调到里面，想给女孩做蒸蛋羹。但是一个鸡蛋实在太少，他想着听人说过，往鸡蛋里加米汤可以增加涨分，就把碗柜里中午剩下的大半碗米汤掺在蛋液里调匀，再浓浓地加了一大勺糖。十多分钟后掀开锅盖，嫩嫩的白色蛋羹盈满了搪瓷碗。他回过头，看见她穿着他的旧衣服，吸着鼻子扶在门口。那天她吃得很香，她在朦胧的睡梦中依稀听到厨房里"哒哒哒"的声音，那是小男生在忙碌地调着蛋液，所以这碗东西，被她叫做"哒哒哒"。不久以后，女孩随着母亲搬离了那里，那天太阳很大，浓荫匝地。女孩站在树荫下眯着眼睛向上望，男孩透过一格格窗格望着她，却不敢下去道别。年少时的感觉，还来不及说出口，就这么慢慢散去。末了那男子拍拍他的肩膀："好好照顾她。"

回到家里他准备了米汤、蛋和牛奶，筷子在浓稠的液体中发出哒哒的声音时，他仿佛又触摸到了那个青涩敏感的她。蛋羹蒸好了，他尝了一口，淡淡的滋味，并没有她描述的那么好吃。他想了一想，把做好的蛋羹就这样倒掉了，他明白那无比的美味只存在于她的记忆里，这是她心底里独自回味并且拒绝分享的一抹阳光，他爱她，所以尊重她。

那一天送去医院的晚饭，仍然是老火候的鸡汤，一样是温暖的充满了呵护的东西，不是吗？

写给我最柔软的恩祈

Hi，恩祈：

我终于来到了这座你极爱的城市。春天，正值满城烟柳小雨如酥，确实美，而我只有在这一切都尘埃落定之后，才来寻找你过往的痕迹，我知道一切都迟了，对不起！

第二天，我就去美院打听了郑东成的下落。那次事件之后，他已经离开学校，在桐林路上开了一间美术教室。在我打听完这一切转身走出办公室时，背后的老师有微微的惊奇。这有什么奇怪，恩祈，我们本来就是血脉相连的孪生姐妹，我的脸上，苍白的微笑里都勾勒着你的轮廓。

我在桐林路租了半个月的短期公寓，向阳，很安静，每天早上站在阳台上时，可以看见对面那间小小的美术教室，叫"思祈画室"，很意味深长的名字是不是？不过也许只是巧合。那天下午我就去报了名，终于见到郑东成。他高、瘦，衣服泛白，很干净的一个人，我们以前看韩剧，你喜欢的都是这种类型。那天，我刻意把长发卷进帽子里，戴了宽边的黑框眼镜，我不想他在我脸上寻找出关于你的蛛丝马迹。我终于像你一样站在了他的面前，成为了他的学生。

老实说画室生意不是很好，在这样一个小城，民众的生活还没有浪漫到这个程度，宽大的教室里稀稀拉拉几个人，像孤零零的岛屿，守着各自面前的画架，无一例外地画着苹果、白菜、瓷罐等一切静物。在光与影的弥散中，一切都安静地沉淀下来。但是我画不出，经常交上去的都是洁白画布一张，我握着笔就想象你握着笔的样子，颜料溅在左手背上我就在想你的皮肤也曾经衬着颜料如此雪白耀眼，我在暗暗地心痛。同学中有个女人，看得出她对郑东成有意思，有次画画她大胆提议干脆欢迎老师来做模特。郑东成安静地坐在了我们中间，从我这个角度看去正好是左脸四分之三的侧面，我忘了作画，就这样看他。我想起你的小屋子里悬挂着的那张素描肖像，原来你也画过他。

有几次下课后，我远远地跟着他，当然一出教室那位热情的女同学就会像藤蔓一样攀着他的胳膊，吵着要去老师家做客，我总是觉得很刺目，几乎不想再看下去。我的眼睛感受到你的悲哀，我无法想象爱上别人的郑东成是什么样子。还好中途他会摆脱她，她在某一个灯光华丽的路口独自离去，而他仍然安安静静地回到了他在浣花里的家，原来他一直在这里不曾离开，是不是等着你回去？我不知道。有的时候他并不直接回家，那时多半阳光正好，他转了几路车往城边走，我看着站牌，知道到了你日记里提及的漫香坞。你在日记里写到这里初夏蜻蜓极多，大的小的，暗红金蓝，别处不曾见过的璀璨颜色这里都有，配上彩霞漫天，你说这里真是一个适合做神仙眷侣的地方。郑东成负了画板却不作画，一任身边绯绛色的芍药凋零，蜻蜓渐渐散开，他只是抽烟，一支接一支，最后还会剧烈咳嗽起来。

我重回了你曾经待过的校园。必须承认，郑东成是个极端压抑的人，站在他身边自然而然地都感觉得出来，这种感觉让人不快，我宁愿出来走走。你不是一直想让我来看看你的校园？你一直嘲笑我读的财经学院太刻板无趣，不像你们这里，轻松又写意，连空气都是柠檬色的。以前你站在这里的那些日子，校园里的广播成天都放着苏慧伦的 lemon tree，跟这里的情景真是相配：爱多美丽，充满香气，只是在心里它总是酸溜溜的。我也喜欢这首歌，现在我的 MP3 里正放着它的演唱会版，在熟悉的调子里我的眼泪擦干又滑落。

如果时光重新回到很久以前，久到你根本不认识郑东成，就算认识了也不过浅浅打个招呼就此走开，该有多好！那你现在还像我面前走过的这些女孩一样明朗活泼，眼睛里没有一丝阴霾，你的人生就会拐到另一条路上，前方不一定鲜花簇簇，但是至少有做个波澜不惊的平凡人的权利。一份工作、一个好男子、一双儿女，就此老去，让我在拨通那个熟悉的号码后不多时就可以听到你甜美的声音，而不会像现在这样，忙音复忙音，像看不到出口的洞。

昨天早晨下了一阵小雨，我起来晚了，心急火燎地赶到画室，在门口阴暗的走道里，我脚底湿漉漉地滑了一跤，重重地挫痛了肩胛。待我抚着左肩抬头，我看见了站在我面前的郑东成，教室里的光线照亮了黑暗里他半张脸。他极迷惑地看着我，我的伪装已然摔得一地都是，我露出了和你仿若的面孔，以及后面静静披散下来的长发。后来上课时，他坚持让我做了模特，遣走了前一天我们好不容易在街上找的一老一小两个乞丐。

我就披散着头发坐在中间，身上松松垮垮穿着他临时递给我、不甚合身的浅蓝裙。他站在我左边，不用看也知道，画得异常认真。我坐了好久，最后都睡着了，终于画完，听见同学们围成一圈赞叹他的画，那个一直爱慕他的女同学夸张地叫道："画得好像，好有神采！"

我揽衣慢慢接近那幅画，一眼就认出了洁白画布中间那个少女，恩祈，是你，我的容貌下往昔神采飞扬的你，连右颈深处那块隐秘的鲜红胎痕都那么栩栩动人。恩祈，我替你热泪盈眶，他没有忘记你。

第二天，我离开了那里，我想我足够地明白了你，如果时光倒转一切都可以重来，我想你再选一次结果还会是这样。飞蛾扑火，局外人看来总是疼痛，而火里也许有飞蛾才明白的温暖。我写下这封信，信的背面交代疗养院的看护一定要一字一句念给你听。自你怀上郑东成的孩子后，被学校开除，再被伤透心的爸妈强行带回家开始，你就习惯了呆呆地裹着毛毯坐在阳光下的轮椅上，那个样子如同一尊最美的雕像，只是心头一片沉静空明，无知无识。也许你已不明白我在给你说什么。没关系，都已经是前尘旧梦了，如果都能忘掉，那也很好。

永远爱你的恩柔

2006 年 3 月 7 日

回　合

　　2002年9月，报到。推开门，我立住。电脑前楚天涵转过身来，对我一笑。

　　啪的一声，一枚旗子在我心中敲落，起局。

　　于这个人，日后，几番惨烈厮杀山重水复才见分晓，在那一刹那间，前世今生，我都是料到的。不过表面，仍旧风轻云淡波澜不惊，女子在越喜欢的男人面前越会装假，我低头浅笑道："你好。"

　　我的第一份工作，便是分配给楚天涵做了下属。其实楚天涵本身也算不得什么领导，年逾三十，无权无职。虽然在工作上独当一面，在公司里亦积累起相当人脉，但上司却迟迟不予升迁，只在言谈之间露出点点口风，正像驴子眼前绑的萝卜，仿佛再进一步，就啃咬得到。所以名义上我固然是他下属，而拥有重点大学一纸文凭的我，却是自学成才、在公司苦熬数年而不得的楚天涵潜在的对手。

　　世间男女，凡有一点说不清道不明的情愫，彼此都会礼让三分。但凡掺杂着利益的伏笔，那起手落子，则不由得暗藏杀机。于此，不是不明了，但因着第一眼的好感，想你楚天涵也不忍如此，这些身外之物，想要你就拿去吧。

第二天就接到一个项目，楚天涵指示我独立完成。初进公司就能有此展露拳脚的机会，我自欣欣然积极开始。但市场这一块我可说是全无经验，学校里关于营销的浅薄理论无异于纸上谈兵，待得亲身体会复杂莫名的现实状况，我只无力地感觉兵败如山倒，更因口角锋利而得罪了公司的一个长期客户，高层震怒得险让我就此卷铺盖走人。关键时刻，楚天涵才从容不迫地款款站出，凭他情面一力周全下我。自此我的能力在公司广受质疑，我在这个失败的案例中点点过失被放大得异常可笑而在公司广泛传播，以至处处抬不起头来，连挤进电梯打个照面都无人给我笑容。逢上几个自以为好心提点我的办公室前辈，三句话不到则语重心长地提醒我该对楚天涵感恩戴德。

我不是傻子，我笑笑。

不久去上海考察，算是个美差。公司委派楚天涵做领队，楚天涵信笔在随行人员名单末添上了我。四个小时的飞机，我很凑巧地坐在了他的旁边。保持着应有的恭谦，我把腰板挺得笔直，尽量不让衣角手肘，沾到他一点一点——岂止飞机上，整个考察期间，我自觉担负起了所有最累最繁复的工作，常常一众人等还在酒店等早餐，我已披星戴月地赶去周边地区调查销售环境。一次，和一位有合作意向的客户谈判，因为一个数据存疑，我就义无反顾地冒着大雨直赴现场求证。我是那样不要命地工作，顾不得锁骨日深，一件合身的衣裳短短几天套在身上已空空荡荡，声音沙哑得晚饭时喝一碗热汤都久久缓不过气来。随行的同事大赞我转性，口是心非地说什么年轻人遭点磨难懂得发奋前途才会一片光明。我靠在电梯里，背对众人苦笑，一只手透过硬邦邦的衣衫抚住暗自抽搐的胃，与其说是为了工作不顾性命，不如说是有意在某人面前憋着一口气证明自己。

电梯门开，人群纷纷散去。我走在最后，扶着墙壁，走过一个又一个嵌着铜牌的门。铺着红色地毯的过道灯火通明，在我眼里摇摇晃晃。顺理成章地眼前一黑，整个人向前扑倒，耳边尖厉地呼啸。一双手及时阻止了我，我的脸埋进一个温暖的胸膛里，再无知觉。但我潜意识里知道是谁，那个人翻身把我背在背上，我的脸时时轻触他的鬓角，他的耳垂，他棱角分明的脸侧，我轻轻呼着气，他的脸一片湿热。我们从没有这么靠近，真好！我下意识紧紧缩在他的背上，心里又甜蜜又宁静。

第二天一早醒来，我被妥帖安置在自己房间的床上，身上盖着一幅毛毯。我挣扎着起来，身上的衣服都穿得整整齐齐，只除去了一双鞋子。镜子里脸上笑容尚未散去，我低下头，心里窃喜地咀嚼着这份关心后面特别的含义。

上午开会，我专挑他对面的位子坐下，既可坦然看他又不至令人生疑。他神情自若，侃侃而谈。我看他几眼又低下头去，低下头去又忍不住抬头再看他几眼，完全看不出他有什么特别的眷顾眼神。心乱如麻，手上的会议记录破天荒未着一字。

散会后我特意拉下众人几步，与他并肩，低声道："昨晚的事，谢谢！"

他一脸愕然："什么事？"旋即如梦初醒状，"今天早上听服务员说起你昨晚昏倒在走廊，"他停了一停，"年轻人工作不要太辛苦，多注意身体。"眼睛看着别处。最普通的上司对下属的关心。

我点着头，心中的失望无以复加。

总经理助理自身后走来，擦肩而过。

考察终于结束，临走时全体人员在著名的上海电视塔下合影留念。我被人群不自觉地拥簇到他身边，撞上了他的肩膀又停下来。黑夜里我尴尬地将脸侧开。镁光一闪，我们不自然地笑，拍下来一张距离最近的照片。身后，漫天灯火熠熠，衬着心里的孤寂。

回到 A 城，生活渐渐进入正轨。

午后，接到一平的电话，他说他想和我说一句话，就一句。我马上挂断，然后关机。

一平是我大学时的初恋男友，长相斯文，亦从未移情别恋。让我痛下决心结束这段尚算平淡从容的恋情，是因为他的自私令人可恨。他最精彩的一句话是：像我这样的男人，以后进入社会必定飞黄腾达，想要怎样的美女不行？不值得现在就为一个你整天俯首帖耳……话毕又笑嘻嘻地说是开玩笑逗我。而他现在还好意思打电话！

五分钟后办公桌上的电话复响起，我接起，又是一平，也不知是怎样煞费心机得来的号码。我在午后众人喝茶聊天、风轻云淡的办公室里，隐忍着听他急急地说："昔昔，我上个月检查，得了肺癌。昔昔，我需要你的支持，我知道我还爱你，以前我们……"我心中没有一丝的怜悯。如果换作是我得了绝症，就是远匿到千山万水之外，也是不肯向某人吐露半分，越是爱他，就越不忍折磨他。而一平山重水复之后还是这般，仿佛自己不甘独自落水，还想拉个垫背一起痛苦！电话里他还在絮叨："现在没有你，我真的撑不下去，治病的钱也不太够……"

楚天涵从里间出来，路过我的桌前，停一下，表情不自然地问道："和男朋友聊天？"我握着话筒，一时之间竟无从解释。他点点头匆匆走了出去，我慢慢站起来，转身看着里间的办公桌，文件堆里一部淡蓝色电话，和我手中的电话，应该是串线……

我的心里一片混乱，手中的话筒里，一平兀自絮絮不休……

不久之后，公司出了一件大事，销售总监王哲和财务戴安是一对地下恋人，两人利用职务之便，竟然联手套走公司大笔资金。震怒下公司将他们移交司法处理，并且严厉重申绝对禁止办公室恋情。一时之间，公司里气氛大为紧张，好几个行政小姐纷纷辞职，弃卒保帅，只能如此。

楚天涵顺理成章地成为新一任销售总监，多年苦熬总算出头，从此说话做事，越加谨慎。

转眼到了7月，公司新进一批大学生，一个名叫陈艾的女子分在了楚天涵手下，与我做了同事。陈艾矮、瘦，但是眼睛灵活，下颌尖尖，一望而知绝非善类。她初来乍到，目标明确，直接向楚天涵发起了进攻。我暗想，楚天涵一向对此讳莫如深，又怎会折坠在你的掌心？

同样喜欢一个人，我只能放在心中暗暗地想，眉目之中只希望君心似我心。而陈艾则主动得多，一见楚天涵则换了个人似的，一心一意，挨挨凑凑，靠着手中一本文件做幌子，鼻息口舌之香，巴不得尽吹到楚天涵的脸上。我做不出，又无法时时闭眼不见，每夜梦里深处，都是恨得牙痒。

一日送份文件，没有敲门，抬头便看见这一幕，陈艾细细手掌已然蛇一般攀爬上楚天涵的肩头，楚天涵不动，未接受也未推却。我扭身摔门而去。在洗手间用冷水冲冲脸，我喘着气冷静下来，重新淡扫蛾眉，推门进去，陈艾已不在。楚天涵不说，不动，就那么看着我。

陈艾抱着文件从我身后走来，撞过我的肩膀。

空气中淡淡的荷尔蒙。

公司准备精简机构，消息传来，我们这里销售助理的职位只留一人。陈艾和我对视一眼，眼神针一般饱含敌意。我咬牙，不管是男人还是工作，要争，便争到底！

周末是例行的各大卖场巡场，这种费力不讨好的工作历来被广大同事避之不及。我一大早就匆匆赶往公司，任何时候先行一步无异于登上一个制高点。一边想着陈艾此时不知在哪里做着美梦，我一边推开办公室的门，门开，坐在楚天涵对面的陈艾回过头，冷冷地看着我。

超市巡场，我抱着文件夹走在楚天涵身边。陈艾走在楚天涵另一边，有意无意地更挨近楚天涵一点。我抬起头，看着楚天涵，他目光平视前方，不动声色。

至晚间巡场结束，一整天三人之间皆无多余一句话，气氛怪异之极。

迈出美佳百货的大门，微黑的天空下起了蒙蒙小雨，一辆黑色别克缓缓滑过，车窗摇下，是副总姚远："真巧，在巡场吧？今天我请晚饭。"

陈艾冲口一句："好啊！"才自悔失言地回头看楚天涵和我。楚天涵神情之间几多疲累："我还要回公司，还有一些收尾工作需要处理。"他又看了看我，我挺起脊背："我和你一起。"楚天涵的目光里有了些许暖意。

陈艾又欢喜又忐忑地上了姚远的车，隔着车窗不忘给楚天涵一个甜蜜而略带歉意的微笑。

中间少了一个人，两个人都仿佛松了一口气，楚天涵展颜对我笑："只好买两个杯面去办公室了，耽误了你一顿丰盛的晚餐，改日我补请。"改日？我把文件合在颊上，遮住暗暗升腾起的红晕。

我只是要这样。只有两个人。

两个人一起打车，坐在后排；两个人一起回到空无一人的公司，他护着我，怕被暗地里的桌椅绊倒，空气中我和他的气息交错。

泡好杯面给他，他隔着我的手握住杯面："你的手很凉。"

《红楼梦》里，晴雯丫头冬夜里只着贴身小袄就去吓院中的鸟雀，宝玉急着叫她进来："你的手这样冰，我来给你握握。"

是这样吗？是这样吗？我忍不住笑。

直笑到梦里。醒来，伏在桌上，身上拥着楚天涵的外套，抬眼看，楚天涵坐在桌对面，挽着袖子兀自工作，我笑着重新伏下。本来有满心的话想问他，初经职场时的有意非难，上海那夜的恍惚相助，真真假假，你微皱的眉峰下到底是怎样的心思？现在都不必再问。我以为我懂。

第二天上班再见陈艾，我眉目之间多了几许宽容，见面时竟破天荒地打了招呼。她在我身后顿下手袋，小声骂："神经病！"我也不生气。低头泡好一杯咖啡，给楚天涵送了进去，他抬头看我，目光脉脉。陈艾敲门进来，高声叫他几次，他的脸都来不及从我身上转回。

中午，去楼下咖啡厅小憩，陈艾尾随而至，径直在我对面坐下。她端起咖啡，正准备说什么——门开，我们下意识地往门口一看，我的脸顿时变得雪白。一平坐了下来："昔昔，我终于找到你了。"

陈艾手执咖啡往后一靠，十足看戏的姿势。

我把眼睛闭上，又重重睁开，侧脸逼视着他。

"昔昔。"一平口鼻里喷出肺癌病人特有的腐臭气息，枯干的手掌，习惯性地放上我的手背，我一挣："请你放尊重。""昔昔！"他叫着我的小名，在音乐曼妙的咖啡厅里声泪俱下地说些自以为会让我感动的话。最后，他居然还抖颤着掏出一本过去的旧影集！MY GOD！

没有看陈艾一眼，但我知道，那张躲藏在咖啡氤氲雾气下的脸，在笑。

终于送走了一平，我答应了每个周末会去探望他——只是以朋友的身份，我沉着声音强调。

我收回视线，直直看着陈艾："我认为有必要解释一下。"

"何必呢。"陈艾一口喝干咖啡，"你的私事，旁人没兴趣知道。"

连接几天，坐在办公室里，套装僵硬，灯光昏黄，玻璃窗外巨大天际阴霾，心里没来由地压抑，总觉得什么东西在慢慢发生变化。工作逐渐变得清闲起来，好几天楚天涵未当面布置工作了。透过玻璃隔间，陈艾坐在他的对面，那样的笑语嫣然刺痛了我的眼睛。抬起手指，我抚了抚磨砂玻璃上楚天涵模糊的容颜。身后，有人催促我把几份可有可无的文件尽快打出来。

其实很多事是有预兆的。在楚天涵一力争取下，公司斥资上百万引进一套大型企业管理方案。我们公司自动化程度一向很低，很多高层元老现在都是一副民营企业家的本色，连电脑都不会操作。因此楚天涵这套建立在局域网基础上的整合方案，在暗地里被许多人称为另一种意义上的权力争夺，这一方案赢得公司中下级年轻领导层的大力拥护，甚至这一方案中的执行人员名单也昭示着公司三至五年后的权力布局。没有人不想进这张名单，对我来说，还有一层特别的含义，我想知道我在他心目中的位置究竟怎样！

名单于某日会上正式宣布，我负责基础数据整理，而陈艾则负责与几大核心部门的沟通。陈艾满意地叹了一口气，也许这个结果对她而言，早已不是什么秘密。我竭力让自己的颓丧不行诸于脸上，起码的风度我要保持。我细眯着眼睛，看着那个男人，此刻他是何等的意气风发，眼光一一扫过众人，逐一分配权责，一副大权在握的模样，包括看我：傅小姐是我看着成长起来的，相信一定能担负好这一工作——这一工作！不过就是一马头卒，公司内部各种关系盘根错节、错综复杂，很多部门的账目数据都留死角，彼此之间心照不宣。在这样的背景下，以我一己单薄之力要求各方数据透明化，无异于往滚烫的油锅里扔枚石子，不过是你用来试探各方态度的牺牲品，我笑。他为什么就笃定我会心甘情愿为他卖命？难道对他的感情不过成为一个他可以任意利用的软肋？

你一直当我是个傻子?!

果然，前期工作异常不顺利，除了保守势力的一力阻碍，跟我的明哲保身不无干系。

"对那些老家伙不必客气，除了总裁副总裁，其他人你根本不用买账!"楚天涵隔着办公桌对我大声嚷嚷，一副怒其不争的表情。

"我做不到!"我第一次在他面前昂起头，"我人微言轻，级数不够。"

"或者楚总亲自出马?"

他看着我，眼神像一匹狼："别忘了，助理的职位只留一人。"

我大笑着走出办公室："有什么关系，我帮你决定，留下陈艾。"我倏地转身，一只手撑在他的办公桌上，"这不正合你意?"

总裁办公室，我在元老们诧异的目光中款款分开众人，站在了总裁前。第一次直面公司最高层领导者，并未有什么惊慌，自觉冷静而有气度："新的改革计划固然很好，但有恐少数人别有用心借机生事。如果公司不停地内耗，人心不稳，再好的改革也是徒然。"标准的反戈一击，众人交头接耳，我独立中央，不动声色。

下午召开高层会议，对整个计划紧急喊停，我被总裁亲自点名列席，正好坐在楚天涵对面。背后一干老臣的支持，我俨然与楚天涵分庭抗礼，内心兴奋异常，原来我也不过是彻头彻尾的职场动物一只。

最后一次回销售部收拾东西，楚天涵将我召进他的办公室。

"好好好，不愧是我亲手调教出来的人，论起手段来，果然厉害。"

我瞪大眼睛看着他，最后一次，这个我整整爱了三年，快乐过疲惫过三年的男人，以后相逢也是陌路。"那你一直以来当我是什么，一颗容易摆布的棋子？"一颗泪就怔怔流了下来。

良久的静默。

我自动申请调至外地分公司，与楚天涵的千般仇怨云烟般被我抛到千万里身后。蒙他所赐，经历职场如此翻云覆雨，我已有足够的冷静和决断，在新的地方干得如鱼得水。间或听到总部一些传闻，楚天涵依然没有放弃自己的野心，与各方势力不停周旋，力求上位。我笑，端起咖啡喝一口。这跟我又有什么相干？

刚到这里时，水土不服，日日缠绵病榻，夜夜梦中皆见楚天涵。彼时他非他，我非我，有时我们是印尼海边的渔民夫妇，山崩地裂的海啸来临时，他紧紧地拉着我逃命；有时我们又是一对年老的夫妇，无儿无女，生病时我照顾他，他照顾我；最离谱的一次我们竟然是婚礼上的查尔斯和卡米拉，相视一笑，温柔相偎。但是眼睛一睁开，头发一绾上，回到职场，听到这个名字我心中竟无半点波澜。也许，这就是成熟。

一年后，我以业绩西南区第一的身份荣归总部。再次见到楚天涵，在他惊喜的眼神里我看见自己气度不凡，一颦一笑皆有城府。陈艾早已和他分道扬镳，投入副总姚远的怀抱，算是两相权衡，拣上高枝。

星巴克咖啡店里，楚天涵坐在我对面，给我看了两件东西。其一是他钱包里的照片，上海缤纷夜景下，我们挤在一起，貌合神离，周围是裁剪过的合影同事的残肢断躯。想起那时，我年轻又幼稚，真心诚意爱一个人，恍如隔世。

其二是一颗钻戒，五千块左右货色，白领求婚，不靡费不寒酸，刚好的尺度。

我笑，握起那张照片，这是我曾经的年少情怀，我自珍藏，至于戒指……

"傅昔，只要我们俩同心协力，这公司迟早是你我的天下。"他热切地看着我，"我们可以秘密地结婚，谁也不会知道……"

"谢了!"我对他妖媚一笑，这盘棋，起起落落这么多回合，该下完了。我弃子，不是认输，而是，没兴趣了。

末班车上的老歌

夜晚我们登上回家的最后一班车。车上没有几个人，挨上车的位子坐了一个胖子，中间靠窗坐着一个疲惫的白领，公事包放在膝头，正在歪着头打盹儿。最后一排的角落里是一对年轻的恋人，短发的女子把头轻轻靠在旁边男友肩膀上。车厢除了轻轻地晃动之外，很安静。

车子驰过一个小店铺，门口的音响放着一支曲子，一晃而过，好像一束光照亮了车厢。

这是……我跟着哼了一段，向旁边的龙猫求证："这是我小学六年级最喜欢听的一首歌。邻居的录音机常常放，我经常听着去上学，然后考试考一百分。"

"乌溜溜的大眼睛，是你的笑容……纵使明天太阳夕下倦鸟已归巢……"我一直只会哼这么一点还不知道叫什么名字，谁唱的。只觉得那个男声很明亮温暖。

龙猫说他知道，可是话到了嘴边却一时说不出来，因为太熟悉了。

还有我小时候有一次回家，第一次看到了香港卫视中文台，背着书包才拿脖子上的钥匙开门，就听见电视机里在唱："把你的心我的心串一串，串一株幸运草串一个同心圆……"那时小虎队里苏有朋好帅啊。龙猫说他比较喜欢吴奇隆，还有林志颖、草蜢。在歌本上抄他们的歌词，旁边手绘花边再贴上他们的不干胶照片，当做伙伴间互相攀比炫耀的东西。龙猫给我唱草蜢的《宝贝对不起》："宝贝对不起，不是不爱你，我也不愿意，就让你哭泣……"那时我们班主任把这个当做不健康的歌，说情啊爱啊肉麻死了，误导学生早恋。想起来草蜢也是梅艳芳的弟子，现在斯人已逝，草蜢也解散多时，不由得轻轻摇头。然后前几天在 TVB 的新剧里看见当年草蜢之一的成员苏志威满脸胡须，在里面演配角。真奇怪，他当年看上去那么帅，原来我们已经飞快地长大，以他的衰老作为佐证，岁月真是可怕。

还有郑智化，那时好红。龙猫说到现在有时都无意地哼起他的《水手》《麻花辫子》《星星点灯》。"星星点灯照亮我的家门，让流浪的孩子找到来时的路，星星点灯照亮我的前程，用一点光温暖孩子的心……"我说是啊，很经典的歌，但是相比之下我更喜欢张雨生，MP3 里的保留曲目是他的《一天到晚游泳的鱼》，比他那首很有名的《大海》还喜欢。"一天到晚游泳的鱼啊，鱼不停游，一天到晚爱你的人啊，人不停走，沧海多么辽阔，不论天长地久，只有我的爱，它覆水难收……"一曲唱完，居然听见车厢后面有人在轻轻鼓掌，我回头对那对恋人一笑。

还有孟庭苇《谁的眼泪在飞》，周华健的《花心》，我们一首歌接一首歌唱，在这暗夜最后一班车里轻轻摇晃着唱，唱着唱着记不住词就互相提醒或是干脆哼着带过，自少年以后仿佛就没有这么痛痛快快唱过歌。不是卡拉 OK 里的嘈杂鼎沸的交际应酬，也不是舞台上煞有其事地出个节目，而是发自内心里自由自在地唱自己喜欢的歌，就像以前上学的时候夹着书本在无人的路上飞跑着唱，唱给花听，唱给鸟听，唱给才发出来的柳叶儿听，好像人长出喉咙声带就是为了在某一时刻能够这样解放身心地痛痛快快地唱一场似的，一时之间没有比这愉快的事了。

车子终于到了站，我们临下车时走过那个看起来很严肃的白领，听见他居然在轻轻地哼唱："红尘啊滚滚痴痴啊今生聚散总有时，留一半清醒留一半醉至少梦里有你追随……"是叶倩文的《潇洒走一回》。我们有默契地交换了下眼神，虽然都是陌生人但是立刻分享了这一刻彼此小小的愉快。

然后下车门时听见看着窗外的胖子轻轻地说："是罗大佑，《恋曲1990》。""什么?"我一时没反应过来。

"乌溜溜的大眼睛，是你的笑容……"他羞涩地轻轻唱着提醒我，唱得不好可能平时也很少开口，可是这时听起来又真又温暖。

是啊，是啊，谢谢你。我们下车后转身挥手再见。车厢里的人们，静静听着我们唱着那些老歌，又从心底浮现起从前温柔岁月的人们，同样挥手答礼。在这再普通不过的夜晚里，最后一班公车从电脑城驶经市中区再到大学路，不过二十多分钟，但是因为这一首又一首的老歌，让我们之间建立起一种温柔的联系，人与人之间的那种，关于美，关于爱，关于那些共同经历过的回忆。

伏特加 1995－2005

　　1995 年的那个夜里，玛苏无异于一个亡命天涯的杀人狂徒，她紧握的右手心里全是血，她想着她的背包里还有半包没吃完的饼干，钱包里二百一十块钱。她可以一路向南，逃到最接近海的广州，也可以转身一路向北，逃进寒冷的深山老林。她就这样穿越一条又一条更加黑暗的街或是小巷，在想象中将路旁的建筑物挤得纷纷侧身，然后奔向她的海或是森林。

　　当然，最后她来到的地方不是极南边的广州和极北边的森林，是一扇洞开的门。她疲倦无比，很难想象这样的深夜里居然有这样一扇门大大打开，好像专为迎接她走进来。

　　她在喘息中适应黑暗，这是一个小小的安静的酒吧，在黑暗的角落里，她发现居然有一个人坐在那里，一动不动地看着她。她随便找了个位子坐下来，脚趾发疼，她冷笑她已经杀了人还怕什么，然后她就慢慢恍惚起来。

　　一觉睡到第二天中午，窗外也似乎没有出现通缉令。

　　那个男人叫杜锐。给她做了白兰地鸡蛋做早餐。他认为她是他宿命中的一点，在那个女人神色凛冽撞进来的一刻，他正握着一把餐刀抵向自己左手动脉——这个日益没落的酒吧欠下了别人大笔钱。"所以说，你救了我。"杜锐说。

　　玛苏心里惊涛骇浪后地平静。她抱着温热的酒杯，想着十几个小时之前，她手里正抓着一个玻璃酒瓶，彼时学院路上喧闹的街边汤锅，赵浩轶深深地看着她说玛苏我们还是分手吧。明天他们就要大学毕业，他们约定去广州，那里四季花开，愉快的夏天永远不会终了，但是现在诺言里的广州立刻变成了一座使人伤心的城市。他要留在另一个面目模糊的女子身边，为了留校以及以后前途无量。她想也没想立刻抽出桌上的玻璃瓶子劈头砸向他，是下了死力的，好像这些年对他浓烈深沉的爱。他额上带血直直后倒，临近的几张桌子顿时鸦雀无声。她扔下带血的破酒瓶大踏步转身就走，越来越快，最后跑出了她的爱情。

　　杜锐陪她回到学校里，事情没有想象的那么可怕。赵浩轶没死，他被送进医院包扎了一下，仍旧可以头上裹着厚厚的绷带穿着学士服参加他的毕业典礼。合影时玛苏抱着满怀花挤到了他的身边，最后快门按下时，这个美丽的疯癫女子倔强地和他留在了一张画面上。

　　玛苏没有去广州，爱情没有了看到那些花也只有伤心。她在学校附属的科技企业里找了一份工作，天天在学校里和赵浩轶低头不见抬头见，她要做他哽中的刺，尖尖地站在那里。

　　那段时间下班后，她常去杜锐的店里喝酒，酒入愁肠，硬是掉不下一滴眼泪。她穿着白衬衣在店里避光隐晦的地方垂着脖子，深夜夜风泠泠，那个时候她才明白自己软弱无力。

　　每次喝醉，总是杜锐早早打烊把她背回去，一路上任她恸哭，眼泪微凉，打湿了他的衬衫领子。通常回到家，她已经熟睡多时，梦里笑容甜美。他不忍心吵醒她，想她此刻心里才是片刻安宁，就扶她上床，脱了毛线袜子拿被子厚厚盖好她，再在客厅里陪她坐过后半夜。

玛苏明白，自己的报复行为没有结果，但是她停不下来。这种感觉似毒像瘾，是深埋在她血中的惯性，她不知道她不这样还能做些什么，不持续憎恨是否还能拥有别的美好感情。

那个谁谁谁，就是赵浩轶身边面目模糊叫皮娜的那个，玛苏嚣张地自我表演她不是没看见，她只是在背光的房檐下眼睛闪着冷冷的光。有人看见玛苏容色妖异溜进赵浩轶的独立办公室，那扇橡木门缓缓滑拢，留出一条微妙的缝，待得皮娜在众人的拥簇下风风火火赶到时，玛苏正把狼狈挣扎的赵浩轶压在镀膜办公桌上。皮娜发抖，想大声尖叫，扯她的头发打耳光，但是她还没有说出口，玛苏拽着外套滑过她的身边，"偷别人的东西就那么好消受？"转眼给她一耳光，皮娜的头一偏，脸上留下鲜红掌印。

那天扇了别人一耳光的玛苏回来在杜锐的店里痛哭通宵。杜锐给她倒了一杯温水吃了两粒"感冒灵"，转头就看见她哭着吸溜鼻子在撬一瓶"VODKA"。

"不要再喝了。"杜锐抽回瓶子。

玛苏定定地看着他，突然夺过整瓶酒倒转酒瓶就朝他砸去。她浑身冒冷汗，面颊鲜红，她想她是病了，沉溺已久的深深病态。

佛说，人世有六苦，求不得，也算一苦。

这苦与赵浩轶却一点无碍似的，他事业爱情双得意。那天的私人晚宴，在天下王朝酒店的顶层，皮娜一家动用了关系，替赵浩轶引见新上任的教育厅厅长，赵浩轶本该准时出现，皮娜盛装桌畔，心神不宁地等他。与此同时，玛苏在电话里呼吸急促，她说她在一条偏僻的公路边，被一辆肇事逃逸的车撞了。赵浩轶觉得自己不能不管她。

他的车来到那里，玛苏正蹲在野地里抽烟，他们分手后她养成了这习惯，抽烟抽得咳，在办公室赵浩轶触目所及的地方她能咳得快要把肺咳出来。看见他来，玛苏笑了，现在她的目的达到了。赵浩轶无可奈何，玛苏笑他还是本质懦弱，面对女人不够狠。他载着她在城市里面兜圈，看过往街道上映着玻璃的流光溢彩。看看时间差不多了，车子正好直直地驶到天下王朝正门口。玛苏微笑下车，她摆出一个美好的姿势，仰头看着顶楼餐厅的灯火，够了！她满足得很。招了辆的士，找了一家酒吧——不是杜锐那家，杜锐只适合出现在人到伤心时，而这时她那么喜悦，她不爱看他皱眉，好像在谴责她天性凉薄。

酒酣她习惯性伸出手去吧台后面，她喝醉了，觉得有些冷，她想让杜锐带她回家。杜锐当然不在，吧台后陌生脸的调酒师礼节性地拂开她的手。她踉踉跄跄地踩着她两寸半的高跟鞋走在灯光黯淡的街边。身后无声无息地滑过一辆车。

那天的记忆玛苏很久以后都不曾清晰。车门打开，有一个或更多的人下来。玛苏觉得什么东西砸了下来，先是肩膀，然后是后脑勺，她一下跪在了路上。朦胧中有人大叫着跑来，在不远处同样被人打翻。有人在她上方打开一个瓶子，强烈的化学气息弥散开来，玛苏本能地觉得恐惧，但她挣扎不起来。

硫酸，可能是别的什么，烧焦了皮肉，发出巨大的"吱吱"声，玛苏发狂地吼起来。一个坚实的黑影覆盖在她上面，替她承受了一切苦难。

玛苏剪短了头发，头上裹满了绷带。她趴在重症监护室外的玻璃窗上看插着氧气管、一动不动的赵浩轶。够了，他欠的，他还了。玛苏笑笑，确定不去指证皮娜，当做是对赵浩轶的回报。

她想着她该走了，去一个自己喜欢的地方，那里有海，春暖花开。

走之前坞苏花了很长的时间犹豫，要不要去跟杜锐告别。杜锐在电话里沉默了很久，"不用来看我，自己多保重。"好像因为酒吧欠人钱的缘故，杜锐被人砍了，他历来衣衫整洁，想也不愿让她看见自己狼狈的样子。杜锐说你有酒吧的钥匙，自己去看有什么看得上眼的拿点儿作个念想。她笑，那给我一瓶伏特加，我要最正宗俄国产的，喝了张嘴一点打火机就能喷出火焰。杜锐低沉地说，那不行，几百块呢。她笑笑，放了电话。

到了广州，她在海边照过相，鬓边别着红花，她给杜锐寄了去，普通朋友间的联系，她告诉他其实她过得还好，见字如面。他给她回寄了一大瓶伏特加作为回礼，她指定的那种，木塞上厚厚的蜡封，只是他说，少喝，特别在感冒以后。

这些年她过得不是不好，该实现的梦想，比如赚钱、花钱、到处走走、与海为伴，基本上都实现了，也就那样吧。只是似乎很久没有恋爱，开始以为是赵浩轶的伤，后来发觉不是，那种真心对自己好的人是可遇不可求的，有时一辈子的概率就小于等于一，这个一就是杜锐，但是她错过了他。

玛苏回到了原来那座城市，秋天的天空里看见候鸟在迁徙。她去了以前杜锐的酒吧，她曾在黑暗里穿越过的街区整个都在拆迁，那个酒吧仿佛很久以前的事，久得周围的人都摇头说，不知道。杜锐留给她的，终归只有一瓶没有开封的伏特加。

她爱上了这种酒，一个人在家的时候很有节制地喝；如果感冒则不去碰它，乖乖吃了药倒头睡觉，她很听话。她想如果他知道她这么爱惜自己，会很开心。

一次她去买酒，在代理商的公司里，一个短发男子正对职员交代什么，转过身，两个人都愣住了，一刹那间她想到了《甜蜜蜜》的结尾，杜锐像黎小军一样冲她笑了。杜锐现在是这座城市和广州那边伏特加的经销商，一年的时间都在两座城市间穿行。他想他卖的酒中总有一瓶可以到得了玛苏手里，因此他特别喜欢这份工作。

那天他们在一起开了那瓶酒，那瓶随着玛苏像候鸟一样万里迁徙的伏特加。玛苏无比珍惜地将它倒在两只杯子里。也许很多年以前他们就该这样一起打开它。喝了一口，浓腻的甜灌下喉咙，啊!? 杜锐对她微笑，"勃良艮糖水，听说过吗？

"可以调鸡尾酒，拌冰激凌，煮咖啡的时候也可以放点儿。

"你那个时候很不开心，喜欢乱喝酒，有一次你吃了感冒药还在乱开伏特加，我很担心。卓别林就是死于酒后服用镇定类药物。我很怕你一个人躺在冰冷的屋子里，出了事也没有人知道，你又那么逆反。"

他顿了顿，红了眼圈。

"所以我用糖水换了伏特加，你发觉了，最多骂我两句。"

这么多年，这就是杜锐一直陪伴她的小秘密吧，玛苏摇着头笑，抬起脸来，眼角泛着泪花。还有一个秘密，杜锐以为她一直都不知道，她把手温柔地插进他的后颈里，触手坑坑洼洼地粗糙，那年那个夜里，赶来阻止皮娜进一步犯下大错被打得脑出血的人是赵浩轶，而最终，像一座山一样温柔地覆盖她的人，是杜锐。她觉得欠他太重，还不起，所以远远逃开。

他笑着问她，还要不要来一杯真正的伏特加，他家的酒橱里，各种年份不同产地的排了一排。玛苏摇头，这样的烈酒，一口下去像一团火，会让人不由自主地温暖起来，实在是适合孤零的女子，而现在或是以后更长的时间，她想她不再需要它了。

一切一切的激烈，挣扎了那么久，总归为最后的宁静。玛苏在杜锐怀里合上眼皮，这就是她命里的爱了。

夜　奔

　　一千年前那场著名的夜奔，那夜想必很冷。她拽着自己的彩衣长裙，头上金钗渐落。她的包裹里有几件攒下的细软，她的脑子里有着女人小小的智慧，她那轻薄的衣衫下有冰凉美丽的身体——所有人都在沉睡，包括他。凉月漫天下她赶着路，黑夜里没人看见她的美貌，她心中百折千回，她不知道值不值得。还好，幸好，她赢了那一局。红拂。

　　在车站送别陈银的时候，已经快午夜了，她满脸恍惚笑容，转身提着行李上了火车。她和她在北京工作的男友已经分开两年零六个月了。在音讯进一步莫名地稀疏以前，她辞了优厚的工作，挥别了父母朋友，远离了家乡，然后去北京。走的时候她说冷，她握着领子有些怕。"那还去不去?"

　　还是要去。在铁轨锵锵碰响的深夜里，她开始了她的夜奔，结局是男人的怀抱，抑或一扇紧闭的门。

　　朴鹃也是在去年这个时候去的上海，走的时候我帮她参谋了新的发型，穿上了易褶皱的新衣。"一天两夜的火车，到的时候怕不成样子了。"

　　"没关系，我尽量不睡，也不歪着靠着。"她脸上带着笑容。

短暂的几天后却来了电话，电话里她哭了一场，回来以后再不提这件事。

后来她经常感冒，身体一直不好，我想是那夜风太大，伤了她的心。

女人就跟候鸟一样，一生中总有那么些时候，为了某个男人，或者，自己给自己的理由，义无反顾地朝着某些地方进发。我的那些女友们，都是极聪明的人，很轻易地看透某些男人的本质，也不相信爱情天长地久。但是在某个时刻，坐下来，仍然觉得有些什么扛不住了，很多压力已经积累得太久，甚至自己还不知道已经积累得那么久，事情如果自己找不到出口，就会把某个男人当做借口。

她转过身，她也转过身，电影里周渔转过身，背景千篇一律火车隆隆，不是因为想念，是因为寂寞了。

女人的感情比男人宿命，越长久越牵肠挂肚。明明知道这个男人已经没什么意思，却还是在一起，不是因为喜欢，是因为习惯了这份喜欢。不管他是多么靠不住，不管自己是多么坚强，发生了什么事情第一反应还是马上打电话告诉他。生活中的不如意总是那么多那么多，小小的女人，太容易陷入情绪的低潮，这时除了感情外，还有什么可以去投奔？可以去躲避？三十五岁才结婚的琉璃向我讲述了最美的爱情。那个他是个长相酷似港片里的欧阳震华刘青云般高大敦厚的男子。在琉璃最好的岁月里，他一直面目模糊的若隐若现，琉璃注意到了他却迟迟舍不得将自己交付给她，她和那些条件优渥的男子或真或假，事到临头总是无法下定决心，一直表面坚强，人前谈笑风生转眼到了三十五岁。那夜里她哭了，或者因为书上的一段话，或是一段老的曲子，不管怎么说总关心事。她握着话筒想不起投奔什么人，突然就想到他，他在一个很近的城市里，一个多小时的车程。他简简单单地说，你来吧。在车里她咬着自己的指弯哭得像个小孩，可真冷啊！裹紧毛衣都顶不住。到了终点，他踱在昏暗的路灯下像头熊似的，等她。也没礼貌地征询她的意见，直接脱下带着热气的大外套连头裹了她，抱在怀里领她去吃了一顿热腾腾的汤锅。你知道吗，那晚下着小雨，立秋，别提多冷，但是和他坐在临街的灯光下喝汤时，不知道自己怎么那么快乐。快乐得发抖，从此总算有个人给自己拿主意，半世安稳，仿佛什么都不用管，不用管，只消把手交到他手上。她嫁给了他，嫁给了她终于找到终于捡定的安稳。一直到现在，他的条件还是不好，这是硬生生地摆在眼前的事实。注定了她只能当一个为生活琐碎起来的女人，一日又一日不乏袍子上的蚤，这是她回避不了的，但是毕竟她得到了每夜每夜等待她的肩膀——"你说，我还求什么？"

蛾子在黑夜里飞翔，总向往温暖和光亮的地方，恰如女人这一生情路跋涉，到头来迷失了情爱遗忘了浪漫，堪破终了，长长夜奔的结果不过只是为了要那么一点，一点点。

ZU 的日记本

那是一场巨大的战争。

……天空下起了阴晦的雨，士兵们从土黄色高地上溃退。每个人都带走了自己最宝贵的东西，或是自认为最宝贵的东西。可能是一双从尸体上扒拉下来的短靴，可能是贴身衬衣口袋里的两枚女皇金币，也可能是一块在这样的战火中还能奇迹般保持运转的完整手表。当然，这些好像能留住生命中最后一丝温暖的东西一路上不停地损坏、丢失、被劫掠。我们又不断地沿途抢夺着新的东西作为自己最宝贵的财产。

我一直留着一样东西。

又小又坚硬，稳妥地装在贴着心脏的衬衣口袋里，和我的铁十字勋章待在一起。

但是路上我又抢到了另外一个东西。

那是一天傍晚，我经过一个半废弃的村庄时所发生的事。

延绵的战争已使这片大地上罕有人烟，到处都是没有尽头的湿地，滑腻腻的泥地上遍布着浸水的网状低草，湿绿黝黑。

那天下午行军的时候，前哨就发现正前方有一个影影绰绰的土黄影子，就好像遥远海面上的海市蜃楼。出身这一带的士兵说，那是一座山。

天快黑了，我们走近了那里。那是一座建立在一片干燥黄土上的小村庄。

我们单手提着枪，一个一个瘦长的身体，在荒原上互相看着。

有一种难以适应、难以相信，但好像回家一般的感觉。

村庄里没有妈妈，它是空的。

没有食物，所有房间里的家具都被捣毁，铁叉斜刺在道路的中间。村庄里的所有人好像都抱着必死的勇气投入到战争里。斜风卷过云层里最后一点模糊的夕阳光，给这空寂的村庄覆上了一层又一层薄薄的黄沙。所以下午从远处看，整个村庄像是一座黄色的小山。

最后，我们找到了一些清洁的水和干稻草，于是决定在这里歇一夜。

抽过一支劣质的烟卷，胃里空荡荡的越发难受，我决定离开众人去村子里找一些吃的。可能是一只蛋，也可能是一块干瘪的面包，我相信总会找到些什么。

空气透过裸露的手指开始感知寒冷，我裹紧了自己薄薄的军衣。我今年十七岁，个子已经很高，但是还没有发育完善的骨骼仍然不能撑平两肩的肩章。给我一到两年，我会成长为一个很棒的成年男子，无论是骨骼、结实的肌肉，还是硝烟下光滑的皮肤——如果上帝给我这一到两年的话。其实我真的很想在这个世界上活下来，我一边想着一边往前走，皮靴挟着地上的小股黄沙，在暗色的村庄里发出空荡的回声。

就这样，我接近了那所暗夜里银白色的树皮房子。

树皮房子修在一条静静潜动的小溪边，和一座很小的水车连在一起，是那种乡下常见的小作坊。我一手握着枪，另一手推开湿朽得快要掉下来的木头门，骤然断开的铁锁"啪"地掉在尘埃里。作坊里黑黝黝的光线和独特的霉臭混合在一起，我仰着头后退一步，让更多的光线照进去，房间里有一个个子很高的黑影正在上下跳动！我马上扣住了扳机，枪口对准的却是一个粗壮的石杵，石杵高高扬起，再轰然杵落到一个空空的石臼里。石杵的一端连着一块静静转动的石磨，石磨落下了一无所有，墙壁上折射着外面水车切碎的片片天光。原来是个废弃的粮食作坊。我嘲弄地鄙视了自己一下。

目光掠过墙上挂着的一排排由大至小的细孔筛子和地上码放着的石碾，我沿着墙壁在这个阴湿的房间里走了一圈，黑暗推挤着我，最后又容纳了我。鼻孔里若有若无地闻到一丝轻微的触息，也可以称之为第六感之类的玩意儿，我总觉得这所一眼就可以扫完的小作坊里深藏着什么不为人所知的东西。然而我什么可以吃的也没有找到。再走一圈，还是没有。我想回去了，天黑了，黑夜里要和伙伴们待在一起，落单的士兵在这块不容我们的大地上总是危险。但是那点气味始终撩拨我心里不安。我更加仔细地寻找起来，终于，在房间的中间，我发现了一块古怪的地砖。

地砖陷在泥夯实的地面里，几乎已经成了一体。我蹲下身，掏出靴筒里的匕首，一点点撬动着地砖的边界，金属的强硬擦着泥土的软弱，哧哧声里我一边划，头皮上的神经一边莫名跳动。

打开那块两英尺见方、一侧连着枢纽的地砖，下面是一个深深的洞穴，我用德语朝里面喊了一声，没有声息，再换成英语，还是没有。我往门外看了看，焦灼地咽下喉咙里的干涩。也许最好的办法是召唤同伴一起来看，这样个人的安全系数大得多，但是如果下面真有什么好东西，能激起人类最本能卑劣的贪欲，那还是我一个人在比较好。

最后我下去了，天越来越黑。

"哐"的一声，一具骷髅抱住了我。

骷髅脸上吊着的腐肉不由分说地挤进了我的嘴里……心里极度地震惊，即使在战场上也从来没遇见这样的事情，那里都是新鲜的血肉，来自于上一秒还活着的人们。

我倒在地上挣扎，但是那些散落的骨头随着我倒下，在我身上环环相扣，好像硬要融为一体。我全身发着抖，竭力摆脱。突然肩膀一阵剧痛，我眼前一黑，发狂地叫了起来。头顶上的地砖在我眼前轰然关闭！

最后合拢的光线里，我周围的一圈金属捕兽机闪闪发亮！

第二天军队又将出发，没人会发现少了他。战争总会吞噬掉许多人的性命，他们习以为常。

那时我就这样想，躺在离地面三十多英尺的漆黑地下奄奄一息，灰色眼睛半开半合。

黑暗里突然传来一阵奇异的清香。有很柔软的东西抚摩上我的脸，那一瞬间我正在幻觉里，我躺在一片开阔的墓地里，一面是斜缓的绿色山峦，另一面是浸润的湖水，四周有洁白的接骨木花朵依次盛开，轻轻地挨上我的面颊，这样宁静的死亡我在战场上已经盼望了很久，我几乎要微笑了，这时有东西慢慢靠近。

一瞬间，我的神思被拽着飞快地从接骨木花盛开的墓地撤回到这个黑暗腐臭的地窖里，对，附近有什么东西挤开黑暗而来。

我张开嘴巴，颤抖的喉咙里发出"嚯嚯"的声音，血迅速灌满口腔和鼻腔，无比的痛终于从寒冷中袭来，我想我要死了。

黑暗里那个冰冷的东西——那个活动的冰冷的东西，碰了碰我沾满血的脸，然后抽了回去，颤抖的疼痛里清晰传来舔舐血液的声音。

过了几秒钟，那东西靠近了我的脸，湿润的呼吸轻轻喷到我脸上，再移到了我灌满鲜血、呼呼喘气的口腔中，嘴唇一阵疼痛，那东西猛然咬住了我的嘴，开始大口吸食我口腔中的血液！我惊骇得头发都竖了起来，就好像古代神庙前的祭祀品一样任凭吞噬，随着它的喉咙极为满足地"咯咯"作响，我觉得自己的五脏六腑都要被它吸空。

就要这样死了吗？

在我崩溃前的最后一秒，那东西放开了我的嘴唇。我艰难地呼进一口腐臭的空气，突然感觉喉咙一紧！两排尖利的牙齿迅速咬住了我上下抽动的喉咙。

我今年十七岁，在上战场以前，一直寄居在莱因一所孤儿院里，剪着那种很可笑的前面短后面长的头发，竖纹布的罩衫掩盖着发育过快的瘦弱身体。在那样的罩衫里我曾经呼吸短暂停顿，双腿抽搐着在一个灰蒙蒙的清晨醒来，那几秒里我喘息着想到了死亡，觉得世界破败无比。从那时起我开始不自觉地迷恋起女人们的气息来。不管是玛德娜院长的棕色头发，还是厨娘围裙下鼓鼓的小腹，也不管是女童们的龅牙，还是琼玛特的月经周期，孤儿院里到处沾染的女性气息，一丝一缕深深地缠绕着我。

琼玛特是孤儿院里最漂亮的女孤儿，她的鼻梁两边生着对称的雀斑，在发育时期里肩膊长得像男人一样壮实，胸部和骨盆都很大，眼睛看人湿漉漉的。玛德娜院长曾经笑着对她说，她会成为一个好妻子和一个好母亲。孤儿院里的男孩把这句话理解为她很乳牛。那头乳牛从我旁边走过时我总能闻见一股强烈的气味，有点臭又有点怪，然而其他男孩们都不能闻到，我又厌恶又深深地迷醉，潜意识里很想狠狠地攻击她或者……保护她。后来她死于二月里的一场疟疾，那场疟疾夺走了孤儿院里很多小孩的生命，我是活下来的那部分里的一个。那个时候我正蜷缩在床上高烧、发抖，做着各式各样古怪的梦，每个梦里琼玛特都在我的床单里，我紧紧拥抱着她，她的味道无比强烈，然后我发着抖汗流浃背地醒来，看见清晨里她的尸体被附近教堂的修女悄无声息地抬了出去。那些我无比渴望的味道安静地覆盖在洁白的床单下离我远去，好像一块逐渐冰凉的糖沉进黑暗的味觉里，不再苏醒。

那以后我恢复了健康，然后外貌上很突然地完成了到一个男人的转变，我是说我变得很俊朗好看。然而我的心底很混乱，我曾经在充斥着惑乱气息的女生澡堂里一个人坐了一下午，那些冰凉的黑色石地板上曾经留下过琼玛特和她的月经周期的味道，我揪着自己的头发，自己都不知道自己想要的到底是什么。一直到我上了战场，我比任何人都嗜血。血的味道能够冲淡我对女孩味道的渴望，我害怕软弱，这样很好。

我满身冷汗，后仰着醒来。四肢软弱地垂落在捕兽机里，不自觉地抽搐了几下，捕兽机哗啦啦地响。

金属利齿穿透我的旧军服，在我的血肉上噬出更深的痕迹，新的血液穿透干涸的喉咙呛出。我还没死？上帝！

周围一片寂静，那东西不知什么时候已经静静潜走。

饥饿从身体的中心开始扩散。

我好像被独自托在寒冷的高地上一样。唇边鲜血的滋味无比美味。

那东西……可能是一只野兽，也可能是挪威古代传说中地洞里的妖精，它们撕咬人的血肉，从喉咙开始生吞人的鲜血。但是我并未被它吃掉，或者我可以想办法把它吃掉，再看看能不能从这里脱困。

我竭力伸开手指，去够右腿胫骨上的那个捕兽机。在古代日耳曼，狩猎者结束用尖锐的铁叉刺穿野兽的时代，这种老式的机栝式捕兽机就开始使用，在钝重尖利的两排铁齿后，是弹簧连成一体的两块铁片，只要压迫弹簧使之变形的话捕兽机就会松开——当然前提是经过漫长的演变，这里的捕兽机和孤儿院里的老园丁故事里的那种捕兽机没什么变化才行。咔！

我大脑麻木了几秒钟，变形的弹簧铁丝嵌入手指的血肉里，与此同时张开的捕兽机铁齿下，右腿血流如注。

它来的时候我静静地躺在捕兽机堆里，饥饿让我的各种感觉比平常更敏锐。我最后确定它应该是一只挪威乡间惯常出没的狐狸，善于打洞，腻居在黑暗里。鲜美的狐狸，毛皮温暖。

两只小小的爪子爬上了我的胸膛，柔软的身体，接着是"咻咻"的呼吸寻觅，有舌头开始舔舐我下颌的鲜血。我霍然而起，双手从身下挟着拆卸下的弹簧钢丝迅速绕过它的颈脖，再用力一勒，我听见娇弱地惊呼，一双小手在我的胸口徒劳地抓挠！

那是我第一次见到她。

我僵在那里，双手牢牢地勒定她的脖子，心里混乱惊异得好像抱住了一整罐妖精的金子。开什么玩笑，都不知道多久无人存在的村庄……黑暗的骷髅地窖……野蛮的捕兽机……这样的地方怎么可能会有一个……一个女人，一个我们在战场上，很久都没有看到的女人……我想我一定是濒临死亡，所以精神错乱。

怀里的动物仍在不停挣扎，我更紧地攥定"它"脖子上的铁丝，摇晃着从地上站起，细碎的骨骼和金属在我们四周轰然铺开，我双手拖着它站在黑暗里，急切地想找个光亮的地方辨识一下。如果它是一头小兽，我就吃了它。如果它是一个女人——只能发泄欲望而对前路无用的女人，那么满足欲望以后，我会杀了她。

单手"咔"的一声掐碎它的脖子！我想象着手掌肌肉伸缩的

那种快感，好像婴儿时期掰碎一块干燥的麦子饼干，又好像饥饿的少年时期独自在厨房撕碎一只鸡！也许单手还不行，必须双手，这种深入骨髓、满足原始吞噬的欲望让我生命力不由一振。

右前方，右前方的黑暗里吹来阵阵冷风，有流动空气的地方意味着可以找到光亮，我拖着它费力地向前走，大脑混乱得无以复加。

随着清凉的大股空气扑上面颊，前方大自然的夜色天光豁然而来，这是一座很小的石牢，大概仅比过道宽两三码，石牢里堆满了黑黝黝的东西，一时之间竟无法分辨是什么。尽头略高处有一个拳头大小的洞，透着外面水声云空，竟是河边的水车在轱辘辘地拍打。乍从墓底一样的地方脱身，大股冷空气不由分说地涌压口鼻，我胸口痉挛着干咳几下，压制已久的鲜血喷了出来。紧扣着手指上的猎物，还来不及回头看一眼，我就跪倒在地上，一头栽了下去。如果它真的是凶猛的野兽，那么这一刻形势逆转，我毫无抵御地交由它的手上。

我心里很宁静，我的身体依恋身下的那个平面，我睡得很香。一片冰凉里胸口小小的温暖，这种依偎庇护，好想永久，我真不愿醒来。但是我这样想的时候，我醒了过来。

我仰躺在洞口下面一个小小的石床上，身下铺着清香的干稻草，残破的军装连着里面不成样子的衬衫都被悉数解开，赤裸的胸膛上偎着一个温热的身体，连着我的呼吸一起一伏。好像爱护这蝴蝶，我怕惊破了这梦境，直到我的手抚上了那长长浅亚麻色的头发，怀里的人慢慢抬起了头。于是那个清晨，我愣住了。

实际上她长得不漂亮，和我们传统里丰肥雪白得好像上帝羔羊的那种女人完全不同。她很瘦，过分单薄的身体和一张清秀小男孩一样的脸，唯一美丽的是她的眼睛，好像高加索山上的云翳遮蔽了所有花的光芒。我看不出她的年龄，好像十六七岁刚发育的处子，又觉得可能时光荏苒千年她还是这个样子，是一种接近永恒的存在。

我的 ZA。

字迹在字母 A 这里出现了断裂，再往后面翻，出现了纸张撕裂的缺失。我隐约觉得自己好像发现了一个很大的秘密，却又无从说起。

让我明白你

　　杜衣衣第一次看见赵，惊了一下，在这新生晚会上，赵醒目地穿着蓝布衣裤，脚上还是一双罕见的解放鞋。穿着解放鞋的赵挺直身躯站在杜衣衣面前，学着别的男生伸出一只手："和我跳舞！"

　　他甚至不用"请"字！

　　后来杜衣衣知道，那天赵是带着怒气的。这样的怒气自从开学那天起积累了好几天，赵自尊又自傲，讨厌别人看不起他，所以他发泄一样找到全班最美丽的杜衣衣领跳了第一支舞。可是他压根儿不会跳，一脚一脚踩得杜衣衣好痛。

　　那天以后，他再没理过杜衣衣，见面昂首而过，好像她只是路边尘土里极丑的一只小鸭。

　　杜衣衣才不稀罕他，杜衣衣心中的王子要郎骑白马来。那时满校园流行韩剧，杜衣衣和许多女生一样，觉得那个教韩语的老师郑明晓，四分之三的侧面真像《天国阶梯》里的权相佑，如果郑老师冬天脖子上再蓬蓬松松戴一根褐色粗毛线的围巾，围巾的一头垂在左胸前就更像了。所以圣诞节前，你可以看见很多女生心照不宣地往寝室搬毛线，但是很多都是紫的粉的，隔壁寝室有个女孩还打了一个斑马纹的，真的以为郑明晓是 KETTY 猫啊！杜衣衣撇撇嘴。

上课上着上着，杜衣衣手又开始痒痒，在她往书包外掏那一小截围巾时，一大团毛线疙疙瘩瘩地滚落了出来，蹦蹦跳跳地顺着大阶梯教室一级一级飞快地向教室中间的讲台滚去。杜衣衣大惊！一分钟过去，那只命运乖张的毛线团不知在哪里被一股神秘的力量截停下来，再没出现。直到下课同学们纷纷离开，第一排的赵突然转身把一团灰乎乎的东西照头扔来："你花钱上大学就是干这些?"满眼鄙视得不能再鄙视了。

杜衣衣扁了扁嘴没有哭出来，那团毛线脏兮兮的，想也知道肯定一直被那样一只穿解放鞋的脚踩来踩去。

直到圣诞节过了很久，也没看见郑明晓戴上那条褐色的围巾。你也知道韩语那么拗口难学，杜衣衣每天摆弄那些艰深的书页，无奈地看着前方再前方的郑明晓，她不信他一无所知。在那条围巾里她叠了一张小小的勿忘我色卡，上面用她才学会的这种文字拼着：我爱你。

这几天上课，杜衣衣总是一脸狐疑地盯着前面看，赵的那件明显不合身的大防寒服脖子里，露出一截截短短的褐色粗毛线头，像一根又一根的手指饼。杜衣衣想："他偷了我的围巾。"

在林荫道里她拦住了他。赵想往左走她就往左站，赵想往右走她就往右站。

"你这个小偷!"杜衣衣一字一顿地说。

赵看着围巾涨红了脸，他解下还潮乎乎的围巾想递给杜衣衣。杜衣衣厌恶地接过来就抛得远远的。她转身满脸通红地顶着风跑。她想赵偷走的不是围巾而是她的爱情。

那以后杜衣衣经常看见赵，他在学校里兼了好几份零工，从打扫食堂到图书馆管理员，不管到哪里，总可以看见那个褐衣的身影在低头忙碌着什么。杜衣衣看见他就烦，脸急忙转到一边去，久而久之形成了视觉惯性，到了什么地方就潜意识地看看他在不在，为的是及时转过头去。如果不在，倒觉得有点空荡荡的不适应。

同系低一级有人患了白血病，一下课就可以看见他们班的同学制作了小小的募捐箱，捧着到处走，横幅上打着"救救我们的同学！"有人往募捐箱里放钱，他们就低声说着谢谢。募捐箱捧到了赵的面前，他很是犹豫了半天，手揣在那件脏兮兮的大防寒服兜里没动，那募捐箱停了一停又很理解地继续向前走。杜衣衣冷笑一声，掏出自己的钱包。忽然赵冲过来，像是下了很大决心似的把手里紧攥的东西塞进募捐箱，一瞬间杜衣衣看见那是一把卷在一起的零钞，毛毛糙糙的，一块两块五毛，她不笑了，可能是赵一个星期的伙食费。

晚上杜衣衣看着看着书又停下来，叹口气，可能赵真不是坏人，可是想到那条围巾和被他偷走的爱情，她脸上的线条又绷直了。

天气越来越暖和，时髦的男生已经穿上了阿迪达斯新上市的春装，赵还是那身看不出颜色的防寒服，只是换掉了里面的旧毛衣，改穿了一件灰扑扑的衬衫，越发显得瘦，身体好像在宽大的衣服里晃荡一样。体育课的球场里，他不服输地跟其他男生疯跑，过不了多久，就弯着身子双手按在膝盖上喘气。

杜衣衣本来和一帮女生一起给球场上最拉风的男生鼓劲，看见赵，突然就没有了再大声喊加油的兴趣。她转身买了好几瓶纯净水，抱了一满怀，半场时一路给男生派水，磨磨蹭蹭走到赵边上，"喏！"递给他，连名字都忽略了。赵却抬起头用手把水挡了一挡，汗糊糊地粘到杜衣衣手背。杜衣衣觉得很生气很没面子，赵跑到边上拿一个早已晾好的搪瓷缸子咕嘟嘟地喝里面的水："你别介意，我这有，都是水，不要乱花钱。"他拿手背一蹭额头，留下一道傻气的痕迹，杜衣衣忽然笑了。

赵无缘无故在班上消失了两天，听人说是因为血糖过低晕倒在水房里。在医院输液又会花钱吧，杜衣衣轻轻想。回来以后的赵更加清瘦，仍然早出晚归读书，去图书馆和食堂打工，而且托人帮他再找一份校外的兼职。

杜衣衣新近增加一个神秘的习惯，她早上总会第一个到图书馆，赵还在替老师收拾准备开馆，杜衣衣握着怀里一个暖乎乎的面包在弯腰扫地的赵面前停下来，赵看见一个大大的金灿灿的面包递到了他的鼻尖，一抬头是杜衣衣下垂的眼睑。赵第一时间是想拒绝的，莫名其妙的尊严。但是在他反应过来前，杜衣衣已经跑回她的座位上去喝牛奶，同时翻开书的第一章，表示她不想被人打扰。手里的面包，是街角那家好望角面包店新出炉的吧，香，他咬了一口，犹豫地觉得这应该是施舍以外的东西。

从此早上的面包成为一种传统，陆陆续续来到图书馆的同学们会觉得空气中有种若有若无的麦子的香甜。面包店的姑娘慢慢猜出了原委，经常悄悄地笑杜衣衣，每次都把杜衣衣的脸弄得比架子上的草莓果酱还要红。

"不可能，不要开玩笑！"杜衣衣大声地对她同时也是对自己心里那个小小的声音说。她和赵是两种不同的人，家乡相隔十万八千里，而且他又有点小小地看不起她，总觉得她是城里一切胸无大志好逸恶劳女孩的代表，借用大学里流行的比喻，他们就是鱼和鸟，怎么会有交点？

那天赵看见白衣女孩杜衣衣在图书馆接了一个电话后突然失控，她慌乱地收拾好一桌的书就往图书馆外面走，一路上书滑落了一地，图书馆不少人都在看她。赵跟在后面一路帮她拾起图书，杜衣衣忽然就在赵的面前停下，一串眼泪滑在了赵拾书的手臂上。

杜衣衣心中最慈祥亲爱的爸爸，因为职务上一些经济问题已经被检察院立案侦查。赵陪她坐了很久，他从心眼里是讨厌这样的官僚的。在他的家乡西北农村，县里的官员下乡来一个个坐着小车，吃得肥肥的，转悠一圈电视台的记者咔嚓几张照片就打道回府，好像怕这漫漫风沙会拂脏一身名牌衣料一样。但是当着杜衣衣他说不出口，又不是她的错，况且现在她那么伤心，头伏在咖啡店的小木桌上沉沉睡去，像一只飞累的天鹅。

图书馆里很久不见面包的香气，杜衣衣的衣着也寒素了很多，妈妈悲痛过度进了医院，根本没人想起给她寄生活费。杜衣衣早上避开同学独自拿馒头夹免费咸菜时碰到了赵，这一直是赵习惯的方式，有时他一日三餐都这么吃，如果馒头太哽无法下咽，还有免费的青菜汤。一瞬间杜衣衣很尴尬，她攥着馒头转身想走的。赵给她端了一份豆浆，"就在这吃吧，没人会笑你。"真的，三三两两晚来吃饭的都是家境不好的同学，平日杜衣衣一直很惊讶他们是如何用一两百甚至更少的钱生活一个月的。每个人都很平静，很多人还夹着大本的书，一边咬馒头一边看，命运就是这样，以前无可改变，不过以后全凭自己，杜衣衣，你明白了吗？

杜衣衣终于觉得自己有勇气去面对那些寝室教室无处不在的流言了，反正境遇已然最坏，那么接下来就一定会变好，全凭自己，不是吗？

那一学年杜衣衣的学习成绩前所未有地上升，过了很多同学都叫苦的英语四级，年末还拿了二等奖学金。爸爸的判决下来了，因为退返赃款及认罪态度较好，所以只需要坐几年牢。妈妈的病情也稳定了，爷爷奶奶也搬到家里照顾妈妈，本来因为种种隔阂他们很久都没有见面了。真的，杜衣衣觉得一切都够好了。

其实关于杜衣衣和赵还有一段小小的故事，有天赵陪杜衣衣上街买书，一路上碰到很多卖花小孩的堵截，原来是情人节到了。

如果换在以前，杜衣衣一定对这类节日极端敏感，但是现在……她伸手掠过剪短的鬓发，微笑了一下。一个满脸鼻涕的小孩子缠住赵："哥哥，你买一朵玫瑰花送姐姐吧，姐姐那么美！"赵尴尬得耳朵都红了，扯着杜衣衣就走。也许看见杜衣衣眼中那点异样的神采，卖花小孩在后面紧追不舍。杜衣衣把五块钱塞进赵的手心："就买一朵啊，小孩挺可怜的！"

赵没有接那钱。

杜衣衣你不会明白的，在我的家乡还有因为矿难残疾的父亲和弱智的母亲，妹妹还在一年一年艰难挨着高中，弟弟为了我们早早辍学出去打工，经常年末拿不到工钱在电话里压抑地哭，我出来上学是全村的人一分一分凑出来的，我不只属于我自己，我拿不出什么来爱你。就像你的那条围巾，不过是郑老师拿了一大堆各式各样的衣物，捐给勤工俭学处的贫寒学生御冬，我选了一条最不起眼的。对不起，只有一条围巾的我没有资格喜欢你。

毕业以后很久，杜衣衣都和赵保持着联系，电话里聊着各自的趣闻，都是无关紧要的话。放下电话杜衣衣叹一口气，觉得感情的事不能强求，电话那边的赵也是一样。就像相似的洞穴，彼此都深深开满了花，只是对方看不到而已。深夜里杜衣衣看电影回放《向左走向右走》，梁咏琪和金城武之间的那堵墙突然之间坍塌了下来，一对恋人终于再无隔阂地见面、拥抱。杜衣衣抱紧怀中的靠垫，泪流满面。

会唱歌的热水袋

　　我有一只热水袋，它会说话，会唱歌，还可以依偎。如果它有足够的大，甚至可以和我来一个温暖的拥抱。

　　我上班的时候，它静静地躺在我被长长棉衣裙覆盖着的膝盖上；我坐公共汽车的时候，它静静地躺在我被另外一件长长棉衣裙覆盖着的膝盖上；甚至我去医院拔牙，在等待的长椅上，它还是那样静静躺在我被长长棉衣裙覆盖着的膝盖上。这是一个温暖的秘密，只有我们两个知道。

　　我的热水袋是一个一岁半大的小孩子，也许是一只一个月大的小猫，或者是一个刚被生下来一天的鸡蛋。它天真又固执，有着自己独特的兴趣。

　　它喜欢看几米的绘本。我买了《我们把月亮忘记了》《地下铁》《向左走，向右走》……一大堆书，看完之后，东一本，西一本，就不知道扔哪儿去了，偶然在阳台的软椅上发现了它们，零乱地躺在一起，彩色的书皮在冬日少有的阳光下组成了一幅好看的图画，我的热水袋鼓着肚子，开心地踞在上面。阳光就从那样高的地方照下来，轻轻降落在了某个小小的阳台上同样喜欢漫画的一个女孩和一只热水袋身上。

我不喜欢我的小狗灰灰鲁，它是我从街边捡来的流浪狗。我是一个孤独的人，没有朋友。经常一边打游戏一边发呆，结果在不知不觉中就挂掉了。灰灰鲁在街上游荡的时候孤零零且饱一顿饿一顿的，被我捡来后因为从来不陪它玩且在打游戏的时候常忘记给它做饭，它还是孤零零且饱一顿饿一顿的。我的热水袋就做了它的朋友。特别是天气冷一点的时候，我给热水袋灌上五分满的热水，这时灰灰鲁对它分外亲热，小脑袋又贴又拱，把热水袋从椅子上追逐到地板上，再从地板上追逐到床底下。我的热水袋也很高兴陪伴它，我常看见热水袋和灰灰鲁挤在一只狭小的圆形狗篮里睡觉。有时候热水袋满足地鼓着肚子，躺在灰灰鲁的肚子上；有时候灰灰鲁满足地露出两颗牙，偎在热水袋的肚子上轻轻打呼。有一天我居然看见灰灰鲁踩在热水袋上成功地爬上了我的小圆桌，对我的牛肉干和蛋糕进行了全歼，从而一举解决了自己的午饭和下午茶问题。就这样，它们在一起亲密无间地度过了整个冬天，以至于灰灰鲁从我身旁摇着尾巴跑过时，我可以闻到它身上有一股熟胶皮的气味，这使它看起来很像一只会跑步的热水袋，而我从椅子下抱起热水袋时，则在它身上发现了几根狗毛。我几乎嫉妒起它们来：我从街上捡来的小狗和我从二手货摊上淘来的热水袋。所以灰灰鲁不肯吃我泡的方便面时，我总是握着它的前爪，直视它的眼睛，恶狠狠地威胁它，如果不听话我就把热水袋送走，这招一直很奏效。

　　于是一个冬天，在我的小屋里，在我孤独、消沉、还没来得及长大就要衰老的时候，热水袋像一枚小小的生日蜡烛，举起一点点的光和热，于无声无息处给我鼓励，告诉我，就算人生跌入多么低的低谷，也要爱书，爱阳光，爱朋友，同时相信自己，并在阴霾的冬天为自己放声歌唱。

属于柯乔乔和路一的街头

每一段爱情结局总是相似，但是甜蜜的开头各有不同。

时间退回两年前，柯乔乔迷上了一款古董级游戏，大菠萝。她打到圣骑士通星河传输点那关怎么也打不过。彼时阿倪在一边吃酸梅冰粉，随口就说我家路一是玩游戏的高手，要不他帮帮你？

路一是阿倪的珍惜窖藏男朋友，轻易不示人的。

那是柯乔乔第一次接触路一，在电话里听见他的声音清晰、笔直，柯乔乔就左手电话、右手移动着鼠标笑，结果游戏打着打着就挂了，电话打着打着就成热线了，路一帮忙着帮忙着就被阿倪甩了。

那天天气阴，气象台说晚上会有雷阵雨。柯乔乔陪路一在学校外面兼容并包的咖啡座喝酒，以解他被甩的千愁。那时他们已经成了哥们儿，在此之前见了一次面，路一惊呼这不就是在食堂排队时曾经踩过他的脚然后挤到前面打了最后一份卤牛肉的那个美女？

在晚上拉熄灯哨前，柯乔乔终于把醉成一只笨重麻布口袋的路一弄进了学校。她把他放在那棵夏天会掉虫子的樟树下自生自灭，路一就顺势抱住了旁边的垃圾桶，把头靠在上面，然后叫柯乔乔我爱你之类的话，叫得柯乔乔心惊肉跳转身就跑。

二十一岁的女生柯乔乔揣着自己怦怦直跳的心一路朝女生宿舍狂奔，脚上新买的阿迪鞋子在这一过程中发挥了重要的作用。在奔跑的过程中她听到了风把树叶卷过地面、花瓣飘落下来，还有小鼠疾疾跑过的声音，她喘着气希望在关门前可以呼啸着冲入宿舍，而不至于攀水管从一楼爬到二楼。

奔到一半下雨了。前面是一大片灯火明亮的宿舍楼，后面的黑暗里，伤心的路一在孤独沉睡。柯乔乔停了下来，湿头发粘在面颊上，她忍不住回过头。

有了路一的柯乔乔游戏水平突飞猛进，很快打爆了大菠萝的全部关卡，而且知道了大菠萝这个名字只是音译，这款游戏还有另一个如雷贯耳的名字：暗黑破坏神。

其实他们的爱情一开始在背后的黑暗处就潜伏着破坏神。第一个破坏神是阿倪，分手后特别是她知道柯乔乔和路一在一起了，她有求于路一的事情突然变得多起来。比如她的电脑经常短路，通常是上午修好了下午又坏。然后考试拉路一进去帮忙作弊，被抓了又拉着他去给老师送礼。由主教学区到教师宿舍长长的小道上树荫繁盛，有不知名的白花色小鸟在里面织巢，飞进来飞出去，那么安静，是单独相处的好地方。路一拒绝不了，老实的理科男生记得他曾经答应过她，分手了也是好朋友。

柯乔乔把 MSN 的签名改成了：我觉得做你朋友比做女朋友幸福，那我可不可以做你的朋友？路一永远看不见这句话，他不用MSN，用 QQ。致使两个人的交流好像在两个世界里自说自话，比如北极的熊和南极的企鹅，虽然都是在安静又寒冷的地方。

最后一次阿倪打电话来，柯乔乔接的，找路一，电脑又坏掉。阿倪的声音甜蜜得如含着一块草莓色软糖。柯乔乔放了电话，转身打给电脑维修中心，请他们派那个长得像金刚的男维修员到如下地点……

路一问起，柯乔乔说这个月的水电费该交了。

他们租住的小房子里没有冰箱，过期女朋友也不是饼干，以为放啊放啊那感觉就会保鲜一点。

一年以前，大学将要毕业，每个人的心都混乱得如魏晋交接、五胡乱华的末世。也是那个时候，系里新来了老师和赭。

第一次在梅花路遇见她，柯乔乔低声轻呼："美女！"然后转头看路一，听见他叫前面的女子："姐姐。"

当然不是亲姐姐，国家的计划生育又不是吃素的，是比亲姐姐复杂又暧昧的关系。在很多年前路一居住的那个大院里，所有的男孩都喜欢和赭，会在夏天的时候把偷摘的樱桃放在窗台上献宝。然后长两岁的她走过时，所有小小的男孩会仰头深呼吸，鼻孔里痒痒的，是她发梢传来的一点蜂花洗发膏的气味。

和赭来这个学校时新近失恋，带一点逃避的性质。就像感冒后你会头昏、嗓子疼、吃饭没胃口，失恋也一样。很快柯乔乔发现路一成了热水袋冰毛巾一类性质的东西。在该他出现陪柯乔乔逛街、电影、八卦、安慰的日子，他会偶尔缺席，据校园里其他眼线说，他出现在和赭的办公室里，两人聊天，更多时候在外面的咖啡馆安静地坐着。校园里开始传绯闻，女教师恋上小男生，理工大学版钢琴别恋。

和赭和路一再次出现在常去的咖啡馆时，柯乔乔也在，对面是年级帅哥小九，有韩式小眼樱唇的英俊效果。柯乔乔和小九一边吃情侣无敌香蕉船一边感叹，对比小九，路一真是长得二百五啊，为什么美色当前，自己的心总是为身后某个地方抽痛？

那天香蕉船还没有吃完，路一就按捺不住粗暴地过来抓柯乔乔的手，小九功成身退，飞快消失，柯乔乔含着眼泪冲路一吼："我为什么要这样!？问你自己!"眼睛怒气冲冲地看着和赭的方向。和赭在喝伏特加，醉、难堪且茫然，她拿了手袋往外走，很快就靠在外边的消防栓上呕吐起来。路一忍不住看过去，柯乔乔跺跺脚往外冲："路一你自己选，今天你再照顾这贱人我们就分手!"

跑了几步，路一追上来抓她的手一起走，和赭靠在后面墙壁上还在呕吐。"这样你满意了吧!"

路一带着愤怒果然没再理和赭。柯乔乔心里有一点酸，每个人过往的情感都是一片天，你不能指望把别人天上飞过的鸟统统打下来。但是爱情，那爱情都是独占的东西，你能忍受和别人共用一把牙刷，在不同的口腔里随着唾液搅来搅去？不能，所以柯乔乔想，我没有做错。

大学毕业了，两个人在靠海的淮安路租了房子，离路一上班的地方远，早上得早早起来转两次车，在车上狼吞虎咽地吃早餐才行，况且它的房租比城内路一原先看到的另一处房子几乎贵一倍。但是柯乔乔喜欢，每天洗了澡她穿着小背心对着她的大海微笑。看得路一也开心起来，所以他们租下了它。

后来小屋里搬来新的客人。房租太贵，柯乔乔在网上贴了合租启示。在性别要求那一栏上本来是想填写男的，但是踩过的烟头，遗落的臭袜还有极可能变得肮脏的卫生间让她咽了一口唾沫，最终她选择了女。她原来是希望一个安静、清淡、不事声张的低调女孩成为她的伙伴的，但是最终来的人是明浙，长发细腰的女生，清淡是清淡，但是她太漂亮了，柯乔乔在她面前简直是个发育未完全的小孩子。

明浙是早报的编辑，每天工作时间是下午至次日凌晨，和朝九晚五的路一柯乔乔完全井水河水似的关系。刚开始几天路一几乎察觉不到家里多了个人，偶尔问起柯乔乔，柯乔乔巴不得刨个坑，把明浙当颗种子似的深深埋在隔壁厚厚的土层里。

直到一天她提前下班，看见路一和明浙一起在阳台上晒太阳喝茶。路一说他上班上着上着人不舒服，回来遇见明浙，给他找了两片药。

柯乔乔觉得自己越来越心里翻江倒海而表面不动声色了。她夜里躺在路一边上，胃里像塞了迟钝的石头——有些东西不是想消化就消化得掉的，她翻身摇醒路一，白天你生病怎么不打电话给我？

从那天起，柯乔乔的敏感卷土重来，她甚至放弃了单位送她去北京培训的机会——两个月时间，天知道会发生什么事？

周末的早晨她穿着睡衣站在露台上喝茶，就看见下面狭窄的台阶上，着深红旗袍的明浙出去，手捧早餐的路一上来。台阶两旁逼仄的旧墙，生了幽绿的苔藓，明浙像一朵骤然盛开的花一样——两人擦过身子，礼貌地互道早安。路一笑着上来。柯乔乔突然想起了《花样年华》里梁张二人的暧昧邂逅，也是幽巷长廊，一盏灯，男人和女人隐忍的心事。

这次是真还是假柯乔乔已经不想去追究。她觉得她和路一的爱情就像街头那一次面对面的相遇，四周人潮茫茫不过是背景，他们眼里应该只有彼此的，对不对？但是为什么总有那么些跟主题无关的路人甲乙丙跑过来跑过去，在两个人的画面里异常清晰？

或者这个画面她本来就不是路一的主角？疲倦。

柯乔乔离开了这座城市，她看惯了海，这次想看看北方磅礴的草原。路一最后一次看见她，她坐在电脑前申请 QQ 号，然后他亲亲她的额头，转身上班。在他发现柯乔乔失踪后的第二天，他的 QQ 有陌生头像闪动，有留言说如果安静下来，他思念她，思念得几乎再也注意不到其他女孩的存在，给她留言。

斑马经过夏天的篮球场

我爱夏天，夏天有大团大团的云，云下有绿树如荫覆盖着的街道，街边有瓜摊，西瓜"嚓"的一声被切开，又红又沙又甜。知了像吹小哨子一样的声音响彻我少年跑进跑出的院落。更重要的是，在某一天，指尖顶着篮球跑出大院时，我遇见了陈予新。

隔壁新搬来一户人家，大卡车上随着柜子箱子被搬出，最后跳下来一个漂亮的男孩子。白衬衣上一道一道的灰迹，这使他看起来很像一匹好看的斑马。好吧，我承认我一直有点小好色，斑马的好看电光一样击中了我。以至他站在我的面前遮住了全部的光亮，笑问我可不可以一起打场篮球时，我只有低头不出声拼命点头的份。没办法，牙齿把舌头咬着了。

篮球外交第二天，我们在树德中学外面第二次见面。我在短发上别了一枚小花发卡，穿着暑假以来唯一买的一条连衣裙。斑马指着我说："你，你竟然是女生!?"这样留给他的印象不可谓不深矣！我转头大笑，一直笑回教室。同桌敏敏说："你看你，耳朵都笑红了。"岂止耳朵，整个脸颊都在闷闷地发烧。我在想，从今天起，一定要和陈予新成为好朋友，即使不能让他喜欢我，那么站近一点，再站近一点，也是好的。

高一（六）班的全体女生都认为，陈予新之所以和我的关系那么好，是因为我太像一个男生。每天放学后，只要听见教室窗外经过的熟悉口哨声，我就把装着篮球的网兜系在书包上冲出去跟他会合。跟他，还有大胖那几个哥们儿在小操场上玩三人斗牛，直到红色的夕阳将影子拉得又细又长，大家才互相告别着回家。作为这个小圈子里唯一的女生，大家都对我很好，他们在操场边的小卖部里凑钱买玻璃瓶的汽水喝，唯独递给我的是红罐子的可乐，但这一切都没有陈予新用他又大又汗的手将可乐递给我时，我偷偷低头傻笑一下的开心。

同班也有女生眼馋我这小小的"江湖地位"，缠着我要加入我们的小团体，醉翁之意不在酒嘛。我一脸正色地拒绝，"你们又不会打篮球。"其实我心里在坏笑，如果我们篮球六人组是特立独行的海盗团，我就是独立船头额扎红巾的海盗女王，长刀一挥手下应者云集，才不会让你们这些叵测的女生动摇我的小地位呢。

哎！少年的时光要是永远永远这么长，长得像望不到尽头的夏天就好了。我在日记本上写上这句话，然后就趴在桌子上枕着窗外的蝉鸣进入了梦乡，直到口水流出来，打湿了半页纸。

高二上学期，班里新转来一个女孩子，杨白依。虽然这名字很像杨白劳，但是她其实是个很漂亮苍白的女生。同班女生们的嫉妒心很像吵闹不休的鸭子，面对这样老师疼爱、男生又争相讨好的女孩，大家的态度就像将贝克汉姆夫妇评为"最令人讨厌的名人"的英国人民，恨不得颁给杨白依一块"最讨人厌女生"的牌子。所以杨白依放学后，总是一个人收拾书包低头离开教室，浅色裙子上带着斑驳脏水的痕迹，那是做扫除时，和她一组的女生"不小心"将拖布扫到她裙子上的缘故。

我这人没什么好，就是有点小仗义。书上说如果上帝给你关上九十九扇门，总会为你打开一扇窗。但是上帝好像在犯迷糊，迟迟不帮杨白依动手。我踩着脚踏车缓缓驰在她身后时想，干脆我来推开那扇窗如何？一定是件特有成就感的事。

第一次带杨白依参加我们的六人篮球组时，她大概被孤立惯了，显得很是不习惯。

"小飞，"她拉拉我的衣袖，"我想回家。"

那时我们已经远远地走到了社区小篮球场边。"我又不会打篮球，大家一定不会欢迎我参加。"

我咧嘴笑："不会打可以坐在旁边石阶上当观众嘛！然后身兼啦啦队和后援会。还从来没有谁从头到尾看我们打过篮球呢。"

事实证明我决策的前瞻性，大胖他们对杨白依的到来兴奋得很，大家都说，"欢迎欢迎，早就知道二班来了一个美女，但是一直没机会和你说句话。"我早被挤到包围圈以外去啦！心里不知怎么，有细微的怅然，眼角余光去找陈予新，他正在一个人练习投篮，三步起跳，篮球咚咚撞在篮板上，好像根本没留意杨白依的到来，我心里重新开心起来。

这以后的日子里，我们的三人篮球打得格外精彩起来。杨白依托着腮，微笑着坐在球场边的阶梯上，偶尔叫声好，男孩们涨红的脸上，眼睛亮晶晶的，下一个球便打得更加卖力。只有陈予新，酷酷的没特别表情，转身上篮，又中了。我想他的心里只有篮球吧，只要我打得好一点、再好一点，我就永远是他心里位置最近的"假小子"。这样想着一分神，黑乎乎的篮球便直奔我的脸飞来，啪！眼冒金星。我晃了晃，觉得鼻子下爬出热热的东西，手背一抹，全是血！在杨白依的尖叫中，我软软地倒了下去，晕血。

在小医务室醒来时天都擦黑了，大胖他们几个坐在床边，像树枝上蹲着的一溜猴子，好像少了某个人。医生来检查时我忍不住扭头问："陈予新呢？"

"哦！天晚了，他送杨白依回家了。"

那天晚上可能是鼻子痛，我尽做噩梦，一会儿是陈予新推着车，我并肩走在他身边，他买了一朵蓬松的棉花糖，非要插到我耳朵后面；一会儿是陈予新骑着车在学校的林荫道上飞驰，后面坐着杨白依，杨白依两耳朵后面都插着棉花糖，这使她看上去很像一只兔子……这都是什么和什么呀。

天亮时我做了一个决定。

一放学我就背上书包快步走，今天杨白依那一组大扫除，她挥舞着扫帚后边喊："小飞、小飞，你等等我呀……"转过楼道一个弯，声音就再也听不见了。

没有杨白依的篮球场格外沉闷，尽管我百宝齐出装周星驰都不管用。"曾经有一个球放在我的面前，我没有好好珍惜……"我觑眼打量周围人的反应，"喂！你们为什么不笑？为什么！"

陈予新手背擦着汗水，面无表情，大胖小心翼翼地看我："你说，小依明天会来吧？"

原来不知不觉间杨白依已经成了我们这个小团体里的中心人物，就像花瓣都绕着花心一样，她已经成了男孩子们心目中的公主，大胖他们，甚至还有陈予新，都抛弃了海盗女王，纷纷叛变去做了七个小矮人。

第二天的课堂，杨白依几次看着我，欲言又止。不理她。

放学时还不等她凑上来，我就一个人书包一甩，直奔篮球场。篮球只要努力就会越打越好，好强的我相信，只要我努力，就一定可以挽回大家，或者是陈予新的心。

到了篮球场，远远的陈予新就冲着我微笑招手，心情顿时和这夕阳一样，金灿灿起来。

"小依，你来了。"我停下脚步回头，一身白裙的杨白依，兔子一样偷偷摸摸地跟在我身后。

怪不得女生都讨厌她，可怜之人真是必有可恨之处！我被怒气冲昏了头，她怯生生地向我靠拢时，我只是厌恶地推搡她："不是让你别来了吗？你的脸皮真是厚。"

杨白依一下摔倒在地上，男生们跑了过来。杨白依的脸上恰到好处地流下眼泪："今天是我生日，我只是想跟大家一起过而已……"

"滚，谁和你是大家。"

"小飞，不要太过分了！"陈予新的声音。

我一下回头："要是接纳她的话我就退出篮球队！"我直视着陈予新好看的眼睛，那经常对我含笑的眼睛却望着高远的天空。我又一一逼视着其他人，大胖他们都低下了头。有人把杨白依从地上拉了起来。

一切到此为止。我重重把手中的篮球拍向地面，然后在眼泪滑落以前拎着书包转身跑出了球场。

那天农夫在家里很受伤的时候，据说蛇和男孩们度过了一个愉快的生日会，不仅在隔壁陈予新家的大露台上切了蛋糕，还去学校后面的小山坡上看了流星。

杨白依，更是没有哪个女生将她当做朋友了。每当课间她一人落寞地坐在座位上时，女生们交头接耳地传着她的小绯闻，我也忍不住冷笑。只是听见陈予新这个名字时，心仍然会被扎一下的痛。

因为他住我隔壁，我们上学放学经常狭路相逢。开始时他还装作心无芥蒂地对我说"HI"，然后就等着看我附带一个酒窝的灿烂笑脸，然而我用鼻孔对着他，当他空气一样不存在。陈予新渐渐在我面前骑着车低头疾驰而过。气氛有些哀伤地像非洲草原的长草在飞沙中低俯下来，斑马的心里一定不好过。管他呢，是他先让我伤心。

高三的岁月过得特别的快，唯一计量这流水一样时光的是我的头发越来越长，柔顺地披拂在双肩，使圆脸的我偶尔从课本上抬头，一定像一头脾气很好的小狮子。从来喜欢短发清爽的我在梳理自己的头发时，会想着是不是潜意识里觉得陈予新一定是喜欢长发女孩子的温柔，才下意识地留长头发吧。这样想着又觉得自己真是没用，忍不住狂甩脑袋，像小狗甩水一样把这些想法统统甩掉。

高考发榜那天去领通知书，我终于如愿以偿地去了海边那所学校念英文，这样毕业以后就可以去广袤的非洲当志愿者，顺便看动物大迁徙和灵巧跳跃的斑马。慢着，在大红榜上我看见了个扎眼的名字，陈予新，他竟然和我上了同一所大学。他凭什么要和我考一所大学？突然有人轻轻地拉了一下我的衣袖，是杨白依，她背后跟着留了周杰伦头的大胖。本来我想转身就走，但是仍然被杨白依和大胖劫持到操场边的台阶上坐定。你知道，论起力气，杨白依不是我的对手，而我也远远不是大胖的对手。大胖和变得开朗的杨白依一左一右像是说相声，中心思想是，陈予新一直喜欢的人，是我。

这怎么可能？

那次我流鼻血晕倒后，陈予新送杨白依回家，终于知道了杨白依的秘密。杨白依一直一个人和年老的保姆住在一起，她原来叫杨侬，一场猝然发生的车祸中她的父母离她而去，而她居然血流满面地活了下来，在母亲牺牲自己来保护她的温暖怀抱中。

所以她把母亲的姓氏"白"嵌在了自己的名字里。杨白依那时求陈予新别将这个秘密告诉别人，她实在不愿承受别人的怜悯。陈予新答应了她。哪怕后来我开始误会，他也低头不言一词。

也许他觉得青春里的爱情迷惘得难以把握，但至少同情心是必须要有的吧。大胖最后总结陈词。

"一直没向你解释是担心影响你复习，你不知道他为了打听你的填报志愿花了多少心思。他说他欠你的解释，大学里还……"

　　2005年，流金似火的9月。在那场面海的迎新晚会上我最后一个登台表演。滴着汗水的短发，落地麦克风，全场沸腾的气氛里我唱的是今年大热的《我的心里只有你没有他》。唱着唱着我发现前排的观众里挤进一只捧花的斑马。现在给大家出个谜语：黑的马是黑马，白的马是白马，黑白的马呢？斑马。

　　那么，黑白粉红的马呢？

　　答案是，脸红的斑马。

一切都不再有意义

午夜十二点是个有魔力的时间，灰姑娘变的公主会在这时慢慢褪去身上的油彩，她跑啊跑，一定要在重达二百一十斤的王子彻底追上以前，投入南瓜马车隐藏着的花荫里。我也是啊，乐小朝，在这十二点静谧的夜里，圣·埃克苏佩里正在厚厚的云层上一边飞行一边想着他那小王子和玫瑰的故事。我呢，全身打着哆嗦，粉红的手指甲一边褪成墨水蓝，一边在所有的书本里写写画画。那套格林童话珍藏本的地下身份其实是我的日记本，它平时隐没在乱七八糟的丝绸小外套和空薯片包装袋下默默无闻，我在想起郑与飞时总会在上面记下什么，特别是在失恋以后。

12月20日，离圣诞节不足一个星期。

外面下起了雪，我在日记本上咬牙切齿地写。本来还准备把分手日期拖到圣诞节后呢，历来是我在郑与飞的陪伴中轻轻耻笑那些节日里茕茕孑立的女孩，想不到在这圣诞的前夕，接下来还有新年、春节，我却被郑与飞PIA掉了，老天还真是公平啊！这大概是很多女孩合掌祈祷的结果吧：希望那个狐狸精样处处占强的邝学甜，有一天尝到被她横刀夺爱的其他人的悲哀。我一边记日记，一边想着自己是不是该满不在乎地耸耸肩膀，表明自己是金刚不坏之身呢？郝思嘉教育我们一切的事情都留到明天再想，太阳升起来又是新的一天，但是耸完肩膀才发现周围并没有人在看我表演，伪装坚强还是歇斯底里，谁在乎呢？我停下日记继续耸着肩膀，这回却痛哭起来。我想我需要一个人来拯救。

12月21日，天气一如既往的阴。

我都没怎么收拾就去街角的麦当劳与网友见面，其实大花围巾下我的牙还没有刷，颓废得不似小狐狸邝学甜以往的风格。在位子上坐下来时，我才发现自己忘了买接头暗号——《女报·时尚》，封面上无忧无虑的少女一口白牙在笑，背上背着橘子，一副永远不会失恋的样子。这时另一本暗号书晃晃悠悠从我眼前经过。待我看清楚你的样子，舒了一口气，暗号不买也罢了。乐小朝，其实如果你告诉我你体重二百一十斤也就是零点一吨偏强，坐在那里一人占两座如此华丽夺目的话，我会让你把你那一本暗号也省了。我在你面前大咧咧地坐下，不介意地露出一口未刷过的牙，突然觉得很放松。

圣诞节。

圣诞节那天本来说好和你去约会，去春熙路上傻里傻气地走，必胜客的大餐无敌大鸟披萨（BH的名字啊），午夜还去小教堂听平安歌。但是我在你的等待中迟迟不愿下楼，我翻开我的格林童话。白雪公主在吃了毒苹果之后，安眠在鲜花铺就的水晶棺中，小样儿一定在等待她的王子快快骑白马来，扑哧一口亲醒她。等啊等啊最后确实也被扑哧了，不过睁眼一看七个小矮人中的一个正在扭捏脸红，并且还是最肥的那一个。心里的失落不是没有的。

那天夜里，我们在繁华里静默，热闹的人群、天空、焰火，像大朵大朵盛开的峡谷玫瑰花，而我们就在花与叶的黑色背景里穿行。你是紧张，和美女约会，自然。我是在失恋，在和一个男孩的约会中默默为着另一个人失恋。奇妙的组合。路过顺城街，我眼前一黑，满坑满谷的人在张牙舞爪地拿着塑料充气棒子敲着不认识的路人呢。一个个笑得猴子样乐不可支，我本来就伤心，人群里一个人瞅着竟是郑与飞，他干脆笑得蹲在地上。我的小宇宙就爆发了，那天把那个神似郑与飞的男生头发都揪下来几大把，我才发现认错人了。气愤不已的男生被人架住，鼻血却缓缓地从你脸上流下来。我想我应该对你好一点。那天我掏的钱包，结果却是在必胜客楼下的拉面馆吃的饭，你鼻子里塞着两个卫生纸搓成的条，呼呼吸着面吃得很开心。

坐7路车回学校的路上，你突然指着沙河的糕饼铺："你记不记得，记不记得？"通过你的描述，我知道了某年某月我曾经怀抱两大袋酥饼冲出糕饼铺，鞋带都被拥挤的人群踩散了，还兴兴头头地举着一块瓜子酥饼啃。这时车子载着你停在站上，你看着我觉得心里有小小的愉快，巴望我就此上车来，像现在这样坐在你身旁。结果我果然就三级跳冲了上来，还果然就坐你身旁了，因为车上就你旁边还剩一个位子。当时我调匀气息对你说了这辈子第一句话："靠，怎么这么肥，过去点行吗？"

老桥段啊老桥段，现在杂志上的言情小说都不流行这样的开头了。但是我的心还是在这圣诞夜里暖了一点点，被人记得总是好的。想起以前看过的一本不知名的小说，男人在监狱里苟活下去，百般痛苦而不愿死掉，原因就是他深爱的女人已经不在这世上，如果他一死掉，那么关于她在这世上最后一点印记就不复存在。如果有一天我死掉，郑与飞当然漠不关心好好活他自己的，那么有个人记得我也是好的。我心中充满了这乱七八糟的布尔乔亚式想法，以至乐小朝正式得逞抓住我的手我也没发觉。

1月1号，新年，邝学甜的新年愿望是快快走出失恋的阴影，早日摆脱救生圈乐小朝。

当然要摆脱，你那么肥，大学毕业一年都没找到一份合适的工作，有时候带你出去走，想起郑与飞曾经的阳光俊朗，你简直就是一个笑话。

我想你一定明白这一点，不用别人告诉你，光是我在你面前都是想着想着就说起郑与飞，有时候笑有时候假装哼歌来掩盖想哭的感觉。曾经你认真地问我："邝学甜，你是不是伤好了就不乐意要我了？那么请你告诉我，我的使用期还有多久？"

这句话其实很心酸，但是当时我自己的心情不知比这惨了多少倍，所以我耸耸肩膀："不知道。"

让我没有面子的是你居然会去找郑与飞，你去找他干吗，把我的惨状历数给他听，求他收留？你不嫌丢人我还嫌呢。在我还不知道这一切时接到了郑与飞的电话，请我出去吃饭，我心里又酸又狂喜。结果巧克力甜品统统吃完后，当我满怀希望地想听他道歉说我们破镜重圆，他却怜悯，对，是我最讨厌的怜悯。他怜悯地对我说以后自己开心点，不要再找人，就是那个胖子，舞个拳头挥来挥去，解决不了问题。

我觉得我够悲惨了，上帝还派你这么个人来开我玩笑。其实你无辜，但是无辜得可气，那天回去对你说了重话，"自己去死，别来烦我。"

结果你真的就去死了，就是那种停止呼吸，一切都安静下来，真正的死。

很久很久再没人来烦我，我又觉得有点深深的寂寞。我在想乐小朝你这个浑蛋，你不知道失恋的人最怕孤单，在这孤单的时候你为什么偏偏不理我了？

犹豫了很久我打了电话，印象中好像是第一次联系你，我想你一定会很高兴。

接电话的却是另一个人，他说你三十分钟后会出现在我的宿舍楼下等我。

我是真的高兴啊。掐着时间蹿下楼梯，像灵活的猎狗跳过篱笆。我想你就在外面，人行道惨白，你抱着大捧大捧的花，也许看起来比以前更胖，脸上有寂寞的笑容。然后我终于看见了你，陌生的男孩，手中的日记本上是你的黑白照片，清秀、面容安静，不似你本人。至此我才知道你已经不在了，死了……在我说出那句诅咒的第二个星期，也就是此刻四天之前，你永远地离开了我，病因是韩国偶像剧里经常出现的白血病。我笑了起来，与我的欺骗相比，你原来是隐藏得更深的无间道。

　　时间拉回两个月以前，我知道了你原来接近我也没什么好心，就是吃酥饼那次，你神情鬼祟地坐在车上，宽大衣服下是你的病号服，数次化疗后你巨胖起来，眼睛陷进了脸上的皮肤里，你开始对人生万籁俱寂。但是看见了我，美丽的女孩人人看起来都高兴，所以你决定一定要认识我，算是给最后的人生找点目标。

　　然后就是麦当劳，你天时地利人和地遇到失恋中的我，原定目标发生了一点偏移，你想你救不了自己起码可以拯救我，让我好好地生活下去，你那蜘蛛侠的心肠开始发挥作用……

　　后面的日记看下来不过就这样，一个滥俗的故事，现在流行杂志都不会这么写了。那天晚上我吃了很多，饭后不怕胖地去冰箱里挖了很大一坨千层雪吃，我想没人照顾我了，应该自己振作起来，活得好好的。但活得好好的活给谁看，活着的人他不在意，真正在意的人又已经走开。

　　正常、正常一点！不要哭泣，午夜梦回灰姑娘终于可以安心地停下脚步，身后螺旋楼梯上那个重达零点一吨的王子已经不知去向，只有一只水晶鞋留在空空的楼梯上……

　　4月1号，你离开得足够久，日子缓缓蔓延。

　　我新买了ELAND的春装，今年是鹅黄和粉一系的色调。大学即将毕业，印简历，找工作，对考研跃跃欲试。我想我处理得足够冷静，毕竟我们什么也不是，自私的狐狸和一个替身的关系，说终了就终了。忘掉你和好好生活，假使你有知觉，也是你希望我做到的吧。

但是我心底有个秘密，任是谁也永不会知道。在我第一次拨通你电话的那个下午，就是一出楼道就迎头碰到你苍白照片的那天，我长裙飞扬，四楼、三楼、二楼、一楼，我在重复郝思嘉对白瑞德的奔跑，我一瞬间电流样明白我的幸福所在，如果那时你在，你会看见白衣的邝学甜冲到你面前，对你说："我们在一起啊。"然后她会抱紧你，打心眼儿里希望永远不要松开，你是她那样平凡而温暖的幸福，她终于意识到这一点。

但是现在时过境迁，一切都不再有意义。

满天都是阿籽在飞扬

耳边传来"刷"的一声轻响。

阿籽背对着门，轻轻地闭上了眼睛。杯里的热茶溅在颤抖的手背上。袅袅烟雾过后，静静变凉。他转过身，一张仔细折好的小小粉色纸条像一只降落的飞鸟，收拢翅膀，安静地栖在门缝下。

纸条上写着："昨天我去跑了万人马拉松大赛。在四环路上。哨声一响，人们如同鸽群般掠起。我在他们中奔跑并张开双臂，大口喘着气。想起去年此刻你对我说，可以奔跑是多么幸福的一件事。你说着这句话的时候，笑容比阳光还要明亮，你的汗向四周溅洒，你的足底撞击着大地。今天即使你没有来，也不要忘了那时的感觉……"

"奔跑"两个字像暗夜里骤然亮起的强光，灼疼了阿籽的眼睛，他用了很大的力气扯碎了手里的纸条，把它远远扔在了床下。身体失去平衡，他重重摔倒在地上，细长的手指蒙住眼睛，他想哭。

他想起了另一个男孩苏，和他有着相像的脸庞，除了两人的发线一个向左分，一个向右分外，他们同样双腿修长，热爱奔跑。他记得苏在跑步后随随便便把球鞋踢在客厅里就去洗澡，水龙头

"哗哗"中响起他的歌声嘹亮。而今年，他和苏都没有去，以后？以后也可能不会去了。

"周杰伦出第五张唱片了，名字叫《七里香》，和以前学校门口卖的盐水花生一个名字，真是离校门还有七个转弯都能闻得到。周杰伦出第一张唱片《JAY》的时候我认识了你，当时我们俩的手同时抓住了货架上最后一张《JAY》，然后你对我笑了一下，露出好看的牙齿，说'让给女生'。周杰伦出第二张《范特西》时，我们已经混得很熟了。你在夕阳的余晖下带我去看校队打棒球，教我唱《简单爱》。周杰伦的歌是出了名的饶舌，你坐在双杠上晃悠着双脚，却唱得很有味道——有你自己的味道，和着黄昏晚霞里的钟声，那么好听。你让我唱，我却总是咬着自己的舌头。然后是第三张专辑《八度空间》，那时我们大学刚毕业，戴着耳机一边听《爷爷泡的茶》，一边在街上晃荡。你说等你老了也给我泡茶，就是'老爷爷泡的茶'。听到这样的话我会脸红，会想你是不是和我一样心怀叵测，如果能喝你的茶喝到老，除了我们，我们……成为那个以外，还有什么可能？然后第四张《叶惠美》出来了。我们听《梯田》，听《东风破》，听得兴起还去影楼照了一组MV里的怀旧照片，你长袍马褂，我修眉云鬓。两两相望，爱打趣的摄影师说我们是'凤凰于飞'。于感情我们俩一向慢热，只是在他说这一句话的时候你捏了捏我的小手指。穿越我整个少女时代的懵懂心事，自寻烦恼，这才画下了一个甜甜的小小句号……"

省略号后面露出了一张碟，是崭新的《七里香》，草绿色的封面，一个柔软头发的少年站在麦子田里轻轻地笑。

"在听完这张唱片后，我们两个之间，又会继续怎样的故事呢？"

阿籽把唱片贴在脸上，低下头。厚厚的棉袜子里，脚指头冰凉。

他曾经那么喜欢 JAY 的歌，买回了 JAY 所有的唱片，卡带，MV。吃饭时听，睡觉时听，走路还在听，结果被一辆从后面飞驰而来的自行车撞倒在地。这一切，说白了只是嫉妒，因为在另一所大学的苏唱周杰伦的歌唱得那么好。阿籽寂寞时在网上问一个女孩，男人凭借好听的嗓音和一首优美的歌可以打动一个女人的心吗？那个女孩回过来一个笑脸，说"是"。然后他经常戴着耳机唱。周杰伦的歌呼噜呼噜的，像猫在说梦话，这样曲折的音调怕要长着蛇的舌头才能发出来。阿籽的嘴巴比脑袋更笨，每次都在舌尖上咬个大血泡。

现在？现在苏再也不会喜欢周杰伦的歌了。毕竟，岁月在流逝，他和他都在长大，那样轻愁的歌曲，只适合少年人来唱吧。

但是阿籽还是把碟放进了音响里，因为他寂寞，并且需要借此来回忆。

六楼一单元六号，从此常常响起 JAY 的《七里香》："那饱满的稻穗丰富了这个季节，而你的脸颊像田里熟透的番茄……"唱得满园夏色，好像楼道里"簇簇"长出葱茏的草，可以供孩子们在上面赤足奔跑。红色的蜻蜓漫天飞舞，从这段栏杆滑向那段栏杆。

一个穿粉红鞋子的圆脸女孩常常在取牛奶的时候驻足在门口倾听，一边听到"秋刀鱼的味道，猫和你都想知道"，一边微笑，并且温柔地沉思。

"今天，我在床下的箱子里翻找去年夏天穿过的白色 T 恤。在衣服下面，触到硬硬的东西，是几米的《月亮忘记了》和《向左走，向右走》。封面已经折得很旧了，里面的纸还光洁如新，晕满了月亮金黄的微光和男女二人的目光深情相对望，这些光芒慢慢流泻到我的小房间里，四壁开始明亮起来。我知道，此刻我面向的这面墙后面，就是你。你在做什么呢？走来走去？睡觉？喝水或者沉思？每天我从你的门前经过，从门缝看去你的房间总是昏暗。如果……如果，就像电影版的《向左走，向右走》结局一样，突然一场地震，我们之间的这面墙垮掉，那么，我房间里这温柔的月光，也一定会照亮你的眼睛和房间，一定会。然后我从今天开始，乞求地震的到来。不多不少，只要震垮中间的一堵墙。"

阿籽慢慢读完纸条，叹息一声，头靠在墙上。

有一天，苏回来说，有个很要好的朋友过生日，想送件礼物。阿籽一下子莫名地紧张起来："那个圆脸女孩秦桑桑？"

苏很造作地满不在乎："是啊！女生天生爱虚荣，生日收不到礼物会记仇很久的。"

阿籽躺在床上翻了一个身，脸面向墙壁，更加虚伪地说："小丫头片子，随随便便给她买朵花就打发了。"

然后下午他偷偷溜出门，去了很远的书店，买了两本书，几米的《月亮忘记了》和《向左走，向右走》。她是他心里的月亮，照亮了好几个没有梦的晚上。他把书紧贴在胸前穿过街口，想着他的温度能不能通过这本书光滑的扉页传到她的手指上。

回到家，苏一早睡去。他在客厅站了半晌，忍不住偷偷翻了苏的书包，书包里有两本崭新的书，《月亮忘记了》《向左走，向右走》。从此两人就很少说话。

"今天我去楼下拿牛奶，牛奶箱下面站着一只小狗，浅棕色的，仰着脑袋看着我。我对它笑笑，蹲下身摸它圆圆的头，小狗轻轻地吠一声，好像在说：'HI，秦桑桑。'后来我就带它回家，分一半牛奶给它。现在这只小狗就住在你面前的这堵墙后面，我会好好照顾它。等到有一天，你打开门，带上小狗，我们一起去郊游。你知道吗？野外的繁花开始凋谢，莘草和树叶却更加茂密，毕竟夏天快到了……"

苏不理他，他也不理苏。从小一起长大形影不离的两个人，居然可以把一套六十平方米的房子距离拉得像南极和北极那么远，中间覆盖满了厚厚的冰川。有一天晚上回家，苏房间的灯亮着，居然传来久违的欢笑声。阿籽透过门缝往里看，苏坐在地板上，手里拿着一个彩色的小皮球，面前是一只胖乎乎的小奶狗，它立起后腿，小尾巴摆来摆去。"来，阿籽，再来一次。"阿籽在门缝外一惊，发觉苏原来是在对小狗说话。然后苏把皮球往上一扔，小狗甩着肥屁股一下扑上去，结果一头撞进苏怀里。"阿籽，阿籽！"苏紧紧抱住小狗，脸埋进了小狗绒绒的脖子里。阿籽看得很清楚，苏的眼角亮晶晶的。一直到睡觉，阿籽都觉得喉咙很哽，他在床上翻来覆去了一晚上，做了一个决定。

第二天一早，阿籽去厨房喝牛奶，小狗阿籽站在桌腿边冲他摇尾巴。他蹲下身，拍拍小狗的头："苏。"他对它说，"你要多保重。"

去海边的长途车眼看马上要驶出站了，一个人影在前面伸开双臂挡住车。趁大家一愣神，他一个箭步跳上来，一排一排地寻找。阿籽脸上合着一本《国家地理杂志》，正在打瞌睡。苏一屁股坐在他旁边的空位上："阿籽，跟我回去，你不下车我就不走！"然后两人赌着气一起驶向海边。变故就这样突然发生了，他们才看清前方那个硕大无比的卡车头撞开挡风玻璃扑进来，汽车就一边歪着滚落下山坡。

天旋地转。

在生死一瞬间，苏的身体压了上来，他用脚抵住前排椅背，阿籽被紧紧嵌进了座位里。不断有重物砸在苏的头上和背上，苏并不宽厚的胸膛在发抖，肋骨在响，他大口喘气，脸离阿籽那么近。好像两人还同在母亲的肚腹中紧紧依偎一样。"苏！"阿籽尽全力伸出手想抱他。但是苏更加用力地把他压紧，不许他乱动，喘息中耳边传来苏的声音："我知道在照相馆里你拉了秦桑桑的手，你比我勇敢，你要……"后面的话消失在风中和无尽的回忆里，他看见塌下的车顶向苏扑下来，眼前一黑。

再见到苏，是城南山野下，一块墓碑上微笑的照片。阿籽坐在轮椅上，看着他冲自己笑。他没有哭，但是心里的眼泪泛滥得足以淹没整个城市。

后来的后来，他把自己关在了和苏一起长大的房子里，小狗被阿籽放走了，现在，这间房子里只住了阿籽和存在于回忆里的苏。

然后秦桑桑来了，她来寻找苏，她租下了隔壁的房子。从那时起，像草地发芽一样，每天门缝下出现了各式各样的小纸条。当最后一张被塞进来时，阿籽一把拉开了门。秦桑桑抬起头，还惊愕地保持着下蹲的姿势。

"你找的人，不在。"他的手里拿着一张照片，一对孪生兄弟脸靠脸，"V"形手势上的笑容，发梢一起淌汗："这是我，陆籽扬。"他又指了指旁边那个男孩，"音像店里和你同时抓住最后一张唱片的，是我的弟弟陆扬苏。"他闭上眼睛，不去看秦桑桑的脸，"那个 JAY 的歌唱得很好听的也是苏，陪你在街上听歌的人是我；带你去看棒球的是苏，和你去影楼的是我……在马拉松大赛中你跑不动了，拉着你跑的人是苏，在十米后的人群里，默默打量你的人是我；生日时送你漫画的是我，在我身后的街角处，电线杆后面那个抱着两本相同漫画的是苏……"他的眼泪滴下来，苏！苏！苏！！！！！！！我的兄弟，在成长的路上每当我哭泣，总有人伸手在我肩上紧紧一握，而现在天高海遥，你在哪里？

一连几天，门缝下再也没出现小纸条。苏已经离开他，秦桑桑也离开了。不在的恋人，也许更能唤起女孩心中深沉的爱吧！阿籽在斜阳下低着头，居住在自己的回忆里。

阿籽睡着了。在梦里，他和五岁的苏一起在暮天的树林里等猎户座从南天升上来，树林里的叶子在晚风中哗啦啦地响，星星被云遮住了看不见，树枝隙间倒亮起一点一点小小的微光。"看！萤火虫！"苏兴奋地抓着他的肩膀，"它们好像你，在空中飞来飞去。"喜欢流鼻涕的苏小时候脑袋不是特别清楚，他认为一切可爱的动物都像阿籽，于是他们的世界里出现了许多阿籽猫，阿籽狗，现在又是阿籽萤火虫。"阿籽！阿籽！"苏拍着手仰着脸笑，眼睛里亮晶晶的是萤火虫的光芒，"满天都是阿籽在飞扬！"梦里阿籽哭了，好像预知很多年后这不可测的命运会把他们全部吞没，眼泪从树林里的草地上一直滴落到枕头上。他睁开眼睛，漆黑的房间里，有什么东西在闪闪发光，盘旋不去。当真有萤火虫在飞扬！他一下子仰着脸坐了起来，门缝下，有萤火虫一只接一只飞了进来。

打开门，是秦桑桑。圆脸的秦桑桑拿着一把小稚菊，对他笑："苏曾对我说，他最爱夏夜的萤火虫。夏天终于到了，他一定很希望我们带着萤火虫去看他。在另一个星球上爱笑、爱唱歌的苏一定不想再看见谁的泪水，而宁愿看见这满天萤火虫飞扬吧……"

青春里的一年， 又一年

我们学院里有三景。

一景是上花苑，那里有个小小的湖，湖里夏天会开满绵延到天际的白色莲花，好像雪山顶上身着白衣的唱诗班吟唱着《欢乐颂》，一种喜悦铺天盖地奔腾而来。

二景呢，是东区的球场，路过那里总会看见那么多高大阳光的男孩儿，挟着篮球呼啸而过，不经意间挥着汗水的一个笑脸，总让你情不自禁地把打开的书合到心口上，"他是不是看见了我呢？"

至于第三景，在图书馆旁边的雕塑下……

那个，陶行知的头像，我知道。怎么样？

不怎么样，那里就是第三景，我心中的第三景。

切。

薇绪总是很奇怪我这样说，照她看来，图书馆旁边乏善可陈的一小片稀溜溜的树林，立着一个雕塑，不管怎么看也不能称作一景吧。"那样的树林，"她说，"连晚上谈恋爱的人都不会去那儿。"

树太少了，连KISS一下都遮不住。

这个身边一贯熙熙攘攘，从白马王子到青蛙王子从不缺乏的家伙是永远不会明白我在想什么的。

薇绪长得漂亮，她老是喜欢穿咖啡色格子短裙和长靴，来衬托自己天生的皮肤像奶油那么白，而腮和嘴则像清晨盛开的粉色玫瑰花。漂亮女孩在意自己多过在意任何人，如果她身边众多的追求者中突然消失了一个，她绝对不会去追究人家是另有所爱呢，还是车祸住院了。这样的人，怎么能体会我每天早上特意绕去图书馆一带跑步，只是为了看一眼那个陶行知塑像旁抱着大画板的身影呢。

这是我心底的秘密，连薇绪都不知道，像一小罐蜂蜜藏在心底，只有一个人独享的甜蜜。

清晨是一天最美的时光，你也这样想么？徐翊然。每天我在清晨里穿着那身白得耀眼的运动衣，在晓色里朝着你的方向而来，你总不会叫我失望，总是早早地坐在那里，一笔又一笔，把清晨的美景尽收笔下。你发现没？我跑过你视线所及时，总是特别慢特别慢。我希望自己这时的眼神看起来特别的明亮，腰身灵活如小鹿，配上我那长长的头发，我的白运动衣，看起来当得起美这个词。我不止一次想象你眼中我的样子。我有小小的贪心，想被你不经意间描入画中，成为那个你整天带在身边的画板上固定的一景。一直到无可奈何地跑出你的视线，我总是能够吸引路边锻炼的男孩们的目光。看，爱你让我多么美丽。

SORRY，这几天我都不会来跑步，因为——感冒，我真的希望，在看不见我的日子里，你的心里，有那么一点——怅然若失。

好几天，抽屉里的红茶都是我一个人在喝。薇绪她经历了美女最不可能经历的事情，失恋了。也许别人不知道，但是我明白，薇绪这次是真的爱上了一个人，谢立豪，我们学校的风云人物，一个和薇绪一样拥有那么闪闪发光的羽毛，并且自己为之沾沾自喜的人。薇绪特意在篮球联赛时，去场边为他加了三次油，就让他轻而易举地明白了她的心意。所以看见他们在麦当劳里共喝一杯奶昔，我一点都不惊讶。得到男孩的心一向是薇绪引以为豪最有把握的事，但是她忘了漂亮的男生一样是一种只关心自己感受的动物。交往短短一段时间后，谢立豪给予她的，是长长的疏离，直到薇绪将他和一个个子小小的白色绵羊样的女孩堵在 KTV 里。谢立豪抬起长长头发后的眼睛看着她："和你在一起太累。"就宣判了薇绪所有付出的无谓。

这几天，正是梅雨季节，淅淅沥沥的雨啊，向晚天就黑了。薇绪说不需要人陪她。她不知道又到哪里去了。我站在窗口，抬手接住雨滴，心里第一次感叹起爱情的无常。

楼下管理员在喊 602 寝室，"下来接你们班的陈薇绪！"

我们从管理员手里接过软绵绵拖着一条腿的薇绪，薇绪的脸上，是这几天少见的晴朗笑容。她一边把手伸给我们，一边回头看。顺着她的目光看去，湿湿的雨地里，男孩推着单车，冲她点点头，一条腿跨上车，像海燕一样划出一道光，离开了我们的视线。我恍然愣在原地，那么一秒钟，全世界好像只剩我一个人。告诉我这不是你，徐翊然！

一直到睡觉，薇绪都笑得那么甜。她谢绝了我的红茶，说晚饭吃得很饱，那个美术系的男生用画纸给她包来新出炉的提子面包，好像，放在嘴里就可以融化。以前为什么没发现爱情是这般如面包一样甜美呢？

爱情这两个字重重地击中了我。那一晚上，我穿着深蓝色的 T 恤蜷在床上，感觉像在北极，那么辽阔那么孤单那么冷。

我想，他是一早就爱上了她。陈薇绪！校花！哪个男生不知道她。至于每天清晨为你去跑步的我，徐翊然，我想因为你知道我是薇绪的密友吧，就像一个人亲近不了美人，就对美人身边的梳子茶杯大具好感一样，不过是爱屋及乌。

那次意外让薇绪的腿痛了很久也没好。薇绪也乐得这样，徐翊然就可以天天背着画板带着面包和花来看她。薇绪坐在床边，抱着缠着绷带的膝盖，发自心底地微笑着，看着徐翊然把她早就吃腻的面包切成一片一片放在桌上。每逢这个时候，我总是快快收拾好书包，含糊地和薇绪打声招呼后就去上自习。有几次打开门，迎面看到徐翊然，在他的笑容中我低下头夺门而出。我们，本来就不熟。

如此浑浑噩噩地在图书馆泡了两个月，天天看圣·埃克苏佩里的《小王子》，小王子只爱他那朵玫瑰，而忘掉他身后被他驯养的狐狸。

狐狸对小王子说："如果你驯养了我，我就会认得出一个人的脚步声跟别人的都不一样，别人的脚步声会让我匆忙躲回地底下，而你的脚步声，却会像音乐一样，把我从洞里唤出来……

……我不吃面包，所以麦子对我没用，麦田跟我也没甚好说。这很叫人难过的。可是你有金色的头发，一旦你驯养了我，将会是多么的美妙，同样是金黄的麦穗，就能让我想到你，我也会爱上吹拂过麦田的风声……"

小王子驯养了狐狸，可是小王子还是离开了狐狸。对于像狐狸这样的人来说，生命中其实也已经不是很介意，一定要把什么攥在手心里。

"那你还是什么都没得到吧……"小王子说。

"不，"狐狸说，"我还有麦田的颜色……"

我鼻子发酸，趁没人注意的时候小心地把脸伏在书上，眼泪流下来。不管我愿不愿意，原来我心中的那只狐狸早已被一个叫徐翊然的男孩驯养。而那男孩从来也没爱过狐狸，他只想和他的玫瑰在一起……

晚上回到宿舍，已经熄灯，有人蒙在被子里哭。我扭头看看薇绪的床，空的，心甲有些莫名的情绪："发生什么事了？"

"薇绪的腿今天在医院检查出来，骨癌！"室友说。

我愣在那里，手里握着一杯刚刚冲好的红茶。风，从窗外呼

123

啸而过。

我想我是再没有资格和薇绪争什么了。徐翊然天天守在医院里。虽然薇绪的病早已存在，但他固执地认为和自己用车撞过她有关。他那样自责地守在薇绪的床边，和薇绪以同样的速度消瘦。握着她的手，为她唱歌，说 BBS 上看来的笑话逗她笑。连进进出出的医生和护士都感动得不得了，这年头，因为一点波折就聚散离合的人那么多，像徐翊然这样年少却可以做到至死不渝。

徐翊然搬来了他的画架，支在病床边天天替薇绪作画。开始薇绪挡着脸："不要，我现在那么丑。"徐翊然看着她，微笑，在背对薇绪的画纸上沙沙作画，挥洒着才调好的颜料，来巡房的医生和发药的护士站在徐翊然后面惊叹。薇绪睡着了又醒来，潮红着脸娇嗔几句，拿被子蒙着头，累了又沉沉睡去。天亮的时候她再度醒来，第一缕阳光正照在她对面的一面墙上，那里挂着一幅极美的画，画中漫天飞花，极尽绚烂多彩，花中立着一个女孩，全身为花朵所蔽，只现出洁白的额头与一双瞳人，却是美得跟甫起飞的白鸽一样。薇绪呆住了："那是我吗？"

从那天起，徐翊然为薇绪画了许许多多像，她在笑，她在忧愁，她在喝水，她在睡觉。画中的女孩无一例外地隐身在一片薄薄的云翳里，背后隐隐生出白色的翅膀，有着长长的羽翼，脸色虽然苍白，但是说不尽的空灵与纯洁，完全是每个男孩心中初恋的形象。

离毕业还有半年，徐翊然和薇绪双双办理了休学。对薇绪而言，治疗与不治疗已没有什么不同。她只想在生命最后一点时间实现自己一直以来的愿望，去海边小城生活一段时间，每天早晨在海鸥的鸣叫声中醒来，和自己爱的人依偎在一起看落日。我们都明白，薇绪再也不会回来，四年的朝夕相处，脸挨脸的欢笑，彼此心事的分享已随那空空的床铺，成为记忆里永远的定格。陪薇绪走之前，徐翊然在顶楼大教室举行了一个小型的个人画展，黑板上的彩色粉笔字：给我最爱的女孩。所有的展品全是病中的薇绪，无数大大小小的天使，睡觉的天使，喝水的天使，高高低低的挂满了整个墙面。很多女孩一边看一边捂着嘴哭。后来听人说有失恋的男孩，夜里抱着吉他靠在这面挂满天使的墙上忧伤地唱情歌，心里浮现出恋人的样子，满天天使都俯下头看着他。

送薇绪走的那天，在校门成片的梧桐下，我们又遇到谢立豪。他穿着竖着领子的牛仔衣，抱着一大罐五颜六色的糖豆。他吻了坐在轮椅上薇绪的额头，对她说他爱过她。苍白着脸的薇绪对我们笑笑，挥着手走远。我的目光穿过所有雾霭看着徐翊然的背影，我在心里对自己说最后一次，最后一次，让我再看看他。我努力睁大眼睛不让它闭起来，不要再错过一分一秒，然后直到看不见他。我的双眼疼痛地闭上，眼泪滚滚而下，身边送别的朋友们为薇绪哭成一团，而我的眼泪，我的心，固守着那个秘密。再见，徐翊然。

毕业后我去了深圳，也是一个海边城市。或许只是巧合。或许，是心中模糊的情愫，终难忘却。

闲暇的时候，在无人的海边走，海鸥的叫声和稀薄的水汽总在心中笼上淡淡的烟愁，不知道他们现在怎么样了。

一次谈完合同，夜归。我疲惫地把头靠在车窗前，深圳流离的夜色在脸上一道道划过。突然，一个巨大的天使腾空进入我的眼帘，那是新落成的大厦悬挂的巨幅招贴，薄薄云翳里，天使的脸庞透过重重岁月，唇边是似曾相识的一朵笑容。我猛然从座位上直起身，眼泪潸然而下。

美好的偷窥

　　那是我唯一一次将"美好"与"偷窥"这个字眼联系起来。

　　看到这一幕时，我正走在一个漆黑的楼道中，忽然看见墙边一个废纸箱子后，一个圆圆的小脑袋正费劲地向前伸出。我定睛一看，那是一个小男孩，骑在一辆旧旧的彩色玩具车上，像一只小兔子般伸出两只耳朵，正在窥探着什么。我好奇地随着他的目光向前看去，哦！在楼道的尽头，有一个向阳的小小露台，在纤白的光线里，有两个小女孩正在扮过家家。小男孩无疑正在偷看她们，或是，其中的一个。这个清甜的发现让我不禁微笑起来。

　　我故意慢慢经过那两个小女孩，她们正在玩着一个我小时候也常玩的游戏：扮公主。这也是过家家的一种，小小女孩儿，喜鹊一样从家里偷偷叼出妈妈的丝巾，奶奶的披巾，甚至床上的枕巾，把自己从头到脚披挂起来，想象着自己是阿拉伯世界的公主或是古代的王后，宽袍大袖，衣履翩翩，简直可以逼得魔镜承认自己是世界上最漂亮的人。这两个小女孩，裹在洁白的小毯子里，狭长的小眯眯眼，看起来好像一直在笑；粉红的嘟嘟嘴，好像含着一小片麦芽糖。两个人穿着她们自认为华丽的装束，"装模作样"地坐在一个电视机纸箱的两侧（这想必是她们心目中的红木雕花小桌），翘起小指头，捏着一只小茶杯，俨然两个贵妇聚在一起喝下午茶，对不远处那个小小人影，她们好像都没有注意。不对，我寻思一下，也许，她们早就发现了那个小男孩的花花心思。不然，为什么小腰板挺得那么直，脸上的笑容那么小心文雅，就连那几绺儿细细的头发，也是从颊畔刻意挑出，晃晃悠悠地增添几分小女儿家自以为是的妩媚。年少情愫，一丝丝开始滋生。也许最初的萌动，最初的害羞和期盼，就是这时开始的吧。

我慢慢走回黑暗的楼道。那个小小的男孩还伏在那儿，我走过他的身后，从他的方向看去，阳光下的女孩就像奶油蛋糕上的小瓷人。也许他还不懂"惊艳"这个词的意思，但他确实被"惊艳"了，在一个我们"大人"无法涉足的世界里，用他们的审美观。也许平日相处时，他们也常打打闹闹，这个男孩，也许惯于去揪女孩儿们的小辫子，女孩儿们看到男孩时，也会用一种很讨厌的不以为然的语气奚落他。但在这个特殊的时刻里，他们察觉到彼此之间微妙的不同和吸引。那是一种多么酸酸甜甜、欲说还休的心情啊，也许会延绵到许多年后，也许会成为一场爱恋的契机？谁知道呢，谁知道呢。我甚至开始幻想，也许过了很多年，我会不经意地在一本杂志上看到一篇爱情小说，开题就是：曾经在一个阴暗的楼道里，那一场干净而暧昧的注视……

我快为自己的胡思乱想引得莞尔不止了。回过头，看看楼道里越来越小的小人影，我突然有一丝丝甜蜜而悲哀地想起，我也曾在什么地方承受过这样的注视啊，曾经怀揣着同样如鹿撞的心情啊，不知道什么时候开始，那种小小的、透明而欢喜的情怀随着年年岁岁而逝去，就像水向东流，就像我转身隐没在这阴暗的楼道里。我也长大了，也弄丢了那个曾经这样注视过我的人，甚至快忘记自己承受过这样一场注视。

第一次见到张晓航，日光漫长

第一次见到张晓航，日光漫长。我高三他大二，每个星期天下午，他会骑着一辆深蓝色、铃声不是很响亮的单车来为我补课，每个小时五十块钱。当然！缺钱跟旱地上缺水一样的大学生，不因为这么点小小的甜头，谁愿意在炎炎夏日里骑车再骑车，骑上两三个小时直到把自己骑成一个骑兵机械人来给你补课啊。但是我心里还是有些欣喜，你知道我爸妈都很忙，家里就只有一个保姆林姐，她会做的唯一一件事就是像撞钟里出现的报时小人一样，一个小时准时进来送一次茶点，白脱巧克力蛋糕、抹茶卷还有无奈的红豆西米露。

所以这时家里花了五十块钱，给我买了一个骑车骑得气哼哼的骑兵玩具张晓航，进门第一件事就是抱起两升的水瓶大口喝水，也不管我就在一边赤脚凉快地打量他。我还是非常开心的，满廉价的一个玩具啊。

当然张晓航不知道我这么想，他静默又迟钝，也许是发觉了我的阴暗念头，故意装傻来维持自尊。做完新一轮的辅导后，他就安静地等着我发问，我不作声，桌子上的咕咕钟在滴答地响，张晓航像一只巨大的红色蜗牛，慢慢地把他的触角缩回壳里去。

然后一下午，我心不在焉做着习题，和旁边有整个世界那么大的红色蜗牛在一起。

大学一年级，呵呵，我终于成了张晓航的师妹。张晓航在场上灌篮，漂亮地独得3分时，我穿着一身军训绿军装在场边叫得最凶，张晓航加油！加油加油加加油！把球场对面给敌队加油的一群MM声势完全打压下去。终场结束，张晓航错愕又惊喜地看向我，我在他眼前被无比凶狠的教官拽着衣领乖乖拎走，一边偷偷在背后给他比了一个"V"的手势。庆祝张晓航胜利！

我以为那天晚上张晓航会站在新生楼下等我，叫我的名字，我们一起庆祝我终于九死一生考上大学，或者他今天独领风骚获得三连冠。反正随便找个借口都好，让我有机会借酒醉之名挽着他的胳膊唱：我爱你，塞北的雪……

但是张晓航没给我这个机会，晚上我和一帮伙伴经过操场，看见他独自一个人在暗夜暧昧的球场上，运球、3分、上栏，一次又一次，你看，你又在浪费时间。

大学四年是我的花样年华，我早就打定主意，把我想做的事情通通做一遍。我一直很喜欢玩"这辈子一定要完成的一百件事"之类的玩意儿。我要做的事情可远远不止一百件。和我玩得好的几个三八都知道我有个变态的习惯，随身携带的小包里有长长一个纸卷，掏出来展开可以从我的手指缝一直拖到那边楼梯再转个弯，上面是我大大小小的梦想狂想妄想。比如，买个生日蛋糕然后一个人吃光上而的奶油层，当然这个比较容易做到。还有把周星驰所有的片子看一遍，这个也简单。越到下边越有难度，蹦极一次……一定在泰山顶上看一次日出……车上碰见小偷偷人钱包高声呼叫提醒……收养一只流浪猫……纸卷最末端，还有小小两行字，我谁都没让看过。陆糖加一定要和张晓航初恋一回。陆糖加一定要和张晓航初吻一次。一定！

我活到现在，最大的优点就是活明白了做人就是要目标明确，想做什么就赶紧去做，一秒钟都不浪费时间。不像你，张晓航，畏畏缩缩的红色大蜗牛，拜托你就算打定主意不理我也要专业一点，为什么我不管做什么事情，只要在人群中一瞟随随便便就可以看见你负着红色的壳躲在那里。我忽然苦笑，是不是因为那么在意你，我的天线才那么敏感？不想了，不想了，我眼睛一闭就往桥下扎，橙色橡皮筋牢固地缚在我脚上，我重重地冲向深渊又高高地被弹起。这就是蹦极，味道真的不好受。我的眼泪噼里啪啦溅在脸上，我眷恋这个世界上美好的日子，粉红色球鞋，占满蓝天的大片大片鹅黄苹果花树，还有我最最亲爱的张晓航。

　　那天我从蹦极的绳子上被解下来时，其实已经昏了过去。昏过去的人名正言顺可以做做美梦，我就梦到张晓航把我像一只苹果那样解下来，回学校的路上，把我紧紧抱在怀里，用下巴一次又一次蹭我的发顶，然后没有声音地抽泣。

　　然后五一假期去泰山，我邀请了年级里著名的帅哥冯子森。一般的女孩一看见他还虚伪兮兮地假矜持，但是我这个人习惯风大雨大太阳大，连被张晓航拒绝都不怕，还怕区区一个帅哥冯子森？于是一邀成功。结果临到出发，慕名来加入我们的女生越来越多，最后简直成了冯子森率领一个小型女儿国泰山五日游！冯子森说不怕不怕，我找来了挑夫甲。出发那天挑夫甲大包小包铁青着脸露面，就是山不转水转的张晓航。哈哈哈！（学周星星笑一分钟）旅程突然那么美。

　　临登顶看日出那天，半夜都得起来爬山，一众小吊带们各个叫苦连天，我就跃跃欲试。凌晨三点，我穿着租来的军大衣和冯子森，还有少数几个坚强的女生开始登顶。漆黑的山路，风像刀子似的，不到一公里我就喘不过气，心揪成一团，有人抓着我的手臂一步步往上走。"冯子森。"我小声叫着他，不愧是革命同志

130

情谊真啊。手掌被他握着很温暖，我的胸口闷疼不是那么严重了。跟着他就那么来到山顶，还很早呢，满天星光，我模糊靠着他的肩膀睡着了。天亮时，有人轻轻推我，我睁开眼睛迎面就是远远地平线上，太阳霞光万丈地升起来，我忍不住傻笑，在温柔红光的空气中轻轻回头看着旁边那人的脸，张晓航，我早就知道是你。你只有假冒冯子森时才有勇气拉起我的手么？那我就陪你装傻到底。

　　转眼张晓航毕业，我们之间的关系既没亲密也没疏离，一切都和高三那一个个星期天的下午一样，保持着刺猬之间两根刺之间的距离。张晓航去了一直向往的首都大展拳脚，我想临走时他是下了某种决心要彻底把我忘记。成都对我来说花谢了，叶落了，一切开始向沙漠演化，我的内心渐渐风化成一具苍凉的骸骨。暑假的时候，我独自去了西藏，这是我单子上第九十七个愿望，在这个愿望之前有很多愿望被打了红钩，表示我已一一实现，真厉害！在西藏最纯净、离神最近的天空下，我尝到自己带来的恶果，由于极端不适应高原反应，我全身浮肿，满脸青紫若猪头，但是我不介意，实现梦想是值得高兴的事。在纳木错湖一群移动的白色山羊边，我着红衣，移动肿若肥香肠的手指，自拍下一幅幅美好的画面：天很蓝，海子很蓝，我在大地上肿着脸和嘴唇，大口地喘着气，笑若春花。

　　在旅店的笔记本电脑上，我把照片传给远在北京的张晓航，照片下配的文字是我一贯风格的捧腹：我觉得自己好像被哈里·波特吹肿的玛姬姑妈，冉冉升上天，连衣服扣子好像都要绷开来……照片发送完毕。我关电脑、拔电源；关手机、卸电池。旅店外檐角一长串风铃叮叮咚咚响。我在暮色中走出屋外，张开双臂迎着风，感到被自己和张晓航共同放逐到天边。

　　西藏回来以后，张晓航恢复了和我的联系。我们每天一个电话，近在咫尺，一如从前。毕业后，我理所当然地收拾起行李投奔了他。

自从在机场张晓航带着一个齐耳短发的女子一起来接我时，我的心情就一如坏坏的天气。那天我谁的面子都不给，我铁青着脸从张晓航和他的叶词面前走过去，摆脱了后面一直试图拉住我胳膊的冯子森，我一个人固执地背着行李满北京城里兜。汽车、三轮、步行一段再汽车、三轮，我自己狠狠地把自己湮没在这座城市里。

愿望单子上第九十八个梦想，迷一次路。

一个月后我的工作敲定，去了一家电视台当野外记者。矿难、洪水、车祸，哪里有事我往哪里去，早出晚归，辛苦异常，开始大把大把掉头发，累得吃不下饭。张晓航激烈反对，我斜睨着他，一切的原因他都知道，他是没资格说不的那个人。

我给你说，我一直觉得自己是个幸运儿，耍赖也好，撒娇也好，我向命运要什么一般情况下都可以得到满足。比如我蹦极的时候曾经深深喘了一口气，希望活着上来，结果果然活着上来了；我在西藏高原反应得四肢百骸痛如针扎，我说，拜托，我一定要好好地活着回去，我还要见张晓航，结果果然什么事也没地回去了；在我十岁时检查出有先天性心脏病，医生说我活不过二十岁，结果我认识张晓航后就为这个结果深深担忧起来，结果，嘿！运气好，居然活到二十二岁了。我一直在想还可以幸运多久？五年？十年？总要磨到和张晓航在一起，最不济也听他说一句我爱你吧！

结果这一次，命运对我竖起一根手指，说到此为止。

我被从火灾报道现场和伤员一起送回来的那天晚上，张晓航闻讯赶来，抱着一大捧玫瑰花。冯子森难过得仰天不让眼泪流下来，他体贴地合上病房门，让我和张晓航好好相处。

其实最后张晓航什么都没说，他只是一边流泪一边抱紧我，如同很多年前蹦极后那个旖旎的梦。

张晓航，我明白，我们是同样自私的人。你越爱我，就越怕跟我在一起面对最后的别离，你怕你会承受不了所以干脆眼不见心不烦。我越爱你越要死死缠着你，像沉溺的骆驼抓着最后一根稻草，即使把我压垮，也始终不忍放手。我们在一起彼此折磨，这么多年。

我给张晓航看了我左手无名指上那枚钻石戒指，其实是水晶的，那是冯子森十分钟前才送给我的。我笑嘻嘻的，有些走调地对他唱莫文蔚的歌："感情就是一个人丢了另一个人捡……"现在我被冯子森捡了，没你什么事了……

这谎言是我最后送给你的礼物。

好了，出去吧，郝思嘉说明天又是另外一天，我们之间的故事结束了，再没什么了，真的。

公元 2005 年的折耳猫

一场极其倒霉的邂逅

"乖,跟我回家吧。家里面有一只小波斯,一只黄白猫,还有一头叫亮亮的小博美,你一定不会觉得孤单。"

灰扑扑的小猫抬起头,向头顶覆盖了四分之三蓝色天空的女孩子"喵"地叫了一声。

"小乖乖,饿了吧?"安吉穿着大半码的粉色球鞋,踢踢踏踏地去旁边的士多店买了一盒牛奶,掬在掌心里给小猫喝。小家伙饿极了,一下又一下,舔得安吉右手里的爱情线痒丝丝的。

回家喽!安吉脱下亚麻色外套,把小猫裹着抱起来,另一只手还举着半盒牛奶。突然那只手腕就被人很紧地攥住了,还把她拽了一下,牛奶洒了一地。

"你!?"安吉猝不及防地抬起头,一个比她高半个头的男孩子迎面站在眼前,说不上好看不好看,嘴唇紧闭,眼睛从黑发的阴影下看着她:"你居然偷猫?!"

四周的眼光刷地射过来。

这不是流浪猫?！

十五分钟以后，派出所，男生抱着小碳球般抖成一团的小灰猫，穿过门外端着饭盆看热闹的人群扬长而去。安吉坐在那里，百口莫辩地听着警察叔叔的谆谆教诲，膝上放着脏兮兮的外套，上面印着几个小猫爪印。

哪有这样的人，诅咒你一出门就被车撞倒。

第二次邂逅

哧——！一阵刺耳的急刹车。旁边经过的女孩发出一声尖叫，有人说赶快报警，有人说去找老师。男孩喘着气半跪在路中间，一条触目的鲜血蜿蜒从眉峰流下，双臂紧紧护住的怀里，一个圆圆的灰色脑袋伸了出来，奶声奶气地喵喵叫，丝毫忘了刚才是怎么从迎面碾来的车轮下死里逃生。

"摩托车就要压到那只猫了，那男生突然冲了出来——"

"哪有这样傻的人，为一只猫。"

老师以及上回出场时无比神勇的警察叔叔迟迟未到。男孩的血流到下巴上，滴到白 T 恤上，胸口那个"LOVE"染得乱七八糟。安吉实在看不下去，咬咬牙冲出去，扛起男孩的一条手臂："走，去医院。"

你——男孩从晕眩中抬起头。

"即使你不打紧，我也想去看看这只小猫被伤到没有。"

名字叫做"简单"的男生脑袋上打着绷带——校医的水平实在不敢恭维，把他包扎得看上去就像一个印度阿三。此刻，简单正安静地坐在凳子上看安吉给猫洗澡。安吉在粉红 KITTY 脸盆里倒上半盆温温的水，然后把乖乖的小猫放到里面——心里却在想着简单现在真应该坐在孟买街头，吹着芦笛引竹篓里面的眼镜蛇

135

出来跳舞，要不真辜负这个造型，而且他又和印度人一样黑，这么想着，简直偷笑得要被口水呛到。

"多多很听你的话，"沉静了半天的简单突然说，"从前慕司菲给它洗澡的时候，它总是伸出尖尖的小爪子抓她，费尽心思想从脸盆里逃跑。"

听见这个名字，安吉第一个反应是好像一个蛋糕："你女朋友？"

简单开始发呆，好像根本没听到她的话。

安吉也就继续安静地给猫洗澡，小灰猫在水盆里喵喵地叫。

哇！安吉拿开吹风和毛巾，居然是一只折耳。那脏兮兮在垃圾箱边上扒方便面袋子的小灰猫，居然是一只纯正的英国蓝纹折耳猫。瞧它的耳郭，安吉用手指轻轻地拈了拈："我先前还以为是被你打伤的呢。"

"我会吗？"简单扬着他那个印度阿三似的脑袋怒道。

多多安静地蜷在安吉的掌心里，伸出小小的舌头舔安吉抚摸它的手指，全身的毛蓬蓬得像一球蒲公英。

"暂时把它寄养在你这儿吧，"简单站起来，"我带不好它。"

多多的身体一直很弱，居然把一只血统高贵的折耳猫养成这样！安吉一想起来就要磨牙。多多整天整天地嚷饿，喝不上几口奶又吐。由于牙齿太松，三个月的猫还嚼不动猫粮和肉类，只会对着食物急得喵喵叫。家里的波斯和小黄白同它年龄一般长，可已经比它大一个拳头那么多了，每天都在旁边坐着看着新来的小弟弟。

简单、多多和慕司菲

在一个雨天的黄昏，简单接到安吉的电话，多多发烧，被送进了宠物医院。

"这只猫受过虐待，曾经很长一段时间缺乏食物，所以现在体质很差，消化系统严重不良。"医生饱含谴责意味地看着安吉和简单，"今天晚上要住院观察。"多多在医生身后的小床上蜷成一团，含着小爪子咕咕哝哝的，身上还挂着大瓶的点滴。

晚上谁都没有回去，安吉和简单坐在医院的长椅上守着多多。医院开了暖气，所以即使在这样窗外飘着雨的日子里也不觉得寒冷。

"多多是慕司菲的猫，慕司菲作为交换生去英国的时候把它留给了我。"

安吉暗暗地在心里想着原来这个男生被抛弃了，口里却不相干地说着："很多人出国都会把用不着的衣服鞋子什么的送人，再不就是丢掉。"

简单狠狠地瞪了她一眼："丢掉又怎么样?"

"慕司菲说她是为我好。她说男生的心，跟粗树枝和宽大的叶子一样，脉络简单，很快就可以找到新的女朋友，不用为她无谓地等待浪费时间。慕司菲以前总喜欢说，有时间发呆不如去打网球和吃慕司蛋糕，结果她却走了。网球场和下午茶桌子对面，再没有人。

"那段时间看电视气象，伦敦天天下雨。我不想吃饭，只是坐在那里发呆，想以前的事或者什么也不想，也忘记了慕司菲留给我的多多。"

……

安吉睡眼惺忪地听着简单说慕司菲和他的故事，慕司菲和多多的故事，他和多多的故事，或是沉默。她小小地打着哈欠，头不自觉地靠在他的肩膀上。他有一点点惊异地从眼角看着她的长睫毛，她像多多一样咕哝着，似睡未睡："我也不知道一个人离开有多么伤心，我只了解猫。猫在寒冷的街道上跑、饿得叫、被人欺负的时候，它也会难过。但是，当它有一个明亮的家，每天可以吃得饱饱的，它就只会愉快地嬉戏或是想着明天有没有更好的东西。从来没见过哪只猫——包括多多，为了昨天而忧悒。"她的眼皮沉了下去，声音低沉，语无伦次，"毕竟大多数人的心里，都有不愉快的过往啊……你知道吗？多多好像喜欢上小黄白了，小黄白虽然是只土猫，但是也是个非常可爱的女生……"她睡着了。

两个人一动不动的，坐在雨夜里一扇温暖的窗子旁。

我快乐所以希望你快乐

邮件提示系统发出可爱的猫叫声，用鼠标双击它，一页洁白的信纸缓缓展开。

"简单，伦敦的天气真是阴霾，我裹着大红羊毛围巾走在雨地里，去上课，回宿舍，或是去门达拉朗—— 一家上百年历史的老咖啡馆。我以为终于走出来，拥抱到我想拥抱的世界，我会快乐。可是在伦敦这铁灰色的阴天下，我把自己埋在红色围巾里，终于发现原来我不快乐，一点也不。我在孤单里怀念你的温暖，你的笑容，你的手握住我的手的感觉。我想多多了，你和多多会等我，会吗？"

简单笑了起来，他自己也不知道为什么这段时间笑得那么多："我和多多会一直待在这个温暖的地方等你——作为朋友，我们永远支持你。快乐些！女孩。"

他微笑着回过头。

安吉抱着熟睡的多多，脚下蜷着小黄白，抬起头来对他笑。

喵！多多在梦里轻轻地叫了一声，冒出一个小鼻涕泡。

我爱姚马马

认识姚马马

自从拿到 B 大录取通知书，整整两个月的暑假，我一直泡在网上，于各大论坛遍撒英雄帖，招募 B 大法律系 2004 年新生同道，直接把去学校当成网友见面，结果认识了姚马马。她的确是个厉害人物，聊了没三句，就抛出 B 大法律系各科老师底细一览表，谁谁谁是四大金牌杀手，谁谁谁是刀子嘴豆腐心的菩萨，这样一到考试大家就可以知己知彼，百战不殆！其余关键资料还有 B 大历年来各系帅哥美女比例分析表以及历届校花名单，这样以后一些居心不良的家伙术业有专攻就有了第一手情报。有人心怀叵测地问："姚马马，你是美女吗？"姚马马说："我是老人家了，不过十余年前还是挺漂亮的。"切！色狼们一哄而散。

你好！ 姚马马

见到姚马马，是开学一个月之后的事。一个炎热干燥的下午，我收到一条短信，姚马马的，说在山顶足球场上网友见面。我穿着大背心翻身而起，这等重要之事，我居然忘掉，看来是脱离紧张的高中生活后，脑子没怎么用，变钝了！变钝了！

足球场边的榕树下聚集着一小撮人，大家互相打招呼，一一对上号之后，发现我们偌大一群人里，除去"凤二娘"几个喜欢在网上男扮女装的变态外，只有一个女生，而且还是一个漂亮女生，而且还是一个漂亮得不一般的女生。我可以清楚地看到不怀好意的想法纷纷在每个人大脑中升腾。那个女孩也知道。她的下巴在不自觉地轻轻扬起。她用柔软的好像糖化掉的声音说她叫宋倾心，周围一干人等骨头都要酥掉了。可以想见，未来的格局不外乎一大窝公兔子边上长着一棵草，而且是一棵美丽非凡的草。

远方的地平线依稀传来雷鸣声，兔子们警觉地竖起耳朵，挡在宋倾心前面。一个小黑点出现在模糊的热空气里，眨眼就到眼前，一辆巨大的黑色重金属摩托呼啸着来个急刹，车头如悍马般高高扬起再被勒紧，黄色的烟尘蒸腾而起，在扑面而来的四散热气中，这个庞然大物终于安静下来，这时才有一个薄薄的、瘦瘦的人影柳叶般从半空中轻飘飘地落下来。一个美女！长发细腰直腿！短小的白 T 恤下浅褐的腰身，白球鞋里没穿袜子，露出脚腕。好像只有我一个人因为震撼而发呆，因为我听见耳朵后面有人说："又老又丑。"我匆匆往后瞪一眼，宋倾心急忙抿紧嘴。我再急忙回头，眼前那个女孩站在阳光下，嘴唇细细的，笑得和女神一样！

很难相信吧？这就是号称比我们大十多岁的姚马马？其实她只比我大三岁，今年二十一，复读三年，第一年上了 X 大，第二年 BH 大，第三年 FD 大，都是数一数二的重点，愣顶住不去，一心直奔 B 大而来，今年终于登顶成功。"这就是缘分！"我的想法一定明明白白写在脸上，因为姚马马咬着嘴唇鄙薄地瞪了我一眼，嘿！这个女人，连鄙视人都鄙视得这么与众不同的好看。好了，从现在起四年梦里有主角了!

姚马马的秘密

姚马马惊鸿一现后就如水滴汇入大海,在我的视野里消失。用鸡腿利诱了几个眼线去打听,得知好学生姚马马原来最大的兴趣是每天雷打不动地去五教 C 区上自习。结果第二天我的书包里也塞满了新买的新概念英语 123,像寻找野兔的猎狗般,迷路 N 圈后,一脸笑容无耻地站在五教前:"马马! 我来了!"

我悄悄地坐在她的斜后方,对用"怎么这么巧啊"还是"今天天气哈哈哈"来给她打招呼的问题神魂颠倒了半个小时。猛然发现,姚马马一直保持着手托香腮远眺的状态,几乎没动过。我从她的肩上望去,这扇窗口正好对着 B 区下一层教室的窗边,一对恋人,短发的女孩靠在男友的肩上,一起静静地看书。

第二天我早早奔到 B 区,瞄准位子直往窗边而去。靠! 还是那对恋人。"麻烦让让! 啊!"我心满意足地坐在有些发烫的座位上,一边计着时间一边仰头向 C 区观望。北京时间晚上七点正,姚马马出现,书包还没从背上取下就伸头往这边看。"Hi!"我得意地向她比出"V"形手势,姚马马脸色大变,整个晚上再没见人影。

去了姚马马的寝室。见鬼,晚上十点多了,这丫头居然出去飙车。我拿着手电,在学校外荒僻的盘山公路上边找边喊:"姚马马……"

声音在夜里的山谷中回荡,我脑袋里满是美少女红颜薄命意外伏尸山谷的恐怖想象。转过一个山峦,听见有人在山坡上哭,一边哭一边放声大叫,很肆无忌惮那种,活像重型摩托车在呼啸。慢慢走近,瘦长身影,不是姚马马是谁。姚马马俯在山坡上,手臂绷紧："楚天涵——楚天涵——"声音大得仿佛存心要扯破声带，每一声叫喊间传来低低的啜泣。

大约三年以前，某地，某个高中，有某个很优秀的男孩，叫楚天涵。学校迷他的女生非常多，其中有个最不引人注意的，就是假小子姚马马。姚马马喜欢楚天涵从初中喜欢到高中，借初高中六年愚人节向楚天涵表白了六次，最后楚天涵对她说："除非你去Ｂ大。"Ｂ大，是楚天涵的梦想啊！从那天起，也是姚马马的梦想。姚马马记着楚天涵的话，考Ｂ大，再变漂亮，从那个流着鼻涕胖墩墩的假小子变到今天的淑女姚马马，除了还爱重型摩托以外。

虽然我并不承认窗边那小子是什么帅哥，不过不用多想他就是姚马马的楚天涵。他显然当年只是一句玩笑，因为在这里，他很快结识了校花安静静，而且还爱上了天天安静静靠在他肩头上、一起在五教Ｂ区上自习的日子。

我爱安静静

我举着一块牌子，上面写着几个大字：我爱安静静。那个时候我正站在一圈围成心形的玫瑰花之间；那个时候我和玫瑰花们正站在女生宿舍楼下。旁边站着女生宿舍管理员王大妈，她一直威胁我再不乖乖滚蛋就通知校保安来解决。我坚定地站在那里继续发挥我玉树临风的魅力，女生们从不同的窗台上簇拥着伸出头来，使得整个宿舍楼看起来很像一棵春天站着许多鸟的大树。

眼睛还没有从仰视的眩晕中恢复过来，"哐！"横脸一拳，突如其来，我手捂着脸，鼻血从指缝中往下渗。保安没来，是一个男孩，比我高几公分，握着拳头，气咻咻地站在我眼前。是楚天涵，他今天没戴眼镜，往日斯文平静的眼神此刻瞪得要出血。

"谁让你到这儿来纠缠安静静?!"

我用手背慢慢擦着鼻血,一字一顿地说:"像你这样的男人,根本不值得一个好女孩来爱!"

"你!"他又要冲上来,我挺起了胸膛,鄙视地看着他。

"够了!楚天涵!"安静静红着脸从后面冲出来,一下抱住楚天涵挥舞的胳膊,把他拖开。

"警告你!不许再接近安静静!"他远远地对我展示着拳头。

安静静按着他,转过头,眼睛不安地看着地面:"对不起啊!"

我一动不动,站在原地。鼻血又开始淌出来。

"给你!"一方雪白的手帕,我顺着手帕,看见宋倾心,她穿着一件白裙子,静静地站在我旁边。

我吸溜了一下鼻子,冲她摇摇头,低下头去摸纸巾,半天没找到。

"啪!"宋倾心突然把手帕按到我脸上,再塞进我手里,雪白的手帕上已经沾染了猩红的血迹,"给!这下你不会拒绝了吧!"

"怎么突然想起这么疯狂地追求安静静?她可比你大三岁,难道现在流行姐弟恋?"宋倾心坐在我旁边的石阶上,一边喝橙汁一边晃悠着双腿。

"不是,我就是喜欢安静静。"我咬紧牙关。

"真的?"

"真的!"

宋倾心斜睨着我,两腮粉红:"陆籽萌,你是一个好男孩,无论是为谁这样做,都不值得!"

"值得?不值得?"我靠在栏杆上想起姚马马,心里一阵酸苦一阵甜。

"你真是没救了!"宋倾心丢下这句话,跳下台阶,"噔噔噔"走了,及腰长发在白裙后一摆。

我叹了一口气，望着栏杆前的水洼，水洼上印出一片蓝天白云，渐渐的，白云汇成了姚马马的脸。"是啊！没救了！"我捂着眼睛在台阶上坐下来。原来爱这种行为根本不会受人控制，就像飞机失事，想来就来，无从抗拒。

女生宿舍楼下有一尊带翅膀的天使石雕，每天我都会放一朵红玫瑰在天使的手掌上，玫瑰上卷着一张纸条：TO 我爱的安静静。持之以恒，风雨无阻。固执得自己都莫名其妙。

一天……又一天，坚持。期间的插曲是三天两头与楚天涵兵戎相见。我的浪漫和执著化为了女生嘴里交口相传的美谈和男生嘴里交口相谈的神经病。也许很多年后，还会慢慢变成 B 大 BBS 上一个广为流传的传奇。

安静静终于收下了一把我称之为代表友谊的粉色玫瑰。彼时，天使的右手掌快被染成了玫瑰色。她对我说，她开始想念并等待我的电话，一听到电话铃响，接起来是楚天涵的声音就会心烦意乱。我一边握住她的手一边笑，心里却苦苦的。姚马马在深夜里的山坡上哭，姚马马她努力了很多年，姚马马只会喊一个人的名字楚天涵。也许我的爱不能给你带来你所想要的幸福，那只能希望我所做的事情会让你离幸福稍微近一点，姚马马。

你怎么舍得……

"籽萌，籽萌！不要发呆！"安静静摇着我的手臂，"今天是圣诞节啊！"

"是吗？"我抬头看，是啊，身上穿着厚衣服，空气很冷，原来，离开最初看到姚马马的夏日，已经过去了那么久。安静静像小兔一样，挤进了我的怀里，我们相拥着，转过一个弯。学院的前操场上，一棵大大的、金碧辉煌的圣诞树拔地而起！

"哇！他们在分发礼物。"安静静欢快地挣脱了我。我静静地在原地看着她。有一个人，安静地站在了我的旁边。我感觉到一种熟悉的味道，刹那间，我的神情不由自主地慌乱起来："马马？"

"叫我姚马马！"她很不客气地说，"为什么要和安静静在一起？"

"如果没有安静静，也许楚天涵……"

"我问的是为什么要和安静静在一起？"

"我……"我突然觉得自己没头没脑地陷入一个怪圈，难道要我说，因为我喜欢你，很喜欢很喜欢你，所以我和另外一个女人在一起？

"不要这样！如果你还当我是你的朋友的话！"她飞快地转过脸，眼睛印着圣诞节深深浅浅的烟火，"请你放弃安静静！"她一颔首，声音突然变温柔，"因为，楚天涵对我而言是一个很重要的人，我决不允许他受到任何一点伤害。"

我也不知道自己为什么要那么说，反正我大脑一片空白冲口而出："但是，有一个对我而言很重要的人，因为他们在一起而伤心，我也不希望她受到伤害！"

一刹那之间，姚马马的脸变得雪白。她退后一步，咬着嘴唇看着我："我不明白你在说什么，总之，你离开安静静吧，这样，对大家都好。"

她转过身去，不看我目光枯萎，裹紧那件小小的淡紫棉衣，浅浅雪地上一行脚印，一步步走远。这就是那个我魂牵梦萦，日日夜夜，心心念念，想着她，顾着她，为了她做什么都可以的女生吗？一刹那，我的眼泪流了下来。

"籽萌！"安静静举着一只玩具布猴子奔了回来，"你看，这是我抢到的奖品。"我看也不看，一把将布猴子拂落在雪地里，拥着她就一低头吻了下去。周围的灯火一起熄灭，我的泪汹涌而下。

月光中，枞树下，阴影里。有一个雪白的人影，冷冷地看着一切，是宋倾心，一身白衣，脸色煞白。旁边一个同样脸色煞白的男子，衬着一地拂落的鲜艳的玫瑰花瓣。

这个夜里，你和我同样心碎吧？

唯一幸福的，是怀里的安静静，在爱恋的吻中她的唇粉红鲜艳。

两天后，学校出了一件轰动的大事，新闻系三年级一楚姓男生承受不了学业和感情的双重压力，患上了抑郁症。在某天夜里，他爬上A区主教学楼顶，挥动着胳膊，喷着酒气放声大笑。所有人惶急地望着顶楼上一步步踏近边缘的楚姓男生，当然，那就是楚天涵。

安静静站在楼下，披头散发声音嘶哑。一左一右两个老师挟着她。她的声音在月色人潮中回荡："天涵，你下来，下来啊！"

长长的声音划上顶楼，楚天涵全身颤抖，"你现在怕了，害怕我死了？我死了你的良心和灵魂是不是一辈子得不到安宁？那你还和那个臭小子在一起!? 啊?"他的声音恐怖又悲凉。"不要！"安静静一边哭一边抽气，她绝望地低着头，眼泪顺着发梢流，膝盖发软就向前跪倒，两边老师拽都拽不住。"你伤心啦？可曾想过我伤心的时候！我就要跳下来，跌得粉身碎骨，让那血溅到你脸上，让你一辈子想起来就做噩梦……"

"够了！"一声大喝，不知什么时候，楼上月亮边多了一个人。楚天涵一片茫然中回过头。楼下一片安静。只有安静静偶尔一下抽泣声传来。那人长发飘飘，细细长腿，映着月色，我当胸像被巨锤打来："姚马马！"这个疯女人，我一阵晕眩。

"不要过来，再走近一步我就跳下去！"在楚天涵的吼声中，姚马马散步一样施施然地走到楼顶边缘。"你?!"楚天涵又急又怒。

146

"你不用管我，要跳请便，我也是来跳楼的，不妨碍你吧？"楼下一片哗然，老师们头皮都要炸了，开始考虑要不要报警。我则支撑着自己不要昏厥。

"我比你还要有理由跳楼。"姚马马冲楚天涵明眸一笑，仿佛在去海边旅行的途中发现一个旅伴。

"我十二岁起就爱上了一个男孩。就这样天天仰慕地看着他，每天早晨照镜子时一边整理衣领一边练习将'Hi'发声得抑扬顿挫。可是，平时话多得要命的我一走近他就会咬到自己的舌头。"姚马马又笑了一下，"傻吧？"

"后来，我厚着脸皮在愚人节这天，当面给了他一封情书。他在周围的起哄中一边和旁边的漂亮女孩说话一边走远。当时我就想死，小小的女孩也是要自尊的！但是没有，我想活着在第二年的愚人节里再给你写一封情书。就这样从初中到高中，我成了学校里有名的花痴，你可知道，每年一次，既是刑罚又是节日，我足足想去死六次。最后一年，你高三，不耐烦地对我说：'这么喜欢我啊，去 B 大吧。'然后你一回头又暗自低语，'有可能吗？'是，B 大嘛，大学中的大学，每年这样的荣誉，只属于每个省重点里的前一两名。你以为你说话的声音小？我却每个字都听得清清楚楚。当时我好想死在你面前，要让你知道你的轻率与冷漠是一个女孩多大的灾难。然后在你上 B 大的第一年，我上了 X 大，这是我这个原来排三十多名的中等生，在以你为目标下所能发挥的极限了。虽然舍不得那所远方海边的大学，我还是放弃了，顶住各种压力。第二年进复读班，又考，一边复习一边恍惚地微笑，我的楚天涵大一了呢！第二年差十分，看榜时我血都凉了，一步一步木偶一样挪回家，路上 N 多辆车在我面前急刹，司机纷纷伸出头骂我找死，找死就找死吧，我就是找死。结果被 BH 大录取了，这所学校离你很近，但是我还是放弃。在一边想着我的楚天

147

涵大二了、他会不会有女朋友的担心中，我再次复读。"姚马马仰起头笑，眼里两汪泪水，印出两轮远天之上的月钩。"那时候压力很大，我想我可能患上了抑郁症，很多时候都觉得自己熬不过去了，干脆去死吧。这之后又经历了一次失败，差一分，结果上了FD大。算了，那些痛苦你不会知道……不过我很高兴，这一切终于过去了。我还好好活着，并且很精神地站在了我日思夜想，对它比你还要熟悉的B大。而你，我爱到血脉深处的你，已经有了另一个女子。你说，我该不该去死呢?"姚马马又往楼顶边缘移动了一步，"我想，我比你伤心得多啊!"

一片鸦雀无声，连一直情绪激动的楚天涵都听得呆住了，叙述不经意地由第三人称"他"转成了第一人称"你"。你，我的楚天涵，你爱我吗? 姚马马的白边粉色球鞋踩在了滴水檐上。高处长风下姚马马长发猎猎。

"姚马马，不要!"在众人惊异的目光中，我分开人群撕心裂肺地喊了出来。接下来长长的寂静中，安静静脸色苍白、表情怪异地看了我一眼，然后软绵绵地昏倒。

"我不会跳!"楚天涵一把攥住她的胳膊，"你也不许跳!"

"好。"

我想我应该给安静静道个歉，当着楚天涵。在那个本来很安静的咖啡店里，人群中楚天涵那一拳直挥向我时，我很平静地没有躲。这是我活该的，我在心里对自己说。然后脸上剧痛，两颗牙齿一阵松动，口鼻咸咸的，一阵温热的东西涌了出来。我转过身，沿着人群让开的一条路往外走。门口撞到一个女生，她一声不吭。一方洁白的手绢掉落在地上，我曾经用它擦拭过脸上滴落的鲜血。我弯下腰捡起它，递给宋倾心："你是一个好女孩，对不起!"宋倾心捂着嘴哭了,别过脸去。玻璃门一个旋转,已经将我和她隔开。我抬起头,一阵寒冷的空气迎面扑来,星星点点的小雪花自天而降,咖啡店前站着一个人,背靠一辆重型摩托。"上来!"姚马马摔给我一个头盔,我接过,一个反手将姚马马拉到后座,然后一跃而上"野马"。这辆反射着冷冷金属光泽的野兽在我身下发出一声低吼,然后突然四蹄扬起,后轮卷起漫天雪花,在一阵轰鸣中,我们驰骋在雪和风里。

"你什么时候去学的摩托?"姚马马紧紧抱着我,迎着风困难地问。

"在我知道自己喜欢你时。"我大声说,"愿意做我女朋友吗?"

"可是我比你大。"

"18 岁和 21 岁也许会有差别,80 岁和 83 岁呢? 90 岁和 93 岁呢? 100 岁和 103 岁呢?"

"我要我们永远在一起!"

姚马马在后面回答了一句,风太大我听不清,但是突然间,我热泪滚滚。她更紧地抱住了我,我听见她贴在我后背心在说:"好。"

咖啡店情事

我红肿着双眼，抽泣着撞开出租车门，背着我的大花布包飞过路边栏杆，踢踢踏踏地奔上好望角商厦的大理石阶，一头冲进二楼的西堤咖啡店。这是下午两点，小龙哥哥不在，店里也没什么客人，非常的安静。我在吧台后面找到了小龙哥哥的外套，驾轻就熟地翻开内袋，取出他的皮夹。这时，我觉得旁边有人在注视着我，一抬头，窗台上坐着一个比我大一点儿的漂亮女孩，栗色长鬈发，浅棕苏格兰格子裙，小麦色脸上一双卷睫毛大眼睛，一动不动、惊异地注视着我。我望着她发了两秒钟的呆，然后冲她笑了一下，低下头继续翻皮夹，找了二十块钱，再跑到店外面的栏杆边扔给楼下翘首以待的出租车司机。

回到店里迎头撞上小龙哥哥，我屏住气在他跟前站了一秒钟，眼泪迅速汇集到眼眶中。

"小丫头，怎么了？"他拍拍我的头。仿佛被那手指温暖的触感牵动了情绪，我一头扎到他的怀里，"哇"的一下哭出声来："他又变心了……"

"乖！别哭，别哭啊！"小龙哥哥着急地掰着我紧扣在他衣襟上的手指，我感觉他在慌忙地回头看。

"我都这么伤心了，你可不可以认真一点！"怒。

150

"好，好，丫头，坐下慢慢说。"

"没有什么好说的了，"我用手抹了一下眼泪，咬牙切齿，"今天我看见他和他们公司的戴安接吻，上次他告诉我他们只是普通朋友。"

"唉，小丫头，真是委屈你了。"小龙哥哥又摸摸我的头。我的心头一暖，一下子抓住他还来不及抽回的手："小龙哥哥，我不要他了，以后你做我的男朋友好不好?"

这番诉苦加表白之后，小龙哥哥好像被口水噎住了，开始剧烈地咳嗽起来。我不等他说话，转身就向店里其他客人大声宣布："以后我就是小龙哥哥的女朋友，今天大家的咖啡，我请!"

店里安静了几秒钟，然后响起了热烈的掌声，场面像极了电影里的当众求婚。我一转身，抱住了小龙哥哥。就像万有引力下的苹果奔向大地，我的脸深深地、深深地、很安心地埋在了他的怀里。

在我成为小龙哥哥女朋友之后的几天，这个我素来很尊敬的家伙三天两头想反悔。"你再说一次不要我，我就割脉给你看。"我恐吓地冲他扬扬左手，上面是一条浅浅的伤痕，这不是开玩笑，我以前就为史鲁比自杀过一次，可能一是怕死二是怕疼，伤口没割很深，一会儿血就自己止住了。"这次不一样，我会来真的!"我怎么受得了十天之内被两个男人抛弃。我想小龙哥哥被我吓住了，他开始绝口不提此事。

三天以后的周末，我和小龙哥哥约好去城外钓鱼，临出门前，电话响，一听，是史鲁比毛茸茸的声音，我一下子跌坐在地上。

在我放了小龙哥哥鸽子十个小时以后，我坐在他的咖啡店里抱着一杯拿铁又哭又笑："对不起，小龙哥哥，真对不起。"

史鲁比告诉我，戴安一直在暗恋他。"当然啦! 我的心里只有你。"那天他约戴安出来，是想把话说清楚，结果戴安答应以后不再纠缠他，条件是他的一个吻。看她那么伤心，史鲁比就答应了。

"结果呢？""结果……结果就被你看见了。"

在街心花园那棵开满粉花的大大藤树下，史鲁比不由分说地紧紧拥抱我。若干年以前，他要我做他女朋友时也是这样干的。那时，同一棵藤树下，粉色花瓣纷纷扬扬……

"你想清楚了？我不想再看到你哭得那么伤心。"小龙哥哥看着我。

我用力点头，泪珠滚落在凉透的咖啡中。

"自己开心就好。"小龙哥哥站起来，"我去给你倒一杯热牛奶，喝完了回家洗把脸睡觉。"

一只纤瘦的手把一杯热气腾腾的牛奶放到了我面前，呵，是那天那个窗台上的漂亮女孩，她挪动着身体，费力地在我身边坐下。

"这是我们店里永远的西点师仙妮，你以后叫她仙妮姐姐。"小龙哥哥笑眯眯地说。

"什么叫永远，万一你的咖啡店开垮了呢？"

"小丫头，"小龙哥哥打了我一爆栗子，"有咖啡的地方，就一定有西点的。"

日子忙碌起来，不光是因为史鲁比回到我身边，我最好的朋友乐维也从北京飞回来，决定就在本地安营扎寨不走了。有男朋友陪着我，又有好朋友陪着我，我简直是世界上最快乐的人。只要有空，无论我和史鲁比有什么精彩的节目，我总不忘拉上乐维。我是个贪心的人，要把爱情和友情随时装在身边，随取随用。间或也去小龙哥哥的咖啡店，有小龙哥哥调制的花式摩卡，还有仙妮姐姐做的松饼，全是免单，这一切美好得像咖啡店里弥漫的香味。只是我们去店里玩时，小龙哥哥老喜欢让乐维帮忙，留下我和史鲁比面对一桌美食，有时吃完我们准备去游乐场时，他还拖着乐维不放。我看他八成是喜欢上乐维了吧，以前他不是这么好色的人。

一天史鲁比重感冒，告别了乐维我送他回家，趁他洗澡时我百无聊赖地在他的房间里乱翻东西玩。在一只抽屉里，我找到一个包装精美的小盒子，打开一看，里面托着一个精致的祖母绿金戒指。这个戒指以前我见过，是史鲁比的妈妈给他的，说是以后送给他想娶回家的女孩。史鲁比这时把它拿出来，难道是想向我求婚？我一阵惊喜，拿起戒指往左手无名指上套，戒指有些紧，可能是送去珠宝店改小了。这时，我注意到盒子里还有一张小卡片，我拿起它……

外面的风好大，成都的街道上多久没有刮这么大的风，下这么大的雨了？我在风雨中闭着眼睛狂奔，心口上只喃喃重复一个人的名字。从新鸿路到九眼桥，为什么那个咖啡店还是那么远，跑了那么久，那么久，还是跑不到？

我用最后一口气推开咖啡店的门，小龙哥哥刚刚打烊，和仙妮姐姐并肩走出来。我抓着小龙哥哥胸前的衣服，眼前一黑人就软了下去，一张揉成团的卡片从我指间滑落，如果谁展开它，可以从雨痕中分辨出这么几个字：TO我最爱的乐维。

我大病一场，是很严重的肺炎，先前回到史鲁比身边时我固执地对小龙哥哥说："这是我自己的选择，即使会死，我也不怨谁。"这次，不光是恋人，连从小一起长大的好朋友也狠狠捅了我一刀，我想我是真的要死了。就这样，我发烧，只有睡着了才会笑，醒来又哭，不停地喊小龙哥哥的名字，仙妮姐姐在小龙哥哥的身后看着我们，背后的手指扣进了门框里。

两个月后，病慢慢好起来，人却越发依赖小龙哥哥，这个世界上我只相信他，我在心里暗暗发誓：我要和他一生一世在一起，永不分开。

小龙哥哥的咖啡店遇到了麻烦，不法供货商把坏咖啡豆夹在好咖啡豆下面以次充好卖给他，后来被顾客举报，工商管理所的人天天来查他。小龙哥哥忙得焦头烂额，无暇顾我，我就拖着仙

153

妮姐姐陪我。令我大吃一惊的是，仙妮姐姐永远也不能去玩那些我热衷的蹦迪、滑冰……她的左腿比右腿短一些，那里，安着假肢。

"怎么会这样？"相处这么久，我怎么什么也不知道。

她淡淡一笑，在一次车祸中，她救了一个男孩子，失去了左腿，再也不能从事她最心爱的模特工作了，不过因祸得福，男孩成了她的男友。

"那他现在在哪里呢？"

仙妮姐姐看着我，半天没说话，过了好久，叹了一口气。

"不要叹气，去找他啊！他另有新欢？让他马上分手！结婚了让他离婚！你为他付出了这么多，他怎么说也该好好回报你！"

仙妮姐姐笑了，她摸摸我的头："很多事情，你不懂。"

法国的"F"烟花组合要在城郊的体育场放烟火，全城轰动。我也拉着仙妮姐姐一起去凑热闹。节目单上写着九点十分放的烟花叫"流星"。

"等会儿放'流星'的时候我一定要许愿。"我对仙妮姐姐大声宣布。

九点十分，一线灿烂的火花直冲上天际。

啊！流星！

我急忙双手合十，大声说："我要和小龙哥哥彼此相爱，幸福生活一辈子。"

寂静的会场上，周围的人们都惊奇地扭头看我。怎么回事？居然没有声音！我的脸红到脖子根。

这时数百点流星跟着直冲上天空，巨大的爆炸声这才此起彼伏地响起，我急忙低下头继续许愿。模糊中，旁边的仙妮姐姐也双手合十，轻轻地，轻轻地，许了一个愿望。

仙妮姐姐决心去法国读时装设计，即使不能再站在 T 型台上，那么从事设计一样也能实现自己的梦想。小龙哥哥正准备和那个供货商打官司，忙得不亦乐乎，仙妮姐姐不许我告诉他。

官司下来，赢了。仙妮姐姐说她也放心了，买了第二天的飞机票。自从咖啡店出事以来，小龙哥哥一直没睡一个安稳觉，现在好不容易可以放松下来休息一下，所以送仙妮姐姐上飞机，我没有叫醒他，而是一个人去了。

出飞机场，正遇见风驰电掣开摩托赶来的小龙哥哥。

"仙妮——"他朝飞机场狂吼。

我急忙跑过去扶住他："仙妮姐姐已经走了。"

银白色的飞机发出巨大的轰鸣声划过他头顶的天空，他抬头向满天阳光看，直看得双眼被太阳刺出泪水才低下头来。

遭此变故以后，咖啡店的生意一直很差，小龙哥哥白天拼命想着方儿维持生意，晚上一个人去酒吧喝得酩酊大醉。我很心痛，却又无能为力。大多数时候，我只能自己冲一杯简单的美式淡咖啡，坐在离吧台最远的位置默默看着他。现在，和心爱的人天天守在一起，我还是那么孤单。

有天去商业街，真锅咖啡店里，那个年轻的咖啡师越看越眼熟。

"苏小苏！"倒是他先叫我名字。

"韩黎！"真是认不出来，当年班上那个胖胖如小熊的同桌男生，竟然变成了一个至少看起来还算玉树临风的帅哥，巧的是，也是一个咖啡师。

一次邂逅，联系就慢慢多了起来。

小龙哥哥越来越颓唐，有时白天在店里打瞌睡。没有什么客人来，他干脆一天也不调一杯咖啡。爱死咖啡的我，只好去韩黎那里喝。

一次偶然，我问韩黎怎么想起去学做咖啡。

"没什么啦！只是兴趣，你知道，我大学学的是中文，出来基本等于失业，想想就去调咖啡吧，反正自己也爱喝。"

"原来只是一时兴起，没想到学了之后才发现，咖啡是一门很高深的艺术。那个时候我认识了一位大哥，好像姓龙吧，是一个很棒的咖啡师，就是他教我，咖啡和茶，棋，禅一样，有自己的'道'，要做一个好咖啡师，一定要慢慢磨炼。"

"龙?"我惊道。

"是啊! 他女朋友好漂亮，以前是一个模特，一次车祸中救了龙大哥而一条腿被碾断，挺可惜的，不过两人却因此而好起来。"

仙妮姐姐!!!!!!!!!!!!!!

我的脑海里一下子填满那微微短几公分的左腿，还有满天烟花时，她在我身旁许的愿望。

……有咖啡的地方，就一定有西点的……

可怜的小龙哥哥。

我在小龙哥哥的卧室里拼命翻找，在他的枕头里抖落出一张照片：漫山花海里，他和仙妮姐姐相拥而笑。我把照片按在胸口，心里满是愧疚，只是萍水相逢，因为小龙哥哥的善良，我就无休止地赖上了他，直到驱逐了他真正的幸福。

第二天一大早，我从韩黎的窝里把他抓出来："陪我去办一件很重要的事!"

上午十点，太阳照在咖啡店上，咖啡店前横卧着醉得不省人事的小龙哥哥。

"喂! 起来! 快起来!"我拿脚踹他肚子，直到白 T 恤上布满黑脚印，他还睡得昏昏沉沉。我把脚往他肚子下移十公分，朝他要害部位一脚踹去。

"啊!"他狂叫一声，蹦了起来，"你要干什么?"

我把两张飞机票摔到他身上："十一点半，飞巴黎，爱去不去?"他接住飞机票，诧异地望着我。我反身提溜出韩黎，"这是我的新男朋友，以后我再也不需要你为我担心负责了，你永远是我的好哥哥，"我的声音低了下去，"仙妮姐姐永远是我的好嫂

156

子!"小龙哥哥看了看韩黎,一脸的若有所思:"那我妹妹以后就交给你了。"韩黎的"放心吧,龙大哥"还没说完,这家伙已经消失在楼梯上。

"哎!"我想起了什么,冲着在楼下路口拦车的小龙哥哥又蹦又跳,"这是我和韩黎送给你们的礼物。"一扬手,一个装着钻戒的红色小盒子在空中划出一条弧线,正好打到小龙哥哥头上,"没求到婚不许回来啊!"

故事到这里完了。

"后来怎么样呢?"读者不满意。

哪有什么后来啊,不过就是公主和王子举行了婚礼,幸福地生活在一起呗。顺带补充一句,那天以后,韩黎对我们俩在一起的事一直拖着,迟迟不肯反悔,后来在我的严刑逼供下他承认早在读书时就对我心存不轨,即使我不采取行动他也会慢慢想招的,我此番举动对他来说无异于天上掉馅儿饼。我的爱情就这样阴差阳错地修成了正果。

"我们想知道小龙和仙妮最后怎么样了?"现在的读者真挑剔。

哎!没办法。小龙哥哥终于如愿以偿地从法兰西抱得美人归,我和韩黎当仁不让地做他们的伴郎伴娘。婚后,仙妮姐姐很快就怀孕了,因为她想继续回法国完成学业,小龙哥哥也准备把咖啡店做大,所以商量之后,他们去医院做掉了孩子。结果不到半年,仙妮姐姐又怀上了,他们两个真是厉害!万般无奈之下,决定把孩子生下来……好了,好了,不要说了,这些是人家隐私,拉幕!拉幕!拉幕啦!

勾　留

欢好

勾留是一对耳环的名字。暮夫人的描金绣雀妆奁里最下层那对耳环，她平时是不戴的。

暮夫人好穿月白衫子，暮色过了就是初夏满怀月光，暮夫人的房舍前边正好一片浅海，海上生明月。

暮夫人是个寡妇，传说她过去是有相公的，但她不耐烦跟他过，一杯茶一撮药弄死了他，然后守寡。但是她守寡倒守得有滋有味，孀居这几年，举止清娴，倒没见得和什么人勾勾搭搭。

望乡侯举家南迁，也来到了这海边的朝平郡。

这个望乡侯是前朝的世子，本来就快承了大统，但是一夕山雨风满楼，也只得披了降带跣足降了当今皇帝。当今皇帝是个卧榻旁容不得他人的主儿，本来是要痛下杀着的——赐鸩！——但好在华轮大公主爱上了他容颜清雅，在帘幕后边偷觑了来就自作主张地非他不嫁，这才改成了一盏合卺两相欢。

各地打着望乡侯旗号作乱的人风起云涌，皇帝无时无刻不想杀他，只投鼠忌器着华轮大公主。大公主将望乡侯抱在皓白臂弯中眼神迷离："有我在，谁敢伤你?!"这才来了海边的朝平郡。可朝平郡有个暮夫人，艳名遐迩。望乡侯跟着大公主去东城苑赏玉梨花时曾经看到她，暮夫人穿着她的月白衫子裹着昭君兜，梨花粘满她腮边的头发。望乡侯于是便想作诗，又不好拂了公主，只能在背人的时候悄悄吟哦两句。

上弦变满月的时候，望乡侯跟几个诗友抱了古琴去泛舟求诗。公主是不管的，她来了月事，在家早早休息。

流连了半夜，潮汐滑过山坳下一处小小的房舍，有人指点那就是暮夫人的住处了。望乡侯喝了几口酒，然后一头扎在海里，水哗啦啦地响，他在月色下飘向岸边。

暮夫人坐在浸着海水的木阶上摆弄一根笛子，她不会吹，凑近唇边嘘嘘几个音，不像那般调，又翻过来换一面。这时望乡侯从海水里面冒了出来。

一夜欢好。

走的时候望乡侯问她，为什么不问他什么时候再来。她笑着摇头，对着镜子戴好了她的耳环。"你知道这叫什么?"她指着耳朵上一摇一晃的金流苏问他，"这叫勾留。"

燕奔

华轮大公主假装什么都不知道，一任望乡侯独自站在梨树下发呆，弄他的词。

这个男子的心真的被勾去了，然后流连忘返，这也许就是那对耳环的含义。哪怕他在含章阁上卧在公主身边，只要水晶帘外映来满月，他整个人的意识又好像在水中载沉载浮去了。

暮夫人……他在半醒半睡之间翻了个身，握住了公主的手，同样腴滑的手，口齿流连。华轮大公主浑身又冷又热，冷月照清鬓，她两眼瞪得溜圆。

人总将望乡侯比作久远以前的南唐公子，一样风流倜傥，才情绝高，吸引女子，容易得就好像把几上的满花扇拿起来翻个面儿一样。这样的男人，压根儿不懂得什么叫真心。而那月满山汐下的暮夫人，小姑独处，一颗心又是无处凭寄的。换一时一地也不过同船的缘法，但偏是此时此刻，遇上了，扣上了，就是一段浓得化不开的凤愿。

华轮大公主想过杀，杀一个或是两个一起杀。或者将那女人面上刺青，望乡侯则流放到南方的瘴热之地。但是无论怎么做，都好像在成全他们。痛苦最能让短暂的流离化作永恒，华轮公主因此觉得很煎熬。

含章阁门前挂了一个金狮笼，顶上悬着剔地凤，笼子里是公主从小喂养起来的鹩鸟。这几天不知打哪儿飞来了一只野眉子，天天踞在廊格上歪过头冲鹩鸟唧唧喳喳，这鹩鸟也反了常性，翎毛倒竖地扣上笼眼拼命挣扎，恨不得一时一刻冲将出去。

华轮大公主嘴角抹上冷然的笑意，她挥了挥手："那就放了它吧。"

望乡侯和暮夫人被这巨大的自由压得心怦怦直跳，来不及感激——好像也无须感激什么，这不过是障碍自动被扫清，真心相爱就理所应当得到所有人的成全。两人连夜收拾好细软从东城门逃了出去，连遁八百里，只巴望从此找个风平浪静的地方，好只羡鸳鸯不羡仙地过将下去。

但皇帝的通缉令比他们的脚快，才两三天就像三月的春花一样延绵开遍了前方的城门口，这场杀意，由来已久。望乡侯的头，一向不过是寄放在公主那儿。

越是艰难，两人越发彼此珍惜。这牵手片刻的缘分，竟足似潮来的沙堡，一夕之间天翻地覆，再见也许就是来世。

流年

两人就这样东躲西藏地过着日子，盘缠很快花完，望乡侯是不事稼穑的，暮夫人当尽了自己的首饰头面，只是为了那男人晚夕有一碗热汤。剩那对叫勾留的耳环，暮夫人舍不得，她对镜戴起，闪烁的流苏映着她粗糙残存的容颜，望乡侯觉得很心酸。暮夫人红了眼圈，但她推开望乡侯的手，她换上了粗布衣衫，她要端上墙角的木盆，去给邻居洗衣，换钱。

浮生多苦，很多东西，求不得是苦，求得了，好像也是苦。

梨花转眼又开了一轮，望乡侯在梨花下闭着眼睛，仿佛又看见了东城苑里第一次邂逅的暮夫人。那时她头上的花瓣落了一层，她笑靥如花，背过脸去娇羞不胜。

金风玉露一相逢，便胜却人间无数。

他又想起了那首未完的诗，提笔续完了它。

"你看我写得可好？"

有什么不好呢？她挨着他坐下，携了他的手。她的手那么粗粝，擦着他的掌心，竟把他硌得生痛。他在瓦缝里射下的昏暗光线中打量这个女子，她为什么那么疲惫，除了无端叹气好像就准备沉沉睡去，他不能不注意到她眼角的纹路和鬓边的一丝白发，只有那对依旧闪烁在耳边的勾留，是她与过去那个暮夫人唯一的联系。犹记她第一次戴它给他看，睡眼妖媚地回答他："这叫勾留，所以你会来。"好像就是昨天的事。而暮夫人注视着那首吟风弄月的诗，那么好的才情，就是出去摆个字画摊子，也可赚些钱贴补家用。但是……唉！还是算了吧。

你我从今两相离

东邻阿巧，年方及笄，用望乡侯的话来说，豆蔻梢头二月初。她好趴在墙头，一边望着这边的瓜棚架子一边嗑瓜子儿。望乡侯几次在瓜架下读《乐府》，瓜子皮落了他一头一肩。他向上边望，只听见嘻嘻笑声，然而人影不在。这一幕在望乡侯心中投下了久违的暖暖情绪。好几次他装作在瓜架下读书，而且刻意靠在墙边，墙头一有响动他就飞快抬头，却总是看见雀子在啄墙头上的草籽，他无端叹了一口气，想起了宋玉和他的《登徒子好色赋》，"东家之子，增之一分则太长，减之一分太短。"就连晚上对着寡淡无味的片儿汤时也在想。

天下没有不透风的墙，那榜上悬赏的人头毕竟代表着黄灿灿的金子。开始人们只是议论村东头洗衣妇家那个没用的汉子竟跟城门榜上的要犯有几分描形画影，渐渐人知道得越来越多，越传越真，仿佛就算不是他也要坐实了是他。

暮夫人是挎着藤篮走在小道上时知道这个消息的，藤篮里还有她刚买的两把皂角，洗衣裳用的。大队官兵，披甲带刃，正向她苦心经营的小窝抄去。这条路转身直通村外，两边生满了密密的乌槐，她可以逃的，只要躲过这一劫，他们杀了望乡侯应该不会和她这小小女子为难，流离多苦，她久已思念故乡的稻米香。但是她忍不住，她的牙齿将嘴唇咬出了血，她想着她的家，想着家中的那个男人。在乡间的小道上那个红衣的女人，她身不由己，她朝她的家，越跑越快。

背靠着紧闭的院门，几支矛尖已对准她的喉咙，为首的军官骑在马上低低怒喝："滚开！"

内堂窄而幽深，望乡侯在后院明媚的春光里，竟听不到前面的半分声息。他今天特意找出了宋玉的诗赋，翻到了那篇《登徒子好色赋》，墙上那阿巧，什么时候才出现呢？

又是"咔嚓"一声，一阵粉香。望乡侯心里一阵狂喜，他假装镇定地对墙头招手："你下来，我给你看一样好东西。"

墙上娇痴的少女探出大半个身体，胸口娇艳的抹胸上文着鸳鸯并蒂莲。她嗑着瓜子，嘴边还粘着半片皮儿："什么东西嘛？人家不稀罕。"

望乡侯欢喜得不知如何是好，把书一扔，蹬着土沿就搂住阿巧上半身，然后往墙下扯。阿巧还在挣扎："你快放开我，外边有热闹，我要看热闹去！"

一丝丝血渗了下来，暮夫人的头绝望地仰在门上，耳环上的流苏叮叮当当乱响，然而她的双手大大伸开，像护雏的母鸡一样护着身后那个家，护着家里的那个男人。她明白她的力量那么微小，敌不过面前万丈海浪一样的命运，但是就算再微小她也必须站在那里，不能退开，这个命运多久以前就已注定。

在这一刻她想大声地喊："傻瓜，快跑，快跑啊！"她想告诉他桌角的针线篮里还有两串钱，他可以在逃亡的路上买两个馒头充饥，但她什么也喊不出来，矛尖渐渐穿透了她的喉咙，把她钉在了门上。

后院里望乡侯翻开《诗经》，对怀里颤颤的阿巧说："你看这儿，有美一人，清扬婉兮……"

华轮公主站在阶前，彼时骤雨初歇，阶前凌乱的草丛里覆着一只死鸟，毛色黯淡，竟似前番出笼的鹂鸟。华轮轻轻捧起了它："我还以为，你们真有什么地久天长……"

163

商　女

认识他的时候，参商十岁。怀里抱着小小的月琴，玉盘一样的脸上有泪两行。

父亲得罪了当朝的权臣高澄，被他找个借口参了一本，然后一家数十口男的杀头，女子尽皆没入教坊为伎。高澄还不放心，他要斩草除根，那唯一的根，就是瑟缩在宫中乐伎的裙带里，正一起演奏《南国燕》的参商。

曲子行云流水，极尽承欢，不敢不承欢，那金殿上当中的天子，满朝的贵人，随便哪一个都有权力教她再死一次。于是，殿里正欢天喜地地演奏乐曲，殿外却是一干军士在磨刀霍霍。

这音符一个一个从琴弦抛进虚空，阶下碗大的深色牡丹在随风留恋。而曲子将近，小小女孩子，她命在旦夕。

一曲终于终了。

高澄披甲上殿，言说上次诛杀叛臣，余孽未清。两班军士就这样气势汹汹地闯入歌姬队中，惊恐的歌姬们鸟雀一样向两旁散开。中间站着小小的参商，怀里抱着她的月琴，手指停在最后一个音符上。

是他救了她。

皇上膝下那位白衣龙纹的孩子，面色清澈，指着她对上座的父皇母后笑道，"把她赐给我吧。"

从此她是他的人，随奉在他的庆王殿里。但是他早已记不得她，庆王殿里美貌的侍婢那么多，银河里的星子，晴空上的流云，个个都在争奇斗艳地妖娆，她只是檐下莫名的花儿一朵，自己吐着芬芳，脉脉不得语。

只是偶尔月色好，他和名士宠姬在开阔轩敞的庭院中饮宴，会遣人往远远花树下吹弹乐器，更增风雅。

露高风凉，少有乐伎愿往，只她一个人，抱着他救她那天起就紧抱的月琴，迈过荒草，踏过石桥，在园子尽头那两株桂花树下，她为他一个人弹琴，先是《清江引》，再是《清平乐》，他作的词，辞藻明丽奢华，她一句句都记得。

又薄又长的一条灰蒙蒙的云啊，时常遮住了那钩清月，他与美人调笑，也许根本没听她在弹些什么。偶尔心情好，觉得斯景斯人，风月无边，他一挥袖子："赏。"只见远处那人遥遥一拜。也就是这点缘了。

天历十年，皇上驾崩，他继承了王位。在后来的历史记载里，他并不是一个好皇帝，死后臣下给他上的谥号中有"愍"这一字眼，昏君的意思。是的，他是一个昏君，奢侈无度，任用奸佞，沉溺美色，搞得处处民不聊生。

下人的房里经常有人咬牙切齿，这昏君，怎么不快点亡？

她听见这样字眼，觉得很惊悚，他们怎么可以这样想？这个世上谁都可以死，但是他不能，他是她的君王，唯一可守护的东西，即使有一天……即使有一天，如果谁要他死，必先踏过她的尸体。

一年一度的选秀。怀南进的孔淑、宫妓数名女子，听说都很受他的宠爱，一进宫便封了贵人的品级。特别是孔贵人随身的侍儿张春仲，年方十二岁，但是已经袅娜生态，隐隐有国色天香之姿。他更是宠爱非常，当即赐了花匹宝镜、金银玩器，并嘱宫人好好教养。而他想着春仲，有时竟连上朝上到一半就心痒难熬，急急跑来看她。春仲是南人，因为思念故土而夜夜不得安眠，他于是就命人在殿外弹奏子夜吴歌以抚她歇息。

帘外桃花三两枝，靠阶弹奏的除了参商还有谁？时年她二十五，是宫中女子老去的年龄呢，打开镜奁，颊上的金钿都开始褪色了。在最好的年龄，他没有注意到她。现下她慢慢开始萎谢，还在他心爱之人的堂前为他奏着熟悉的小调，听着他抱着春仲，他心肝的人儿，在里面调笑。

他真的是昏君，花费了国库两年的岁收，盖了三座高楼，一曰结绮、一曰望仙、一曰方丈。海上三座仙山的名字。他自己居了结绮，仰望就是望仙楼，他赐给了春仲，叫她日日新妆，倚在半天之上的窗口里，衬着白云，可不就是仙人一般？还有旁边的方丈楼，是赐给宫中以孔、宫二人为首的各位妃嫔。三座高楼各有通道相接，往来循复，他常好于夜中熄灭灯烛，与宫妃在黑暗的迷宫里嬉戏纵欲。

一夜，她正好携了自己的月琴，在方丈楼中奉诏演奏。忽然灯烛一黑，四周响起吃吃的笑声，想是宫人已习惯皇上的游戏。

她坐在原地那把团花春凳上一动不动。整个黑暗的宫廷，腾着龙涎细细的香雾，星子的微光从水晶帘外细细地闪烁进来，耳边喧嚣非凡，有人在轻轻娇笑，有人在放声唱着曲子词，仿佛置身于春光无边的山谷般，枝头每一朵花都在吐着曼妙的芳香，希冀着那个人啊，快快来到身边。

突然她一震，温暖的手掌覆了她的肩，有人在她耳边低低吹着气，"这位美人是谁呢？"

她在黑暗里自顾自地笑了，梦里经年，这一幕她悱恻了多久？

在一首又一首的曲子里，她于桂花树下，于他人的宫闱外，望着他、盼着他，他终于来到了自己身边，却是在这样一个面都看不到的环境里！一夕欢娱，露水未干，他很快就会忘记了她罢？宫里这样的女人太多，她的名字、她的叹息会很快湮没在更多明艳的面孔后，像随手采摘又随手丢弃的一朵小花，车轮下的泥泞，没有人再记得。

她木然微笑时他的双手已卸下她半幅云裳，突然之间她作了某个决定。她的手一挥，决然在他的手背上重重抓下！三道印记，破了皮，牵着肉，伴着这深深的疼痛，你要记得我！永远记得我！

在一片混乱中她抱着自己的月琴匆匆逃离，她在空旷的宫殿里奔跑，巨大的裙幅像一只翩然的彩蝶，她的指甲缝里还有他的血肉，她气喘吁吁，她在惨然失笑时泪水涔涔。

庆历十年，北朝杨旷弑帝自立，越明年，发兵南朝，卧榻侧不容他人酣睡之意。

前方战事越来越吃紧，国纲不振，军中士气低落。皇上听从宦官的主意决定将宫中大龄之女子赐予前方将士为妻，盼望着将士就此奋勇杀敌，好保他在宫廷里夜夜笙歌。一个一个花容惨淡的女子离开了宫掖，轮到她时她正在一班乐队里演奏他新制的《玉树后庭花》，语调旖旎，需要每一个宫人用指尖来拨弄各自怀中的乐器，然后配上中间莲花高台上，身着白色薄纱的春仲转腾婀娜的舞姿。这一曲停了，她被内侍点到了名字，在阶下遥遥磕了个头，谢了他的"恩典"，这样就算他把她打发出去了。

她转身，什么都没带，怀中抱着她的月琴。

言抚琴姬适中郎将李律府，风姿绰约，律悦之。

也好，参商想，李律手握重兵，如果她能稳定这人的军心，也是帮了他。

庆历十一年，敌军势如破竹，攻云阳，克襄樊，沿水路一路向南，不日逼近江都。

玉树后庭花，深深宫廷里日日演奏的《玉树后庭花》，在缥缈的曲子里曼妙生长，如琉璃样脆弱，如飞鸟样无常的花朵，快谢了吧？

李律预备投降，这是在守城的第五天，他悄悄告诉她，嘱她赶紧收拾好自己的细软，时刻一到，立时洞开城门。

她大惊："那置皇上于何地？"

他不屑地笑笑："那个昏君，死有余辜。军士们已经守不住了，城破左右不过这一两天的事。前方告急的奏折呈上去，据说他和奸妃张春仲于水晶床上嬉戏，那奏折便随手掷入床底，堆积如山——此关多少人的身家性命！"

是的，这些话都对，她爱错了人。抱着月琴的小小女孩，于一片雪亮亮的利刃中抬起头，那个明媚的少年对她微笑，但他不过是个全无心肝的昏君！

该走了，是不是？她骑在一匹青骡上随着投诚人缓缓向着城门移动，这长街上一望无尽的人潮，他的子民、他的士兵，竟是都要背叛他、弃他而去吗？她忍不住一阵心痛，是，他坏，是臣民口中的昏君，是敌国口中的佞主，是后世书上一个可悲可笑的人物。但是，于她而言，是她这辈子唯一心心念念的男人。

她冲回宫室时是抱了必死之心，城门已然大开，乱军一路高呼一路向禁城袭来。各个大殿中已经人去楼空，侍从们都想着保命要紧。她在第一次见到他的那个大殿里找到了他，他的剑尖滴着血，一地横七竖八是他宠信过的美人，脚下委顿的，一身舞衣沉静，不是他最喜爱的春仲是谁？眼见得他把剑架到了自己的脖子，这就是亡国之君的下场罢，她扑上去夺过了剑。黄衣金冠，是僭越，她穿上了他的衣，她要为他拖得片刻，让他得以逃出生天!

他懵懵懂懂看着她，眼前没有血色的脸，既陌生又熟悉："你是谁?"

参商笑了，她把他的手贴近面颊，手背上，三道抓痕宛然。

愿君多珍重。

他狼狈万分地随流民拥出江都时听见一阵喧哗，回首一看，皇宫的上空冒出滚滚浓烟。"那昏君自焚了!"耳边有人欢呼。

如果谁要他死，必先踏过她的尸体。她实现了她的诺言。

几天之后，东躲西藏的他还是因人举发而被捕。新皇倒也没为难他，亡国之君，何足挂齿，反而封了他一个虚位东昏侯来向四方臣民显示他的优厚。常有人向新皇进谏："不若除恶务尽，以防他日埋下后患。"皇帝也不放心，设了宴席招他来共饮，背后是当真为他备好毒鸩的——

史书记载，席间，皇帝问他："还需要什么吗?"

这个已沦落于他人股掌，名号为东昏的男子答道："陛下，可否使人再用月琴为我奏一曲故国之音《玉树后庭花》?"

人人都知这是丧国妖孽的靡靡之音啊! 皇帝答应了他，背后对人说："此人全无心肝，不足为虑。"

只是，别人怎么知道，他听着这袅娜的曲子，捂紧了手背上的伤，结痂已久的伤口在丝丝渗血，那么痛。远远的，正有商女不知亡国恨，在那里唱着后庭花。

金镶玉

凉州城的西皮黄板荒凉悠远，那些酒肆饭庄里风尘满面、眉目狡黠的卖艺人，总好编些最时新的典故来唱。有时我的马车淙淙，为盒脂粉驶过通衢，有下人回报说车子错笋，于是在等候的半晌光景，就听见那胡琴瑟哑的声音穿过面前厚厚的锦帘，卖唱的正唱到"碧青葱荒野遇盗贼"一节上。

那碧青葱是京兆尹的小千金。那年大概十五六吧，刚及笄的年份儿，长得极乖极灵，就像左腕子上套着的那只叮叮当当的碧玉镯般，一抹早春柳芽极淡的颜色。

这年三月三，阳光正明媚的天气，碧青葱带着几个仆妇去京郊踏青。"三月三日天气新，长安水边多丽人"，卖唱的唱到这里，化的是前朝杜甫所制的曲子词。话说那碧青葱在渭水河边，撇了休憩的仆妇，自个儿骑了一匹五花小马驹，信步由缰地纵情山水，不知不觉就迷失在了百花深处。百花深处，山外叠山天外天。这山水之间，忽然就斜刺出一伙盗贼，碧青葱的小马驹惊得凌空长嘶，反身就跑。只见那身后烟尘腾腾，贼匪们嚣叫着狂追不止。

茶馆的看客们一阵狎笑，"然后呢？"

碧青葱慌不择路，不知不觉间竟策马奔到一处危崖上。前方是深不见底的深涧，涧下隐约听得流水潺潺，后边是逐渐包抄上来的蒙面贼人。碧青葱一咬牙，终于一头扑入了涧中！

啊！茶客们倒吸一口凉气。

说时迟那时快！歌者急拨一下大弦，铮的一声烈响后又听他唱道，只见头上一条黑影，竟有人跟着碧青葱跃下了崖。他一手扯住女孩的腰身，另一只手挥剑插入崖壁，滑下数十丈两人才止住下坠之势。但就此上不能上，下不能下，两人钉在半空中仅靠那蒙面贼匪的一臂之力，飘飘荡荡。

涧谷开始起风，斜风渐推浓雾，潮湿崖壁上的幽兰静开，吐出阵阵旷远的香气。碧青葱瞪着面前的盗贼，只见他满额沁汗，一双亮晶晶的眼珠只焦灼地望着浓雾遮蔽的头顶，待想提气求救，又恐一呼之间劲道全泄，就此坠下崖去。

趁这当儿，碧青葱悄悄从头上拔下一支并股缠花钗，一咬牙就往那盗贼颈间刺去！盗贼头一偏，那钗连着他的面巾轻飘飘地落了下去，只见一个少年人，面目清朗，眉似寒霜地怒喝道："不想活了!?"

碧青葱竟然微一错愕。

崖上强盗们开始还远远呼唤几声，后来觉得涧深水急，生还的可能实在不大，便渐渐开始散去。

待得京兆尹府的家奴搜寻至此营救时，那少年支撑在崖壁上，浑身僵硬得仿佛一具雕像，眉目间蒙蒙一阵霜气，竟然昏了过去。

本来应该是将他铁锁拿卜的。但碧青葱不知动了怎样的心思，绝口不提这少年身份种种，只称他是救她的恩人。唤人拿厚衣裹了昏睡的他，将他横搭在马上一路迤逦回城。

行至城门口，车轿后有人惊呼，原来那少年倏忽醒来，踹翻临近的仆从夺马狂奔。碧青葱远远望去，只见那少年一边拍马一边回头看她，两两相望，就此消失不见。

171

一俟回府，碧青葱便被送到了府中最高的望月台上，本来年后即将入宫备选，断容不得再出这样大岔子。

望月台高、清幽，轻帷飘拂的朱栏边只余一琴一画，是月夜里最适合仰望月亮遥思广寒的地方。平素爱喜的碧青葱竟也乖乖裹足待了下来，只有一个要求，着人买了数十盆上好的岩兰，累叠遍布在望月台上。静夜兰花次第盛放，香气如烟似雾的凄迷，好似月神下降的云岚将她裹在其间，碧青葱人犹在这生寒的高台上抱膝沉思，神思却恍恍惚惚地又回到了那飘飘荡荡的危崖上。

"你哭了么?"有微凉的手指，轻轻拂过她的脸颊。碧青葱茫茫然抬头，月夜下，黑衣的少年人站在兰花丛中对她微笑。刹那间碧青葱竟有种前世今生重逢般喜悦，她不会哭，不会笑，只是怔怔地流下泪来，哪怕为之流泪的，只是一个贼人。

每逢月夜，少年就像自沧海飞来的鸟儿一样来看她。修眉入鬓的少女，侧耳坐在软榻上，一听见窗棂轻轻啄响，便微笑着推开窗去迎接她的满怀月光。她觉得自己也似一株兰，白昼日光下只是寂静无声的狭长叶片，要到夜晚这样的时刻，才会为心爱的人绽放出一瓣一瓣的心香。

有时隐忧也会挂上她的眉头，她数着南方天际上的星子，斜靠在他的肩上微微叹气，那是爱极了故生忧怖。他浅笑着问她，你怎样才会开心? 我是一个贼，只能为你盗取天上的月亮。

她摇头，月亮? 不是。月亮只适合安宁的爱情。我希望如果有一个桃花源，让我们一生一世躲进去，永远不理世上的纷扰才好。

结果第二天深夜，她已然在窗下小榻上沉睡，忽然闻见清风半推窗扉，送来一阵甜香。睡眼迷蒙中她步出小榭，面前旷台上，沉沉叠叠、花潮汹涌，一片薄薄的花瓣吹上她的唇角，是桃花啊！数不尽的桃花像温柔的海，包围了她和她的月光。他在花潮中低眉微笑："纵使无法给你一世桃源，让我倾其所有给你一天，也是好的。"

那一夜，她希望时光飞逝，和他站在花沫飞溅的海中两两相望，就此白头也是甘愿。

眼看入宫的期限，一日比一日近了，执手相望的手握得再紧，怕也不能与之偕老。

"如若我们想永相依偎，只有一个办法。"他说。

"初五的端阳，全城百姓都会去看龙舟，正是城中守卫松懈的时候，那时我自会遣来山寨中所有兄弟劫你，只是从此，你只能跟我这贼人浪迹天涯，你可愿意？"

她望着他如水的眼眸点了点头，心里却起了异样的心思。

端阳的前夜，他又来见她。她觉得她一生的幸福尽系于此了，她生平第一次为他熬了暖暖的清粥，里面竟是下了双份的曼陀罗花粉——那甜而微醺的迷药。

在颓然倒地前，他用尽全身力气掀起眼皮看她，目光里闪过先知先觉的惊怒和哀凉。

渭水河边的端午龙舟热闹非常，热闹得好像只闻欢喜不见哀伤的人世间。她坐在河畔的锦车里，珠珞遮掩了流离的眼眸。

快了，快了，应该就是这时候罢！她心里一刻一刻地计算，仿佛看见了呼啸而来的京畿守卫重重包围了望月台，数百强弓一起瞄准，肃杀箭锋所指，是望月台上不知所措的全寨盗匪！

跪地投降，抑或是反抗？终究逃不过血肉横飞的命运罢。刀下不留活口！朝廷对付为患盗匪的铁血风格，她是早有所闻。

那个人，终于因此而解脱了——说不定还能获得更多，那封告密信末，她颤抖着写下他的落款。围剿大获成功，举报者功不可没，说不定一朝青云，半生的繁华就以这封信始，前朝的酷吏可不就这样发迹？然后他们未来的因缘，就多了一分光明正大的指望！

只是想起那个人，想起那个此刻正躺在紧锁的绣房里，帐帘低垂，锦被生暖，明明有了知觉却只能听着外边的兄弟一刀刀遭到屠杀，而自己却半分不能动弹的人，她心里一阵疼痛，豆蔻色的指甲慢慢抠进了掌心。

天鉴可怜，只希望这分情缘，让你心中生出万分之一的怜。

天色黄昏。

望月台上花草狼藉，碧青葱一身彩衣站在凌落花叶间，看着那少年扶着门框慢慢走出来。从来没见过他的眼神那样深，深得好像汇集了人世间三千烦恼、喜怒忧怖，又好像没有了任何情绪，无爱亦无愁。

他经过她身边时，她一下拉住他的手，那双手冰凉，早已没有了平日脉脉的温度。

她刚想说什么，那双手扼住了她的颈脖！她亏负了他，他想让她死！大队护卫重重包围了他们："这里还有一个漏网的！"

卖唱者唱到这里，铮的一声，绷紧的弦断了。

一时寂静。

"今天收啦！明天诸位赶早吧！"

"后来呢？"

茶客们正听得入神，不依不饶。

"后来？那少年盗贼被乱箭射死了罢。那小姐落发去做了尼姑。"

茶客们咂着嘴巴，似听得不过瘾般三三两两走出茶楼。

而我的车已修好，在众多丫鬟下仆的侍候下，车轮碌碌，红尘中漠不关己地驶回我的定远将军府。

我的夫君，朝廷一等王侯、定远将军赵远洵此刻正在府中等我。凉州秋来多寒，连胡砧都会结霜，他为我寻来上好的白狐裘，说好歹偎着，不要引发胸肺的旧疾。

尘世男女安然又平常的快乐。

只是，只是我永远也忘不了，那人看我的最后一眼。当时刀箭环立，因我而投鼠忌器时，他本可以掐死我或是以我为人质，易如反掌。但是，他没有。我的颈间一松，他把我掷出了人群。然后，世界好静，我看见无数长刀刺入他体内，血花飞溅，他对我一笑："这就是你所给予的爱。"

我心内大恸，在兰花染血、次第盛开的黄昏，我喷出了大口的鲜血，昏倒在赶来围剿乱匪的九门都督赵远洵怀里。

那日，腕上那碧玉镯似有灵性般随之碎掉，断为两截。

半年后，赵远洵娶了我这不吉不祥、行尸走肉的女子。越明年，夫婿外迁，做了镇守边关的定远将军。我知道，他只是想让我，远远地挥别那个伤心地。

在凉州的第一晚，他为我套上那只碧玉镯。镯子已经拿去首饰铺修补，以金箔重新镶补上，"碧儿，从此以后开开心心的，我要给你像这金镶玉般的生活。"

我笑，我信。

我温婉如世上任何一个良家妇人。

只是在月亮下独自培侍兰花的夜晚，我对着月光看我的手镯，美则美满，可纵然是金镶玉，到底是意难平。

这一生，就这样过去了。

九连环

白鲤

民间喜九，长长久久。

九连环，环环相扣，寓意绵延不绝。

白玉制就的九连环，合在一只白玉样的手上。纤手抚琴，周围一干人等皆噤声不语，中间那女子，白衣素面，眉目春山。看得曹员外的花白须发根根好似吮过油般直立油亮。"好、好!"他连连点头，"不过一斛明珠，值! 千金还难买美人一笑呢!"

时值花好楼顶层雅阁中，白玉簪左手按住羽弦抬头冷冷瞥他一眼，手上九连环相击，"叮咚"不绝。

有人在曹员外旁俯耳道:"此女大不寻常，三年前一个清晨，独自自水上而来，携翠玉满匣，自愿在这花好楼做了乐伎。无人知她根底，只她走过身旁扑面一阵凉气。众谓恐是渭水里的白鲤精。"

曹员外此刻美色熏心，哪还顾得什么白鲤精?

是夜，花好楼红灯高挂，三杯酒后，曹员外喜滋滋入内。万籁俱寂。天明众人发现曹员外和衣仆倒在地，一张脸肿若猪头，一斛明珠及那白玉簪皆莫知其踪。有人说天明时花好楼外的汉江上一道白影掠过，开始还以为是叼鱼的白鹭，现在看来……

白鲤精，白鲤精，她果然是妖精！

金风玉露相逢

元骋抱着《孟子》独坐在破败的窗下，听得寺庙里钟声敲了三响，他一跃而起，穿过回廊直扑饭斋，和尚们早一个个吃得油光发亮，正在收拾餐盘。

"施主，来晚了也。"和尚笑眯眯地说，"和尚们也学聪明了，幸好饭后才敲午斋钟，否则施主一来，风卷残云，和尚只好徒呼奈何了。"

元骋无精打采地回到东厢书房，寄人篱下，即使庙里的和尚也如此势利。他年我若一朝青云……他握紧了拳头，可是腹内空空，恐怕还没等金榜题名就先饿死了。

与相国寺东厢一墙相邻的小小屋舍最近好像搬来了新住户。早晚半眠半醒间皆听到清丽的琴声，有时是春江，有时是梅弄。元骋读书之余总忍不住联想翩跹，垫个凳子自壁上的金钱孔往那厢窥视，一无所获。

向晚日斜，这几天元骋时不时去和尚厨房里摸个馒头，和尚也狡猾，后来元骋再去，除了几根蒜苗皆无所获。元骋饿得歪倒在书桌上，桌上一本《聊斋》，原是恁怠时聊以解闷，此刻正翻在《青蚨》一页上：是夜吕秀才一睁开眼，破败的小桌上满是热腾腾的吃食，旧床上红丝绳穿着一串一串制钱。有青衣姣好女子盈盈下拜道：妾如茑丝，当托君为乔木……元骋心里一喜一惊，急忙抬起头来，只见面前小桌上真个两菜一汤，非常精致的扬州小菜。

元骋揉揉眼睛，几疑梦中。在桌对面摇摇昏暗里，一位白衣女子坐在圈椅上，不言不笑，珠钗摇动，恍若神人。

书生元骋新结了位娘子，夫妇二人就住在相国寺相邻一所小小居所中，庭中遍植翠竹竿竿，取东坡"宁可食无肉，不可居无竹"之意，极是轩雅洁净。元骋只消刻苦读书以备来年大考，一应饮食起居皆由夫人一手料理。所幸这位夫人身家颇厚，元骋卧有软床，食有细烩，连所使的笔墨纸张都是精良之物。更添置了若干丫鬟仆佣，井井有条治理其家。对外则广置田产，多营商铺。想元骋不过一无所有之人，此刻竟然家资优厚，渐渐有名士官宦之流愿与其结交，这真是以前做梦都想不到的好事。

唯有一点，坊间渐渐传言，这家夫人美则美矣，身世却很蹊跷。更有人说她是妖精，那渭水里来的白鲤精，偏偏挑上了元骋这白面秀才，就是为了吸干其精髓的。你看她一转身，一挑眉，艳丽非常，哪似凡间女子？

元骋午夜梦回，朦胧灯烛下不禁握起身边那人一双柔荑一般的手，还好，是手，不是冰凉的鱼鳍，他暗自喘了一口气。白玉簪缓缓地睁开了眼睛。

元骋一震。

"相公，长夜无眠，是否白日那些小人谣言，让你觉得心惊？"

元骋鼻尖微微渗汗，他伸出手去自被中抚住了她的肩，但觉香肩柔弱："簪儿，你是人也好，是那鲤鱼也罢。想人世间的女子，尚无人如你这般知我、怜我。渺渺红尘中我遇见了你，是我元骋三生修来的福分，我又怎么会嫌弃你呢？"

絮絮说着，却发现白玉簪早已合上双目，沉沉入睡。

元骋叹了一口气，把她抱入怀中，偎好了被子。

黑夜里，白玉簪在他的怀里微微睁开双眼，眼泪一滴滴渗到他的胸上。

那元骋又怎会不知，这个女子他是爱的，爱极了故生忧怖，《聊斋》里的妖精只是奉献色相以一时欢娱的，哪能想象就这么朝夕相对，长长久久。待要痛下决心疏离她，蓦然回首，却又不忍抛却红尘里这一席温柔。他的心里，不是不难受的。

碧落黄泉

岭南才子裴度路过此地，闻说元骋满腹经纶，特来拜访讨教，实则没有盘缠，看见元骋家大业大，就来打个秋丰。

元骋却不大方，和裴度一杯清茶坐了半晌，翻来覆去的孔孟八股，临走时也没留饭，就封了二两银子。裴度满脸愤愤正待离开。院子里一顶小轿，白玉簪正还了愿回来。轿帘一掀，裴度顿时愣住，擦擦眼睛匆匆低头离开。白玉簪脸色灰败。

是夜花厅，白玉簪含泣下拜："相公救我则个！"

"小女本是岭南白家子，家中世代行医售药，日子本来安详平和。前朝镇远将军裴绗仗着自己家大业大，将我强掳为小妾，家人阻拦，被那裴绗使人毒打……"

元骋呆坐在那里，就看见白玉簪单薄的双唇一张一合。

"……不得已我用祖上所传的琉璃针，针有微毒……多番流离，总算颠沛至此，万赖托于相公……白日所遇之人，想来是那裴绗的亲眷……相公，你一定要救救我！"

元骋此刻心中如跑马一般全无主意，他擦擦额头的汗，心说"怎么还有这一出"。面上却淡淡地，"娘子你先起来。"

他在屋中踱了半晌，白玉簪满怀希望地看着他，忽见他笑道："不管怎样，娘子从不将身世以告之，此番我至少释怀你再不是那渭水里来的白鲤精！"

自那裴度走后，夫妇俩开始还着实担心了几天，后来看渐渐

179

杳无音信，又想天大地大，人海茫茫，哪有这么容易出事，就慢慢放下心来。

转眼来年大考，元骋从一干世子里脱颖而出，一幅文章做得花团锦簇，当下被皇帝点了一甲探花。到得大殿之上赐了琼林宴，元骋不禁大惊，那红衣插花的状元转过头来，竟然就是夫妻俩惺惺然很久了的裴度。

怎么会这样？就连长安街上春风得意马蹄疾的巡街，在元骋眼中路边人群的欢呼也尽皆化为无声。

当今皇上有一妹名永乐公主，先嫁翰林乐珧，未几，乐珧病逝，公主只得独居宫中。趁得此次大考，皇上预备从一干青年才俊中替公主择一夫婿。传言道皇上本意是状元裴度，而公主在帘后，却看中了探花元骋！

元骋模糊回忆起当日大殿上是有人撩起后边的珠帘露出半张脸，不美不丑，阶下小花遍布盛开，是春天很平常的景色。当时还以为是哪宫亲眷，想不到却是公主的青眼。

元骋有些恍然，以前阅《青蚨》，以为自己的幸运就是白玉簪，现在看来命里的贵人在这里啊，青云直上！

是夜，状元裴度只身拜访，名为贺喜。

"当然探花公要是不介意，休妻再娶也没什么不可以。只是尊夫人却是个在逃的杀人凶犯，窝藏凶犯……"他一回头，将砚中的墨缓缓倒在榻中一方红锦上，眼里看着元骋只缓缓笑，"可惜了这红锦，本来织的什么花纹？我看看，满床笏，世世代代做官，好喜信。但是可惜，有这块墨污，是怎么洗也洗不掉了……"

元骋全身如坠冰窖。

临走前裴度拱手作礼："祝探花爷和尊夫人永结同心，百年好合。"

枕边人还是那个人，眉若春山，美貌非常，但是此刻怎么看怎么像妖孽，果然是妖孽啊！

决不能被裴度斗败了去！天蒙蒙亮，元骋就起身安排一切，先告诉了娘子裴度的威胁，当然公主的那一节隐去不提，"我先将你送回江阴老家避一避，事后再作打算。金陵城外那小小的乌篷船早已备好，船夫都是老仆，你可放心！"

水上大雾，真像江里的鲤精会出来的日子。白玉簪站在船头遍体生寒，九连环在晨风里迎风叮咚。

命如飞花逐风飘，忽而东，忽而西，零落寒泥里。

元骋在舱里心中不忍起来，"簪儿，"他为她披一件衣，心想，"我有何德何能可以庇你，簪儿，我只是凡人，我只能在自己暖和后再给你这一衣的小小温暖。"

一阵浪花打来，元骋心神恍惚着一歪，径自朝着浪里下跌，白玉簪大惊，九连环叮咚着伸出手一把拽住他的衣袖。

元骋喘息着立稳，那力却反扯着白玉簪落下江中。

"元郎，救我！"她凄厉地挣扎，犹如那年夜里她跪倒着抓住他的衣襟，"元郎，救救我。"

他俯下身来，泪流满面，一双手直直伸出去触到她的肩头却使不上力气："簪儿，簪儿，我如何来救你？

"你本来就是这水中的白鲤，现在你就顺水遁去岂不可好？

"我知你心中并没抱希望我能将你救起，你只愿意我和你一起跌入水中双双紧拥死去才好。但是我不想，簪儿！

"簪儿，你是白鲤，快去啊，快去，怎么还不快去？"

水中那女子挣扎得厉害，一双眼睛大大睁开只是不甘，白指甲在船身徒劳地划出一道道痕迹。

"走啊，沉下去啊，不要让我这么难受，我不忍心再看到，我受够了。"

探花元骋反手为爪，扣住水中女子的头顶，狠狠地往下摁，

181

"快走，快走！那些美貌的妖精都是来人间报完恩，留下满室财宝和无尽温柔就走的，没有谁想留下来祸害她们的男人。你应该在天上的，祝我娶妻生子，世世代代满床笏！"

水面平静了下来，白衣好像一朵怒开的巨大牡丹，美到最后倾国倾城，再缓缓沉下。她紧握在他手腕的手缓缓放开，他伤痕累累的指间还扣着她的白玉九连环。

九连环，环环相扣，寓意绵延不绝。

环下沉沉的重量，他第一次见她，昏暗斗室里满目生辉，她盈盈下拜道：妾如茑丝，当托君为乔木……

元骋松开了手指，泪滴到手背上。

尾声

昭元十年，永乐公主下嫁探花元骋。夫妇和顺，甚为美满。城外江中倒频繁出事，人说，江里栖了一条千年白鲤精，不知被何人触怒，心中怨愤难以宣泄，故此危害人间。皇帝下旨，着新任京畿道元骋元大人疏通河道，以绝妖邪。至城外三百里河道排空，未见一物，只于淤泥中得一白玉九连环，精致异常，献与元大人。

元大人见之大惊，使人秘藏，须发花白时，犹时时于无人处观之，心痛神驰。

红线绻缠

夜深桂花凉

三更，有人站在如水的月色下，随随便便折下一枝甜香满簇的桂子别在自己的衣襟上，真是赏心乐事谁家院。所不同的是，这"院"，乃是延平郡王西巡的行院，而襟别桂子的黑衣人蒙面下不着痕迹地一笑，脚尖轻轻一点，便似只轻飘飘的飞鸟，顺着这徐徐夜风滑入正堂半阖的窗棂内。

第二天，不同寻常的盗窃案便惊动了洛阳府衙上下人等！延平郡王的金印被盗！被盗的位置正是郡王安睡的荷叶枕下，郡王一夜梦好，更兼梦中遇到了三山外的仙人来拜。一觉醒来却发现枕下的盒内金印不在，只剩一簇折枝桂，桂枝上缠着半截红线，还幽幽地散出昨夜的余香！

洛阳府的全部希望，便万般不情愿地寄托在了冷衣捕快霍宁的身上。

淮左霍家，是世袭的名捕。但二十年前自霍宁之父与寇首铁某勾结，共焚于朝廷围剿的绿衣营中时，铁血捕快不世的威名便蒙上了污垢，任是霍宁再怎么超凡拔萃，人提起他，眼角眉梢总有丝丝的不屑。但是一旦出事，自知府以下一干人等尽皆相顾失措，霍宁是他们唯一可指望的救命稻草。

彼时霍宁重伤初愈，正在太安湖边的小馆内休憩。他对奉令予他铜牌令的郡王特使笑笑："如若依我谋划，三日之内金印必将完璧归赵。"彼时半天里云破日出，霍宁倚着雪白的长剑淡定微笑，和风吹花，打在他的肩膀上。

洛阳城青色氤氲的大街小巷里贴出了大红的榜文："洛阳牡丹，艳冠天下。垂墨朝开，群芳夕黯。今在垂墨牡丹下洒扫设酒，望佩金印君不吝来访。"

那夜凤凰台上的饮宴，一切全依了霍宁的布置。官兵一干人等均远远地撤了防守，只余那清俊的少年捕快，轻衣袖了短刃，独在这斜风不卷轻尘的牡丹花下，小扇泥炉，温起一壶绍阳酿，看那太白星子微微浮在西方天际，等着那贵客，不知什么时候到访。

深夜里，碧玉样浓墨重彩的花枝上，唯一那硕大的花蕾终于"噗"的一声绽开了它浓金的瓣蕊，好像纯黑的天鹅倚着低垂的枝头飞下，点点香屑滑入了霍宁手中的酒酿，霍宁静静地喝光手中最后半盏酒，三更漏残，四周寂无人声。

"怕了吗？看来我真是高估了你。"男子低头暗笑。

有人一步步走上了凤凰台，却是一个苍衣老仆，手中托着一坛酒，泥封未拍，想是奉知府之命送来。

"反正长夜寂寥，老爹不如共饮一杯如何？"霍宁拍开了泥封，特意将酒放到鼻端嗅嗅，确定无异后方给自己和老人各倒了一盏，老人唯唯诺诺喝下，然后拱手告辞，起身却慌慌乱乱，衣摆拂碎了霍宁的酒杯。

"不碍事的，"霍宁拿过了老人的酒杯又续上半盏酒，"你先下去吧。"

酒杯递到嘴边，忽然闻到一阵幽幽冷香，心中电光火石间霍宁已经饮下半口，"不对!"

那老仆尚未行远，此刻转过身来，一双眼睛黑水珠样乌溜溜直转。

霍宁的剑只拔出半截，就颓然倒在地上不省人事。

第二天清晨，全洛阳最名贵的黑色牡丹垂墨，便只剩一枝光秃秃的枝丫，上面迎着微风，飘着半截红线。

洛阳街头又贴出第二张榜文："洛阳城东，花来阁邸，有抚琴女伎，技艺超群。今在美人琴畔设下美酒，望佩金印君不吝访之。"

全洛阳百姓的胃口都被吊了起来，看来这名捕与大盗真就这么耗上了。赌约当天，虽然下起了罕见的大雨，花来阁附近还是人山人海，洛阳府衙派出了全部人手仍不能控制秩序，在众人的忙乱中最悠闲的人莫过于霍宁了。此刻他靠着琴几，正在玩味手中的新茶，琴几上放着绿桐焦尾琴，有轻纱覆面的女伎，葱白样的手指覆在弦上，铮钺之间正是一阕《广寒桂》。

"夜深花凉，"霍宁回首对着低眉弹琴的女伎笑，"漏夜还来惊扰小姐，当真过意不去。"那女伎微微抬头，眼波溜溜盼顾流转间正待回答，忽然掩口惊恐之极。霍宁顺着她的目光回头看去，只见紧闭的大门外*丝丝缕缕*地渗进猩红的液体，血!

霍宁拔剑飞出门外，外边是个视线朗阔的花园，粗略看去并无一人，远远有几个巡逻的兵士闻声跑了过来。滴答! 滴答! 有什么声音顺着墙壁淌下? 霍宁飞上房檐，才看见檐上摆着几个小瓦罐，罐中盛着红色的朱砂，被这漫天大雨一冲可不就混成红色汁液，溢出罐口，蜿蜒地流到廊下。想通此节，霍宁的心中一松再一紧，那人目的何在? 与此同时，女伎房间里灯烛全灭，一声惨叫响彻夜空！

待霍宁和一干手下冲进琴室时，朦胧中看见女伎正和衣躺在小榻上，试试呼吸还有，只是昏了过去。霍宁稍稍放下心来，忽然看见女伎鬓边别着某种物事，晃亮火烛再细细看去，不是那朵垂墨牡丹又是什么，牡丹的花茎处，还绕着半截红线。

全洛阳对名捕霍宁的质疑到达顶点。堂堂一个名捕，竟被一个贼人三番五次玩弄于股掌之中。所以霍宁最后一张榜文，赌上了他全部的声名："我有一剑，自先父传下，朝夕不离二十余年，今携此剑，并浊酒一坛，于黄河堤上待君，望君不吝前来一叙。"

那日黄昏，若干天阴雨后难得的放晴，从黄河堤边极目望去，只见脚下浊浪翻滚，昏黄的水沫直将半天夕阳的云霞也染作同色的苍黄。河堤上四顾无人，只远远有个头戴竹笠的蓑衣客在匆匆地赶路。无须任何人相助，这是名捕的尊严。以对那红线贼心性的了解，霍宁断定他今日必来。哪怕拼得同归于尽，也要将那金印夺回。

错愕间那蓑衣客越走越近，只见他微微抬头，眼珠灵活地一轮，然后又漠然低头前行。霍宁心中一动，仰头吞了一大口酒，手指却暗中握紧了剑柄。两人交错间，那蓑衣人的手指，果然就蛇一样伸了出来。说时迟那时快，霍宁拔剑一劈，酒坛崩碎间那竹笠与蓑衣统统碎成两片。有遍身红衣的少女，赤着雪白的足掌，长发披拂下来间，侧着满月样的脸庞抚掌微笑道："不错，有长进嘛。"身上叮咚作响的，是腰际垂下的一绺红线，红线末端，系着金灿灿的一方小印。

霍宁不动声色："第一次，你就是那个老仆，你送来的酒没有毒，你却在自己的杯子里下了蒙汗药，然后故意打翻了我的杯子，引我入瓮。"

少女开心地拍了拍手，显是欣赏之极。

"第二次，那个弹琴的女伎根本就是你自己扮的，你事先布好朱砂，然后趁我出门后吹熄灯火，躺在榻上，自己为自己戴上那朵垂墨？"

少女点点头："那朵花就在琴几旁边的妆奁里，离你不过一尺之遥，真是可惜。"她同情地叹了一口气。

"那么，"霍宁面色冷寒，"你可以告诉我，你这样费尽心思到底是为了什么？"

那少女面朝黄河，一身红衣在夕阳的余晖中竟是说不出的动人美丽："我姓铁，铁红线，你明白了吗？"

"二十年前绿衣营的那一夜，你的父亲霍大捕头对我的父亲，名为招降，实为诱捕。可叹他最后还不是一样送命。上一代未了的恩怨，让我再来了吧。所以我要彻底毁掉你的声名，怎么样？比死还难受吧？"

红线的手，说话间已经搭在了霍宁的剑上。

忽然，这剑……

霍宁一笑："乡间的捕鼠胶，专门捕你这样的鼠窃之辈！"也许是气极愤极，霍宁手中拉出条锁链，鲜血四溅间已经锁住了红线的双肩琵琶骨，"这次你还怎生得逃！"

眼前皆是少女怆怒痛楚的面容，一刃短刀，深深地插入了霍宁的腰间。两人在猎猎长风中拥在一起，恍然看去如同最甜蜜不过的恋人，实则微笑凄然，都抱了同归于尽的心思。

"如果……你不是捕快，我不是贼，那该多好。"红线仰头看着霍宁，匕首更深送进一寸。霍宁望着她，收紧了手中的锁链："你再也别想逃掉。"

半天斜阳欲倾中，那白衣的男子怀抱红衣的少女，双双滚落在波涛汹涌的黄河中。再是翩翩儿女，仇恨半生，此刻也眨眼没了痕迹。天亮时洛阳府衙一干人等匆匆跑到，只看见河堤上掷着

187

一方金印，连着半截扯断的红线。

黄河下游，江流平缓的地方有处小渚，叫采石矶。远归的客人经过矶上，总是爱去那儿的汤棚喝碗百蔬汤。经营汤棚的是对很漂亮的夫妻，可惜丈夫腰腿不便，总是坐在木头轮椅上，而妻子亦有手疾，每逢天阴便不能举高。但两人仍是恩爱地经营着小汤棚，从不见吵嘴红脸过。

有什么办法呢？两人无人处偷偷相视一笑，一个手残了，再也偷不了了，一个腿坏了，再也追不动了。这辈子，就这么平平安安过下去吧。

合浦有珠

辽阔的南方之海啊，碧波无边。波上平展驶来的巨桅，载着自京师而来的王孙赵洵嘉。俊秀的男子独坐于宽阔甲板之上，承受着南方排来的巨大和风，白衣纹龙、寂寂无声，只是双眼为一方白巾所遮，显示着数月前北疆突厥那场惨烈拼杀后的遗痕——皇上独恤幼孙，即着人将之送来千里之外的合浦，传说这里的深水域中生长着一种罕有的明珠，能使漆黑的眼目明亮如初。

王孙到的那天，全城轰动，百姓倾巢而出，就为一睹皇室贵胄的真颜。其中夹杂着好些不易踏出闺门的女孩子，自然有着别样的心思。那巨船之上的王孙，凛然玉立，好似九天之上降下的神般人物——粉衣黛眉的女孩儿，待看又怕羞，不看又恐夜来梦深时再忆不起他的影儿——兰亦何尝不是这样？水门提督的幼女，平日里心比天高足不沾尘，此刻撩起车轿的帘儿往外看，心底里还不是充满了普通少女那样最简单微小不过的爱恋。这爱恋就像一颗小小的种子粒儿，噎住了喉头种下了心房，兰亦回了家，不思茶饭不理妆梳，只是向里卧在了床榻儿上，满腔思绪推来碾去无处辗转，只听见廊下笼子里画眉儿叫。时日久了便积成了病，人恹恹在那里，瘦成了一件衣，只是她不开口，合浦城里最好的医家也拿她没办法。

无人注意的夜晚，兰亦会悄悄地去近海里潜水，相思的燥热使人总不能寐，况且王孙需要的珍珠，在月光逶巡白沙千里的海底，真真找着了也好。

海水涌上叠嶂之下的泉凹，洵嘉王孙就安置在近水的一处宅院里。月圆潮平的时候，这里总是很安静，安静得蜻蜓振过水面都听得见那朝生夕灭的颤音——这般静，是最适合目盲的王孙休养的。然而那深海的明珠，尽管榜发八方，千金悬赏，依然迟迟无人找到。王孙的眼睛，一日比一日衰微，他只有在午夜寂寞时嗅着兰花开，等着兰花开后再静静地入眠。

入眠，梦里似火灼的双眼忽然一片清凉，有兰花一般冰凉的手指触着他的脸庞。辗转的男子想抓住那只手，那手指便退潮一般飞快的散去，耳际一声叹息——是梦罢！琉璃样轻巧，经不得如意轻敲。一觉醒来便卸在那三山南柯外，然而眼睛，虽然一片漆黑却真正舒服了很多——近海多妖，难道午夜时分果真有不知何处潜来的妖仙，含精吐露，双胁生雾，来为这俊朗的王孙治疗眼睛？

第二日，第三日，接下来的几日，她没来。

午夜他越发怀疑，也许是一场梦，像当年月下的云梦泽，楚王梦见了他的神女来。

那夜，神女又来了。洵嘉庆幸自己还没在梦乡中沉溺得极深极远，茫茫中他觉着双目被敷上薄薄凉凉一层霜，有只手，在海潮远远退开时抚住了他的额头发际。凭着感觉，他知道有对亮亮的眸子正低头凝视着他。

"你是谁？"

那小小"妖精"受到了惊吓，慌忙退开时他抓住了一样东西，短短小小的一支洞箫，仿佛系在她的裙上，受此牵绊，她左右动弹不得。

男子合着眼睛微笑，他看不见她的脸红无措。

"这里水深天阔，我一个人其实很孤单。如果你不愿意说话，能为我吹一支曲子么？"他慢慢放开洞箫，其实心底很担心她就此遁入水中，鱼一样消失不见。但是过了一会儿，房间东角临窗的露台上低低响起一阵缥缈的箫声，细细分辨，依稀竟是前朝苏学士所制、一直传唱于民间的《水调歌头》：明月几时有……今夕是何年，我欲乘风归去……

他听得心里竟涌起一股无处凭吊的怅然，待伸手去捉那女子，忽听扑通水响，她已由长窗凌空跃入月华遍及的大海中，此刻箫声余韵未歇，正好和在"不应有恨……何时长向别日圆……"那拍上。

不知是否流连于潮汐中太久，兰亦受了风寒。她垂下绣帘儿，独自伏在枕上咳嗽，只恐那心细的丫鬟，觑见了她半湿的头发。然而苦矣累矣，晚间还得折向海潮去。她想着那白衣的男子雾蒙蒙的双眼，咬着绯唇拉开了妆奁，红绿翠宝莹然闪烁，今晚，发上又该绾上哪支黄金璎珞？

三更月残滴漏静，洎嘉无眠，侧耳倾听着东窗，那小小妖精什么时候才能像月光一样爬上他的露台？

"今晚一定要留下她。"高大的男子竟怀着促狭的心思偷偷地笑。窗下他已用绸绢绑做小小一个绳套——还是在西北作战时于行伍间学会的一种打猎方法，军士常于战争的间歇在林子里这般套麂子吃，简单但非常有效，猎物一旦入网，是越挣扎越紧的——只有乖乖束手就擒。他想着那小小女孩麂子样深陷绳套的楚楚模样，嘴角漾的笑意就扩散得更浓了。

只是，她为什么还不来呢？

191

半梦半醒之间的晨昏里，洵嘉听见风儿带翻了案几上的桂花瓶，在花香四溢里他伸手过去，是什么，犹在窗下绳套上闷闷挣扎不休？他低眉微笑，到底来了，到底落入了他的手心。于是手就触到了一个簌簌发抖的小小身体，顺着肩头往上，颈脖上的脸颊，是什么？在光滑的皮肤上突兀地粗糙。洵嘉停下来，又用手去触，发觉她的脸上已经一片湿热。她哭了，小小的女孩儿泪流满面。

　　良久，她抽泣着说："好不容易找来的深海明珠粉，撒了一地，没有了。"

　　洵嘉轻轻地抱住了她："没关系的，即使看不见，也没关系的。"

　　妖精冰凉的手指抚着他的眼皮："不管怎样，我也会让你的眼睛重见光明。"

　　这句话以后，她又自他怀中消失不见，听见哗啦啦的水声渐渐消失，他半跪在地上还保持着相同姿势，只是怀中唯风，这让他不禁怀疑一切如梦。

　　那几日，白天是日光下的混沌，夜晚才是他的似水流年。他日日待她三更来，目上清凉，是她为他深海迢迢采来的明珠，再加上泉水磨成的药膏。每次敷完她总是想低头离开，他不让。于是她就坐在那里，为他小小声地吹一曲《蝶恋花》，抑或《清平乐》，都是世间凡俗俚曲。唱着寻常男女，恩啊爱啊，布衣一生，已是最大的逍遥快乐。里面的心思，欲说还休，她想他也许听得明白几分，也许不。

　　眼睛一日好且一日，不明就里的随侍官员，以为一切全凭海边妈祖保佑，烧了高香，吉报又一连发回京里，他只是微笑。这是她和他的小小秘密，金风玉露的相逢，本就不必为外人所道。再在窗下等她，眼睛竟能模模糊糊分辨出中天上的明月光，不久以后就可以看见她的脸了，他想。然而她的情绪，却一日消沉过一日。

箫声之外的长久落寞里，他携了手问她，是哪家的女儿，其实心底是存了长久在一起的心思。她总不堪言，如何说。

最后两次的药敷。这次施于睛明，使之双目开窍。下次施于重阁，使之目清神明。他欢欢喜喜地合目在榻上，这次敷完就可以看见夜夜相伴的她，他听话得像个孩子。

然而药将敷完的时刻，他却感觉她在步步后退，低低的呼吸，欲说还休。突然心里有了离别的恐惧。他顾不得眼上药沫飞溅，一把抓住了她——只是半片衣袖，她已从露台上飞身而下，他的指间划伤了她的臂，在最后的一刹那，他忽然感到她的泪，如同那次的窗下，绝望又绝望地淌了满脸。

"你是谁?"他迎着涨潮声不甘又心痛。

"孔兰亦。"这是他听见的最后的字眼。

合浦是座小小小小的城，坡峦顶上的东山寺折下来即是惠爱桥，与桥相对不远就是旧街一带的海角亭。在这里要找到一位叫孔兰亦的女孩，实在是太容易了。水门提督孔大人的幼女，算得上是功臣之后，因此这门婚事很快就得到了皇上的应允。然后农历十五这天的大好日子，出嫁的舫船披红挂彩，一切容易得太不真实。

只是彩船划过水面的正午，我沉潜在深深的海底，去寻找最后那颗能医目疾的明珠。深海的水底很暗、很冷，很像我曾经越窗而过的每个夜晚。不同的是，再没有白衣的爱人在窗下等我，回身对我温暖的一笑。

我不是千金小姐孔兰亦，我叫小蚌，是南海里最卑微低贱的一名采珠奴。那夜的深海里，我一次又一次潜入别人很少下潜的危险海隙，只为寻觅那冰一样凉白的明珠——也许白日里那高船上目盲的王孙也深深烙在了我的心里，明知无望，也想为他做点什么。当我浮上浅海换气时，遇见了那为情所困的小姐孔兰亦，她用发上的宝石钗交换我手中千辛万苦的明珠。我承认，那钗换来的钱，对我那采珠一辈子风寒积心、必须靠人参才能活命的母亲更有用。于是叹息之后我们约定，每夜她用她的金银宝贝来交换我的明珠，并请我翻上王孙的高楼，亲自为他敷上她的心意，若然他问起我是谁，我能回答的只有三个字：孔兰亦。

不这样回答又如何，我抚着左额上的伤痕，那里洁白的皮肤上如蚯蚓蜿蜒，是曾经的采珠中为海底珊瑚所伤。即使那人的眼睛好了，又怎能以这副面容折磨他？也罢，也罢，也许将来午夜梦回，当看着怀中兰亦的美貌，他会微微忆起当年明月下故人的箫声。

海隙里的明珠，已被我日复一日地采尽。但是洵嘉，他还需要最后一次药敷，权当是我的贺仪。我深潜再深潜，泪流下来，浑然忘却了自己身在何处。终于看见了它，绝望的蚌在深黑的海底微微地吞吐开合，明珠的光辉像他的微笑。我一把抓住，与此同时一股巨大的海流袭来，我被重重地压入了海底，珊瑚缠住了我的手脚，我挣扎不得。

腹中的气息已经慢慢吐尽，我忘却了挣扎，其实也无须挣扎，我的手臂触到了脸庞，上边的抓痕，是他最后留给我的印记。犹记那夜，他的手指触到了我脸上的泪，然后怜惜地问："你是谁?"

南塘莲

1

元庆二十三年。子夜。

今夜上元呢，大都城的夜空似是比往年更加璀璨，不过漫天缤纷的不是暹罗国进贡的烟花，而是城外叛军攻城的轰天雷。这种最新式的火器，每颗炸响，城中必有大片地方殃受波及，一时之间房损街塌，血肉横飞，好好的年节竟然成了暹罗的血腥道场。

她于禁宫深处的妆台前，画起一弯新月眉。

又是一颗轰天雷轰然炸响，此番竟是落在了宫中的西北角，只听见一声巨响，随着隐隐的惨叫，有烟灰血腥之气氤氲一样飘进她低垂的闺帐。

她敛眉、浅笑，于钿子盒里取了新进的水莲粉，细细地敷在自己芙蓉一般的面上，别人的血腥，左右不过予她笑靥处更增一抹楚楚的娇红，反正她是不会痛的。

忽然门外零落起慌乱的脚步，有披甲男子，满鬓血污，他粗喘着气一把将她纳入怀中。两人云水一般腾挪间，扫翻了满鼎龙涎，于扑鼻的香雾中他紧攫她如一只蝶："燕后，跟我走！

"城外哥舒亲王的叛军已经被我私开城门放了进来！中庭衰老的高皇帝已经被我一剑斫杀！答应你的一切已然做到。现在，跟我走！"

她在他怀中轻轻柔柔笑，像一塘污泥中不染片尘的莲花慢慢展开。彼时远处硝烟中有杀红眼的乱军虎狼般呼吼而来；近处的大殿上，衰老的帝王颓然倒在龙椅上，伸出的指尖尚淌着渐渐变凉的血；眼前的男子，满脸扭曲着欲望、恐惧还有一点点迷乱，他下意识地搂紧她，好像她是苦海迷航里唯一能拯救他的白衣菩萨。

后心一凉。男子不甘心地从她身上滑落，刺入脏腑的金钗上，珠串还闪着碎碎的光，像极她对他所谓的爱，惊鸿样华美无匹，却需要拿命来换。

她重在镜前坐下，理好衣袂，好像一切都未曾发生，只是吻唇正中新溅上一点血，是他最后不甘的殷红。她浅笑着拿张红纸，探身轻抿，浓艳的唇啊，桃花样绯红又香甜地绽开。这时刀光一闪，叛军鱼贯而入，半圆状包围了她。

她回头，脸上新妆初成，好一个倾国倾城。

2

当晚她就被献入新皇的军帐。江山臣民、殿阁偶悦，她不过是他予取予得的战利品中的一样。

这个白衣金甲的男人应该算是高皇帝同父异母的小弟，于高皇帝登基时便被远远派驻边关，隐隐有贬斥之意。此番兴兵，对权位的渴望自是首要，心底的欲望却是上年元夜的朝拜。皇帝座后的美人轻轻撩开珠帘，顾盼神飞间浅浅一笑，他回过神来时美人早已不见，只余幽幽珠帘寂寥晃动。但这一眼竟在他心里生了根，让他日夜低回想念，非要得之而后快，哪怕背上遍野哀鸿同室操戈的罪名也在所不惜！自古说红颜祸水，真是半分也不假。

看着居高临下那男人迷醉的眼神，她的唇边抹上一缕不易察觉的微笑，又一只蚊蚋扑上了蛛网呢。

人们说也许是半生的征战让那高高在上的男人已然疲倦，所以他才重启楼阁、广筑高台，并勒令各地进贡奇珍异宝以供赏玩。又有人说才不是这样，皇上本是明君，都怪那妖后蒙蔽了他的双眼，让他日日流连于宫闱，白日春梦里忘了早朝。这个国家，怕是建得快也亡得快吧！不安的情绪，从这张嘴传到那张嘴里，犹如岸边的野草，在这帝国最底层的缝隙里慢慢、慢慢地丛生。

深宫里是不管这一切的，那里是她的天下，是她欢喜地为他创造的极乐天。在古老的宫城中心有新修成的巨大湖泊，湖底生着金琉璃制成的珊瑚和青琉璃刻成的水草，还有白色的"贝壳"散落其间，那真的是贝壳吗？在繁星漫天、最适合乘船作乐的夜晚，有弹错音律的女官被五色丝线紧缚手脚，由四个黄门宦人抬着自舫头投入水里，这些彩衣妙龄的女子甚至来不及呼叫，就像鸟一样划过暮色苍茫，就此消失不见，然后来年的白骨错落在阳光或晴空一样的琉璃间，在水面清澈时看下去，不正像殊为美丽的象牙贝吗？

呵呵，她站在巨大的沉香木船头上，半边衣袖掩住樱樱秀口，皇上，好看么？

昔日奔腾于战马之上驰骋沙场的铮铮男子已中了她的蛊，浸了她的毒，百炼钢已经化作她指间任意玩弄的绕指柔，还有什么会不好看呢？

他望着她，像望着时刻就会自这船头飞走的妖，迷蒙中的手

197

指只愿意触到她柔软腰肢的一分一毫。她咯咯娇笑着自他腋下穿出，惘然回首间，她已经白衣若水地立在船头，头顶三丈月圆正好，她歪着脸拍着手唱：

河汉清且浅，相去复几许？

盈盈一水间，脉脉不得语。

白色长衣下露出玉一般的赤足，左左右右地踏着拍子，脚腕上一串金铃细细碎碎地响。

他张大口哑然半响："你知道吗？自我将你迎入后宫，不知有多少人向我进谏，要将你除之后快。"

他近前抚着她一绺长鬓："说你是祸水，人得之而见血，国得之而见倾。"

"但是现在，"他凝视着她，眼里是两点清醒之极的冷光，"我明白，但我不后悔。江山万里又如何，不如寂寥时你在身边温暖的一笑。"

他转身走入舱中，只余她一人静静地在船头呆住，衬着湖底清影，惊起一池鸥鸬。

3

其年南朝李越，乃前唐李氏王朝后裔，一心励精图治，一统江山，对着隔江而峙的北方帝国早就虎视已久。

从江南往还的商贾在坊间传言，南朝正耗以巨资大兴水军与骑兵，那些惯撑小船儿的河运郎个个跃跃欲试地执起了刀兵，眼看得形势一天比一天紧了，重重的阴云已经掩盖了帝国，但是深宫里的皇上只知宠溺那妇人而不念天下苍生，走吧，也许西蜀的富饶之地才是我们新的家乡……

她于清冷的拂晓登上高台远望，昔日繁盛的京都已经渐渐没落，这个帝国的民心，正像流沙一样散去吧，这不是她辛苦这么久一直想要的结果？她扬手放飞最后一只白鸽，白鸽腿上的密函会到达千万里外某支宏大军队的核心，在那里一位俊秀的男子会用手指抚过她纤弱的笔迹，然后根据种种最新的情报指挥他的大军一路踏千山、破万水而来！

快一些，再快一些……莲鱼我等待公子，已然太久。

正元三年，江左李氏的大军全面攻陷北朝，历时三月，势如破竹直取江都。

她的使命终于完结。

城破当日，哥舒率领最后一支近卫军杀向东门，他说他是军人，死也要死在战场上，结果就此陷于乱军中不知所终。其实她心底是有一些悲悯的，但她不该为他伤心。她拂去脸上的泪水重新补上了红妆，宫门口，那长髯的老者率领一队铜甲军士，怕是来迎她去见另外那个人的吧。

"妖人燕氏，欺媚君上，致使生灵涂炭、民不聊生……"老者面无表情地宣布完她的罪状，立时有军士过来粗暴地抓住她的发髻，拖拽间拧曲的洁白脖颈上落下一副乌铁镣铐，她委顿得如同零落在泥地里的红花。

飞鸟尽良弓藏，狡兔亡猎狗烹。他原来不过当她是一条狗，利用完了就该轮到烹的下场！心下一片冰凉。

在监国令将宫中一应奸妃佞臣押解的途中，遭到了前朝一些散兵余勇的袭击，有人一袭红马快如闪电，劫走了那作恶多端的妖后燕氏。

江边，曾经高高在上的帝皇已经沦落成一介布衣，但他并不怨她："如果你愿意，我们骑上这匹马，一起浪迹天涯。"

她后退几步，恰好在他伸手触不到的地方，敛眉深深下拜："很多事情，早已注定。"

"我前世欠了李越，今生来还。君王的恩德，只有来生做牛为马来偿了。

"所以，放我走吧，即使是死在他的面前，也是我命定的结局。"

她湮灭在男子面前的凄凄长草中。

时光回溯于十年前，彼时燕莲鱼秀发初绾，一身浅绯衫子坐在小小莲舟上，看千顷碧色荷叶高高低低地从眼前掠过，间或折下一枝饱满的莲蓬，自在剥了脆嫩的莲子来嚼。那时的她，单纯简单，对荷茎下小小的游鱼都心存爱怜，哪会想到此后漫长十年，双掌会沾满洗不清的罪孽？

一切冤孽始于那个香气蒸腾的正午，她遇见了自己宿命中的劫。"劫"是一位盼顾自若的俊秀男子，他独立岸边，像打量一只羽色华美的鸟儿一样看着她。碧绿荷塘深处的绯衫少女啊，何时见过这样衣冠熠熠、神一样的贵人？她羞得深深低下头来，像花瓣浓重的牡丹，既想将自己完全展露在他面前，又恨不能遁无所踪。

那男子说："你愿意跟我走吗？"

那一刻她很平静，此后数年的喜乐哀劫她一瞬间已有预感，但眼前这男人，好像一支利箭奔腾而来，刹那间射中了她的心窝。她于是面对着自己的宿命郑重点头，不顾身后青梅竹马的儿郎，满脸不祥地拽紧她的衣袂。

她被他接到一个隐秘的所在，于一年中接受各种声色技艺训练，与他分别时肩负使命的她已然是一个与当初不可同日而语的妖娆女子。她在他面前深深下跪，额头轻触着他的鞋："公子，为了你，不管做什么我都愿意。"

而现在他叫她死，好成全他最后的威名！

再见他最后一面，怕已是在刑场上了吧？

她请求狱吏，遵循她最后的心愿为她找来了江南渔家女子的衣饰花钿。那一夜，她在仅余一扇小窗的囚室里细细打扮，卸掉浓妆，辫起小辫，她要恢复到她最初见他时的模样。

刑场上。她终于见到了他。故人啊英俊如昔，她对着他笑，遥遥跪下，好像当年在万顷荷塘中邂逅了他，顿时咬起手指，羞不自持。

他的手指紧紧握着扶手，眉间强自隐忍的神色，心里应该有一点点伤心吧，是他让她零落到如斯田地。

伤心就好，这就够了。她闭上了眼睛，长刀凌空劈了下来。

4

燕莲鱼的尸体暴于街市数十天，于一日夜里神秘消失不见。

有人看见一名容色萧瑟的男子手捧骨灰匣行走在江边，向人打听去江南莲田的道路，那面貌依稀前朝废帝的模样。

待李越率领八百甲士一路逶迤追至莲湖边，那男子已隐入万顷荷塘中踪影不见，只有采莲渔女，在荷叶深处拍手唱：

江南可采莲，莲叶何田田，

鱼戏莲叶间。

鱼戏莲叶东，鱼戏莲叶西，

鱼戏莲叶南，鱼戏莲叶北。

漠北苍茫

北地的沙漠，从来就是一个冷酷无情的地方。

特别是在这样四五月的天气里，从拂晓到垂暮，风沙漫天遍野，连天空中四处流展的薄薄云岚也被染作沙那样极寂寞的昏黄。丘垄上那一线蚁行样驼铃寂寥的商队，在这宏大的自然之下挣扎行走，更是显出了人这种生灵的卑微弱小。入夜时分风沙停了，碧蓝沉寂的天空之上，乳糖般一小块洁白干净的圆月俯瞰众生的时候，商队终于在一片背风的沙凹后发现一湾小小的泉水，就此驻扎下来。

待得烤羊肉吃完、酒也喝足，和着马头琴的吟唱远远响起的时候，余杭坐在泉边避人处，脱下笨重的男靴，露出一双雪白的、打着血泡的小脚，浸入冰沁的泉水里。

月亮虽好，照耀下的人却在独自劳伤。大漠啊宽广无边，死在这里的人千千万万，嘉兴的尸骨不知早已深埋在哪里了？在眼泪落下来之前，余杭握紧了怀里的匕首，有一天这匕首插进了仇人的心脏，再让这眼泪肆意流下！

在沙漠里的第六天，如她所愿，遥遥的天际边腾起一股黄沙，黄沙越来越近，转瞬即在眼前。商队众人大惊失色，为首的回族商人更是跪在地上，举起念珠大呼真主保佑。遇见"沙兽"就等于命已去掉大半条，这股栖息在沙漠深处的悍匪比传说里眼珠血红的魔鬼更可怖。朝廷驻在陕西道西安府下的防军与之周旋多年都未能将其肃清，前月镇远将军赵虎丘曾派座下骁骑营左护卫陈嘉兴孤军深入沙漠腹地剿匪，最终除了陈嘉兴的战马伤痕累累地独自跑回来，那年轻的银甲将军和一小队士兵就此湮没在这茫茫大漠里再无所踪。那时，距嘉兴迎娶余杭，还有一个月。

一夕间，大红嫁衣换作白麻丧服，丧服下的余杭，面貌凄清而未作一声悲啼。第二天，去乌兹国的商队中多了一个搭伴行路、面遮斗篷的小个子年轻人。

等待了那么久，匕首掖在胸口夜夜生痛的晚上，仇人终于在茫茫天边出现了。在黄沙滚滚中先看见的是剑拔弩张的马蹄腾腾敲打着地面。马背上是一色玄衣斗篷纵横飞扬的男人，为首的一位腰间系着猎猎的红巾，在这黄沙之上显得格外耀眼夺目。转瞬之间匪群冲入商队，好像狼冲入羊群，然后在一圈雪亮长刀的威慑下，商队剩余人等乖乖牵着自己的驼队跟着这群粗呢斗篷下只露出寂静双眼的男人，在擦着沙地打旋的呜呜风声中走向沙漠深处未可知的命运。

沙兽的聚居地是在沙漠尽头的一处魔鬼城中，自然力千万年的造化将一处处坚硬的片层岩风蚀成寂寂荒城的模样，好像旷别的情人依稀还能辨别的容颜。在骆驼一阵又一阵呼呼的响鼻中，余杭和被俘众人蜷缩在低矮的马厩里，看着天上的流云迤逦几千里，然后夜色慢慢笼罩下来……

安静的气氛里余杭慢慢磨断了背上的绳，在众人沉睡的鼻息里她贴着地面，静静地在沙兽的营地里潜行，越过一个毡帐，又一个毡帐。

毡帐无声，余杭扣着匕首就近滑进一个装饰华美、应是重要人物才有资格享用的大帐，青铜枝上袅袅的酥油灯正发出喑哑的光，铺着厚实羊皮的大床上有玄巾裹面的高大男人知觉全无地倒卧在其上。夜从指尖凉过，余杭想也未想，手起刀落，直捅向那熟睡中男人的心口，那人未哼一声，伴随着拔出的匕首激射而出的不是滚荡的腥血，而是一股光色浅淡的黄沙。黄沙？余杭一把扯掉死者的面罩，随着那重重深衣倾泻而出的不是大片黄沙又是什么？她悚然而惊，握紧匕首看着周围，隐隐呐喊声，那是风低低掠过荒漠上的山岩。诡秘的气氛中余杭一间又一间毡帐地搜寻，不管是喽啰还是寻常土匪，人人貌似熟睡的黑衣下无不是黄土一抔！

余杭拔足冲向一片低缓的脊坡，月光浩渺下广大的营地好像受过诅咒般沉寂在一片死水笼罩中。人呢？到哪里去了。眼前风起，只带起漫漫狂沙，冷入骨髓。

在阵阵烟雾似的黄沙里，仿佛有人伫立在远方山脊之上独自叹息，开始余杭未曾留意，还以为那是一块冰冷的石头矗立。她在微漠的风中慢慢走近它，粗糙厚重的缁麻外衣下露出女孩儿绣满兰草的裙袜。那黑色的人形石头突然慢慢地转过头，在梦里一般，重衣下男人极苍白清朗的脸，他眼色迷茫地问着那个翩然走近、白裙曼妙的身姿："玉门，你回来了？"朔风吹起他玄衣上的红巾，这人不是白日间那沙兽的首领又是谁？

白衣兰纹的女孩儿摇着头，慢慢走近："我不是玉门，我只是来寻找我的男人。"

那男子一阵迷茫中流露出浅浅的哀伤："你找到了吗？"

余杭点点头，匕首如小小银蛇流转般，刺入了男人的胸口！

但是匕首只刺入不及一指许，他的胸口坚硬如石！余杭急忙抬头，男人似喜似愁："这么久远了，你仍然想取我性命，不是玉门又是谁？"

在扯破的黑色长袍下，那男子的胸膛赫然是半堵黄色土岩，随着匕首的慢慢拔出飘落着尘埃。

"你……你到底是什么东西？！"

"你全都不记得了么？"男子深深叹息，"那一天，在楼兰的什井坊里，我第一次看见了你……"

"公主，"旁边扮成小巴郎的侍女悄悄地说，"我们走快一点，后面那一脸坏坏笑意的男人已经跟着我们拐过第三个街口了。"

穿着一身大得过分的男袍的少女，装模作样地抹抹脸上的两撇假胡须，其实是想抹去双颊的羞红："咱们自己走自己的，管他呢！"心里却暗暗祈求真主保佑：那笑起来比最好的马奶葡萄还甜的男子千万别跟掉。

虽然人群熙熙攘攘，但是动了情的年轻男女心中啊，只有彼此一个。

傍晚那公主执意不肯回宫，入住了一间最普通的小客栈，夜深时分果然听见楼下冬不拉的琴声悠扬地响起，是一首传诵久远的情歌。

月亮爬上了姑娘的雕窗

心爱的人儿啊

我能予你的不过一颗心、一匹马

明晨是否共我远走天涯……

公主不禁倚在了窗口倾听，沐浴后她换回了女装，此刻一绺一绺长长的鬈发从波斯窗棂边飘落下来，月圆人两望。

男子将襟上别的玫瑰抛了上来："两天后，拿着金丝玫瑰在月亮泉边等我。此花不谢，此盟不灭！"

夜风凄迷，余杭听得入神："后来呢？你杀了她？"

男子面上现出痛苦的神色："大概做惯大盗的人，哪怕马上就

205

要远走天涯，手掌上也想再多沾一次血。"

我去见她的时候拖着半身鲜血，手掌上捧着整个西域最珍贵的珠宝。有女孩儿等在泉边，彩巾覆头，腕戴串珠，柔柔轻轻的步履好像踩在情人的心肝上一般怜惜。我笑，抱紧她，正午的阳光突然让我晕眩，她纤纤素手上紧握的东西不是鲜红滴血的金丝玫瑰，而是一把小小银刀，颤抖着没入我的身体。

"为什么?!"我痛彻心扉地大叫。

她缓缓揭下面纱，满脸是泪，然而没有表情："也许你不知道，我就是楼兰的玉门公主。昨日，你击杀的自鄯业国而回的楼兰王便是我的父亲。

"如果不是重伤逃回的侍卫画下你的人像，我永不知道你就是沙兽！你现在挂在我胸口染血的宝珠本是父亲将赠予我生辰的礼物!"

身后腾起重重烟尘，有大批人马正在赶来。"楼兰的法令，十恶不赦者将于广场上受石杵锤击而死!"她冷冷的口气注定了我永世的卑微，不过是蜷伏在她鞋边的一条虫。

我一把攫住这我极爱又极痛的女人翻上马背，蹚过月亮泉就向前冲，但是怀中的女人挣扎不休，她吼着："你有胆量就杀了我，否则我一定要你死!"安静一点，女人，安静一点，只要躲过了这场灾厄，我们总会好起来，总会。

我的一只手扣住了她的喉咙，她出不得声，慢慢安静下来。

几个时辰后，我总算摆脱了军队的袭击，精疲力竭得几乎是半摔下马背，然而还是小心地护着怀里安静的她。她随着我的手臂静静躺卧在那里，就此永久地安眠，洁白的颈脖上是乌红的掌印，那样的触目，是我赠予她最后的珠宝。我杀了我的女人！所以我将得到诅咒，即使化为岩像，生命也将永远不寂不灭！

然后……很多年过去，曾经的兵戈铁马无不化为一捧黄沙寥落。自那日一场沙暴从我沾血的怀中卷走安睡的玉门后，我独自矗立在这山头化为半身岩像，承受着这百年孤独。大漠啊，和时间一样恒久不变，我独望远方，经常幻想着有彩衣少女，蒙着面纱，翻过对面的沙丘，予我一枝玫瑰或是一把匕首，了结我永世的愁苦。

等了这么久，你终于来了。

天未明，余杭在这半石像的男子身边已坐了一夜，重露打湿了长衫。在一线线渺渺天光里，那男子一点一点恢复了寻常人的模样。脚下的营地里，有如梦初醒的悍匪钻出毡帐，影影绰绰。不过幻觉一梦。

"既然你们都是幻影，为什么还要在沙漠里肆虐杀人？"

男子嘴角浮起漠然的笑意："是强盗，便永生是强盗，永远也放弃不了驰骋沙漠的血液。所以影子们依然会按照记忆里的过去行事。但是却再也伤不到人，那些劫来的行商不过于一夜梦醒后就被流沙送到变幻无穷的沙漠中的某处。何谈什么杀人害命！"

"那前月来搜寻你们的一队官兵呢？"

男子半透明的眼珠慢慢转向她："他们都在这茫茫黄沙之下。为首的那人死于身后的暗箭，那箭和他的武器有着相同的标记。"

余杭大骇。与此同时远处一骑红尘，有服色鲜明的骑兵仗马直击过来，幻影中的沙匪营地立刻像水波一样向两边排开。为首者正是镇远将军赵虎丘！也是余杭之父陕西道藩镇总督座下的大将。

"余杭，我使尽方法一次又一次清除障碍将你拉回我的身边，你为什么总是要离开我？"

余杭慢慢站了起来："原来是你……害死嘉兴？！"

赵虎丘傲然道："不错，我得不到的，谁也别想得到！"

余杭气得发狂："那你永远也别想得到！"

一支利箭直直瞄准了她："我追够了，现在已经追到天边！你如果不肯嫁给我，那就嫁给这支箭！"

箭支微动。

在这千钧一发的时刻，沙兽一把搂住悲愤欲绝的她，纵上一匹不知何时踯躅在身畔的白马，白马独啸西风，虽然已作幻影，依然神骏非凡。

两人在沙漠中疾驰，身后黑云摧城般大批追兵，情景一如当年。前方绿洲隐隐，正是月亮湖。在渐渐诡异成淡金色的天际下，沙兽带着他的女人直奔向百年前他们爱情的最终归宿。地面从远至近传来隐隐震动，好像沙漠里栖息的魔鬼擂起它们食人的大鼓。是沙裂，一旦暴发就天翻地覆的沙裂，这一带只有位于轴心的月牙泉是唯一的安全点，只要逃到那里，不管是爱情……还是你，都好了……

一百丈……五十丈……白马脱力地奔得颈上的长鬃都开始飘散，随着马蹄的震动，地表开始慢慢地龟裂下陷，沙兽胁裹着他的爱人尽着最后的力量向前奔去，身后叫啸的官兵渐渐笼罩在崩裂的沙海中人仰马翻。

"我得不到的，谁也别想得到！"被漫天金光染作黄发金须的彪形男子仿佛已和地底的魔同化，在绝望的死亡前他搭弓引箭，用尽全身力量，"女人，和我一起下地狱去吧！"

离月牙泉不足十丈，一边是生，一边是呼啸而来的死。余杭闭上了眼睛。忽然她感觉身畔的男子剧烈的一震。他挡住了那一箭，箭镞直穿过他的心口。

笑容在他脸上渐渐弥散开来："这次终于……我替你而死，玉门，你一定要活得比那最珍贵的雪山莲还漂亮……"

骏马最后奋力一纵，余杭在震惊难过的纷乱情绪中随着巨大的冲力掉入泉底。待她浮上来时，头顶巨大的天空已经一碧如洗，远处大漠寂埃，那些官兵们被神的巨手抹去般不见踪影。而在她面前，有似曾相识的岩像慢慢剥落、沙化……那张脸已然如千万年壁画一样沧桑、僵硬，但是唇边的笑容依旧宛然。久远的前尘往事，仿佛是上一世的记忆碎片轰然在脑海里炸响。她跪了下来，把百年以前的爱人抱在怀里：

心爱的人儿啊

我能予你的不过一颗心、一匹马

明晨是否共我远走天涯……

"上一世的终结，我虽然极恸极怨，但很高兴死在你的怀里，正如你现在一样吧……"

风悠悠地吹过，余杭摊开的双手里男人流沙一般渐渐消逝，只余一支长箭，掉落在开满金丝玫瑰的月牙泉边。

相见欢

在范府那场轰动全城的大婚后第五天,我在永安里的尽头开了一家小医馆。

人说永安里有个薛神医,厉害啊,每日坐在纱帷后面,波澜不起。有寻医的、问药的,不管什么疑难杂症,只要你付够了银子,就可以坐在纱帷前的小桌后伸出手。俄尔,一只雪白的手掌伸出来,三枚长长的手指搭在你的脉弦上,沁凉,杂热的脉搏一动一动,终于归于平和,这病啊,仿佛就好了大半。然后开方,抓药,浅淡几味回去煎上几方包你准好。自从薛神医开了医馆,城南祈安的天女庙前香火少了好多,人都说薛神医怕不是天上下来的天女罢,专来人间救苦救难的。

我微微笑。端起半凉的玉茶碗,一口茶水含在口中,一点一点地咽了下去。

第一味药,婆萝勾,花白似钟,又名梦犹疑。

这天,我的医馆里来了一位客人。

浓妆的少妇,微微颔礼,在我桌前坐了下来。

210

来了。

"大夫，我的相公生了急症，天天面色潮红，咳嗽不休。"

当然，此刻正是三月春好，桃花缭绕，纷纷满天。那些如烟似雾的香气，最能让人勾起心底的相思之情。正所谓一入红粉心缠绵，就是身子退了心里也是想的，白天不好想夜里也要悄悄地暗暗地想，想多了淤在心里，那便成了痨，桃花痨。

我带着不易察觉的微笑看着隔着纱帷的娘子："心且放安些，想是寻常的春困之症，我写单药煎了你带回去，慢慢吃着也不碍事。"

她自然千恩万谢。

暮色在永安里医馆门前收走了最后一线光，我一路轻轻笑着在幽暗的店堂里转到后院，白芍药花下片刻前倾倒的药渣兀自缕缕冒着热气，我拈起一朵褪色的小小花朵，钟形的花冠里残存着最后一点妖异的香，我一点一点地揉碎了它。

夜色无边，风起了，帘外的桃花簌簌地飘落，和着淡淡的粉香⋯⋯

第二味药，佛掌目，青黑如眼，服之能忆前尘往事。

那娘子再一次坐在了我桌前。看啊，看啊，她愁眉不展。

"难道他的病还没有起色?"

"不是，不是，"她慌忙答道，想说什么欲言又止。

我安安静静地看着她，后堂里下一服药在小小的吊子中沸腾地熬啊熬，新鲜的白色钟形小花，小小的针或是女人细细嫩嫩的手指呢，在里面痉挛翻腾。

娘子迟疑着答道："他的病倒是好了很多，但是又添了奇怪的新症候⋯⋯"

"半夜里我一觉睡醒，发现他不知何时竟在床上坐了起来，就那么痴痴呆呆，眼睛都是空的……我唤他，摇他，他竟是没半点人气般不理我，还有一次他竟然半夜就在我眼跟前爬了起来，我扯着被子看着他木头人一样，手脚直直地就走到了门口！"

"然后白天我小心从旁探问他，听他口气竟是毫不知情！"

她满脸哀怨地看着我，"大夫你说这……"

我轻轻地颔首："怔忪之症而已，夫人不必多虑。"

那天我在新药方里加入一种小小的、圆圆的黑色花朵。细细密密的花瓣围绕着一颗子实样圆溜溜的花心，竟十足似一颗瞳孔骤然紧缩的眼珠。我雪白冰凉的手指拈起这些不甘心的眼珠，窃窃笑着，无声地把它们一颗颗滑进沸腾的药汁里。

一个人做过什么事啊，总需要一些眼睛在暗处看着他，提醒着他，什么事都没这么容易过去的。

夜里我翻来覆去做了三次噩梦，醒来又睡去，不过滑入又一个噩梦的阴影里。这时听见窗外巷子中传来唢呐吹拉哭号之声。有妇人在这桃花如烟的夜里号哭："我苦命的女儿啊，谁不赞你清清灵灵标标致致一朵花啊。你在风月楼这几年笑来送往这么多官人啊，好不容易以为你盼出了头，遇到个好人啊，结果那杀才亏负了你……女儿啊，你不该这么冤啊！活脱脱撒手去了黄泉，叫我这妈妈心里怎生得安啊……"

是风月楼的头牌满室香！传闻说她沉疴不起，没想到……我瞪圆了眼睛，满背是汗。

这一夜桃花开尽繁华，零落泥里，过几年除了堂前旧时燕外，便是谁也不会忆起这一场春梦了。

我慢慢地合上眼睛。

笏板敲了三响，正是三更天。城西范府，有人赤着脚，呆呆推开房门。

第三味药，相思子，瓣开猩红， 又有人约黄昏后之意。

长条玉石子盆里的植株拿鹤顶红汁浇了三道，总算催开了花。点点斑斑的猩红，正像是一腔血泼在碧绿的叶子上呢。还好开了，要不真误了我大事。

果然晌午后一顶小轿，范府小娘子抹着眼泪哭红了眼睛，就那么攥着粉色锩着桃花的小手巾子进来了。

"大夫，神医！我到底前辈子造了什么孽！"

面前女子花容憔悴，是啊，我可怜地看着她，为什么会这样呢？上有苍穹，加减乘除，什么事情都是自己早早注定的，怨不得天。

"他抓我的头发，当然是半夜，癫狂异常，但一切又无声无息。他就那么惨白着一张脸凑过来，在我的头发里颈窝里嗅啊嗅，然后他说话了，那么冷冷的不似活人腔调，不是。他说不是，他在满屋的胭脂水粉、红装绿袄里找啊找，找到一株金搔头，钗尖刺破了他的手，在血流下皮肤的时候，他笑着说，'不是、不是、不是啊！'"娘子握着衣领，一遍遍神经质地重复着那午夜时分遍体生寒的一幕。

我悠悠地看着她，捧起了我的玉茶碗。喉咙底些许腥气，我想我是太高兴了，越是表面不露声色内里越是气血上涌，需得一口茶压一压。

"他、他到底是人是鬼？还是我夫君么？"

"是在离魂。"

传说中人有三魂六魄，因为种种意外，也许一些魂魄散失在外边。所以那个人潜意识里总想找啊找将回来……

"他在找他的魂魄呢……"

"把这服药给他服下。"我轻轻推出一个朱红的砂罐，微微漾起的清苦药汁下是絮絮一层花瓣，小小的、沁人心骨的红色，经过三起三落的熬煮仍然像刚滴落美人唇边的血一样红。

"你细细留神，不论结果怎样，三天后再来见我，自有分晓。"

夜里再次入梦，我端坐在我的小医馆中，"薛神医，前日新婚的大人携娘子来拜访您……求得一帖好药……"有家仆打起帘子，"想借这药早生贵子呢……百年好合。"

我长袖下的指甲深深地刻着圈椅的藤边，帘外那人越走越近，英俊如昔。"月夜，"他柔声唤我，"近来安好？"

我心中似喜似愁，茫茫然伸出手去。那人背后忽然绕出另一人，是个新婚夫人，只见她携了他的手三分挑衅地问我："神医，那药……百年好合……"

百年好合……

我恍然醒过来，云破月出，远处巷深廊回，隐隐有追逐之声。

第三日清晨，天还未凉透。范府娘子裹着一袭长披风，独自匆匆地叩响了我的黑漆门。

"大夫。"她现在显将我作为最好的知己以及救命稻草。

"我家相公这几夜变本加厉，昨夜他携了我的玉簪径直出了门，我跟在他后面一夜，只见他在乌衣巷中千回百转，最后竟渐渐往城北去了，那里不是乱坟山……我不敢跟去，只回家门候着，五更天他回来了，身上竟粘着土和草渣，难道他竟在坟地寻他的魂！"

她眼里莫名地恐惧。我拍拍她的手背，"今夜我们同去。"

第四味药，清心诀， 解药， 电光火石间得明过去未来。

那晚月明星稀，想来张生曾在这同样的月色下跳了墙头，去赴他的西厢之约，而我要做的，只是揭开一件事的最后一幕。

我披着玉色毡，在夜色里鱼一样地滑落在清水桥。范府娘子对我焦灼地使个眼神，前方有人，一个身穿淡色褒衣的男人，消瘦而不失俊朗，剪影似呆呆往某一个方向而去，仿佛前边有看不见的手指勾着他，说"来啊，来啊"。我轻轻掩口笑。

月色下这个男子带着我们向城北岷山飘忽而去，浑身散发着若隐若无的药香。

越走越偏，房舍越少，只闻荒野中几声狗叫，眼前看见影影绰绰的坟碑和点点鬼火。娘子紧张地抓住我，我不耐烦地摩挲着掌心扣着的一个小小玉瓶。

那男子转过一个个坟堆，来到一座新坟前，呆立半晌，清清嗓子，竟然弯腰作礼，"久闻风月楼满室香小姐的芳名，今日慕名前来一见。"倒仿佛真是置身在一座华堂之外，有美人，声音娇滴婉转，雕花木门渐渐打开，"公子啊……"

转眼坟已经被刨开，他半侧着脸微笑去推那棺盖，仿佛举扇风雅地拂起低垂的珠帷，"犹如入珠兰之室，满室柔香……"

尸臭渐渐地飘散开来。

他自棺中抱起一物，白布裹身，渐渐朽落下来。

娘子脸色煞白，她骇然张开口，却是一点声也发不出来。

那男子兀自抱着怀中美人耳鬓厮磨，又低低说话，亲热非常，"你前日要的兰花簪……"他从怀里摸出一物，正是自娘子房中取走的玉簪，白光耀眼，向怀中那人发上插去，想来那人正娇羞非常。

这时，是时候了，我手里的玉瓶已经打开，清心诀，是一种香，一点点从瓶里散出来。我将瓶子凌空一撒，风过处，那男子的眼眸顿时恢复了神采，他看清了怀中正为她戴簪的美人，只听见他惨叫一声，就此仆倒，和怀中的尸首一起滚落在洞开的旧棺里。

我仰天舒了一口气，泪缓缓地流下来。

我并不认识红遍京城的满室香，但也闻说她一支舞，名为"桃花阵"，长袖一起舞若天魔，直追《霓裳》。偏偏这么谪仙一流的人，竟然钟情于一个应考的穷秀才，供他吃住三年，原以为他一朝功名自己就可以脱离苦海，没料到转眼那人已成了范丞相家东床快婿！

娘子在旁边嗤笑数声："好了，好了，他终于找到了他的魂。"

我怜悯地看着她，一梦催华发，她已经疯了。

我把娘子扶到范府门前的石阶上坐下，天快亮了。她靠着石狮子还在喃喃自语，欢喜异常，"这下好了……哈哈……"

我转身自己往回走，这服药终于派上了用场。三年前，那人同样金榜题名，待我千辛万苦赶来京城，他已经成了别人的良人。

今夕是何夕？

我恸得哭不出来，那时就酿了这药，苦苦相思也只能梦里相见，就给这药取名叫"相见欢"。良人啊！你总要拿命来偿我，方不负这一世深情。结果药才酿好，那人因触怒皇帝竟至满门抄斩，包括他新婚的娇妻。黄泉路上她始终陪着他，我茕茕相吊独在这世上又怎么办……

这药，总要用出去的……至少满室香最后总算盼到了她的情郎，在这三春桃花夜里来迎娶她……

我在笑，一边笑一边擦泪，喉咙里止不住地咯血……

下一服药……

几天后，我将小医馆由永安里迁到了升平巷。闻说王员外的大公子终于改邪归正，断了长乐班里的戏子翠雀眼，翠雀眼一身"十八春"里的正装戏服，当晚就投了清水河。不多久，王公子就

216

大张旗鼓地迎娶了门当户对的张侍郎家二小姐。你看，那门上不是还贴着"喜鹊登枝""百年好合"？

　　我笑，药柜里，"相见欢"的香气，一缕缕弥散开来……

鸳　鸯

　　柔娘第一次看见少石的时候，正是早春二月，瓦檐上的冰凌一点儿一点儿正在解冻。

　　少石是柔娘远房的表哥，一向在北平上学。学校放了春假，舟行了换车，本来早就该拢家，但是少石愣是联合了七八家大学的爱国学生，举行了抗议伪政府搜捕左派师生的示威游行。一起回来的同乡学生都兴奋地夸少石真是了得。本家的几个叔伯却觉得少石真是无端生事——出钱供你去北平念学，本是希望日后光宗耀祖，谁想竟有这些麻烦呢……

　　柔娘不懂这些，她只是坐在角落里低头向壁，月白的脸儿，青染的眉头，攥着玫瑰丝长衣的手好像白生生的水仙花头——还细嫩地分作一瓣一瓣。这一幕让听叔伯训话正听得百般不耐的少石看见，心念一恍，倒像看见了旧书里的古意儿美人。

　　新春里表亲走动拜访就那么几天，少石偶尔逢上柔娘，倒也含笑循礼儿问她闺名表字，喜看什么书，识多少字。其实在他心中这样的乡下闺秀不过是封建的毒害品，他带着从北平那个新世界里沾染回来的文明气息，居高临下地赏看她，像看着一只害羞的鹦鹉。

柔娘一回家就病了，躺在枕上向着板壁，千唤都不回一回头。乡间的大夫说是染了春寒，但是几剂药下去总不见好。柔娘十七岁了，家里早已探好了婆家，是个本本分分的小生意人，过节来吃酒的时候，柔娘经不过姐妹几个撺掇，隔着帘子怯怯地觑过一眼——那人身量窄瘦，穿蓝棉布袍，戴着顶狗耳帽。这下柔娘一病，两家商量着干脆趁新春把喜事办了，姑娘大了心就花，一当媳妇什么都安定下来了。柔娘一听病得更重，每日端来的药趁人不留心全倒在了板壁缝里，心里想着命是这样，那就死得越快越好。

也有快慰的时候，那是发烧烧糊涂了，朦朦胧胧里少石撩开了锦帘，含笑站在面前，一身黑哔叽料学生装，领口袖头露着醒目的白衬衣。哪怕在魂魄松散的梦里，她都羞不可抑。梦中的胡话到底泄露了女儿家的心事，母亲慌得六神无主，到底不希望娇花骨朵儿样的闺女断送在狗耳帽商人手中。正好那商人下三江押船回来，途中遇上了土匪就那么生死不明，女方就趁着这乱将亲退了，再是对不起也只有在佛前多念几声罢了。

这年里桃花开得早，可见天也是从人愿的。眼见少石在北平越来越不像话，家里便想给他做一门亲，也给这野马收一收缰。几家姑娘里就拣定了柔娘的八字，说两人命数相合人才相配，旧年春节遇上不是还很说了几回话？想来也是投缘的。

消息一经相传到遥远的北平，北平那边却安之若素，实在逼得急了便逼回慷慨大义的家书一封，内有"匈奴未灭，何以家为"的字样。此地里的柔娘却是才下眉头又上心头，只是这上心头的是喜、是相思，还有处子待嫁时面上笼烟一般的愁。

就这样春去了秋凉，柔娘终于由族中几个执事的长辈护送着去了北平。祖宗礼法摆在这里，少石你总要有个交代。

一路微笑，好像秋风吹红的玛瑙金丝枣，心情如此甜美地进了北平城，却没有见到少石。

彼时少石在西山，手中一本《白朗宁夫人十四行诗》，正低头笑语，读给一位姓沈的小姐听。西山少见的秋日朗照，浓荫下沈小姐的白裙曳在躺椅脚，少石便想起了那时流行的诗篇：你是花、是笑，是四月梁间的燕儿在呢喃……

三天后，少石终于自西山回来，左手还携了沈小姐戴着白手套的右手，却不是为着柔娘的婚约。时局危艰，伪政府在巴黎签下屈辱的不平等和约，如一石击下千层浪，北平各界顿时一片震动！在这样做大事的时候，偏生还有个柔娘，眼里的沙子样硌在那里。躲不开，忘不掉。

拉杂一月后总归见着了一面，彼时柔娘低颈坐在几个黑袍吸烟的叔父后，眼见得少石慷慨激昂或是沉默不言，眼神儿却是一眼也没望过来，当自己是陌上的荒草呢——晚间回去，听说依旧是宿在了沈小姐的北四寓所那里。

任是草木，也不可能无知无识。

鬓后拔下的一支金钗，柔娘拿它刺破了喉。

终归是救活了，少石撩起帘子来看她，柔娘紧闭着眼睛，颈间的纱布上还渗着血，手里却还紧紧握着那支钗。

那支钗让少石所有的道理都说不出口，他长叹一声，早冬的冰还没将运河冻上，他带着柔娘一水一桨地返了家。一个名分而已，你要，便给你。

这场婚礼柔娘知道，热闹是堂前的红烛，冰凉是新郎的眼神，还有指尖。一拜天地，二拜高堂，夫妻相携着对拜，此生便已成了陌路。

新婚前三日，本地风俗是新郎新娘不出喜房的，少石却在外间书房睡了三日。柔娘守着百子被上满床花生莲子，红巾覆面，晓来夜去，硬是无人来揭。

三日一过少石便启程回了北平，柔娘一身红装，处子的发辫已改了新妇的小髻，搀着丫鬟小脚颠簸地欲去渡头相送，却见长天碧水，那人头也不回地上了乌篷船。

他到底，是把我丢下了。

冬去春来，城里的风声一日似一日紧。陆续有回乡的人们带来不好的消息，城里抓革命党呢，抓住了就押到荒石滩，嘎嘣两枪子儿。也有在城里游街，游了就在菜市口砍头，"以儆效尤"。少石不就是革命党么？有人说曾在通缉告示上看见他的大名，也有人说兴许逃到南方去了，再加上寄去的书信总也没个往返，柔娘日间绣鸳鸯时，低头蹙眉，细针总扎破手指，一滴鲜艳的血珠儿，染红了绣帕上那枚叫相思的红豆。

几日后柔娘抵达北平，北平城已是黑云压城城欲摧下的人人自危，稍有身家的人无不扶老携幼地外出避祸，只柔娘，逆流的鱼儿样怀着陪嫁的珠宝，乱世里一步步寻着她的夫婿。先前少石寄住的寓所早已人去楼空，房东怕事，有人问话凡沾"学生"二字无不吞吞吐吐，架不住柔娘，半夜风凉，擎一盏油灯照着空屋里满地纸屑，片言只语地妄图翻出良人一点信息——终缥缈不可求矣。房东望着昏黄的窗口，耳边女子的呜咽如关外望夫崖上凄迷的夜风，终于，他摇了摇头。

马车出了公主坟，再徒步转过两个街口——周围尽是三教九流摆着摊儿、练着杂耍。透过这些最底层的热气腾腾，可以窥见黄泥墙上斑驳的告示，缉字上头血红的圈呢，下面写着一颗人头值一百块光洋，倒像指示的路牌，指着柔娘一步步穿过幽深的小巷，小巷尽头的大杂院里，少石脸颊瘦凹地病倒在炕上。

正模模糊糊地抬手叫渴，蓝棉布帘叫人揭开，一阵家常香粉气幽浮在空气里，甘霖样的水便一勺勺递在唇前。"沈琪……"他朦胧唤道，唇边的汤匙一颤。

晚上少石的热度便退了下去，"柔娘你真是我的福气。"到底是虚弱失势了，他待她温存了许多。可福气还不是她拿妆奁中的珍珠手串换了洋医来打针开药？她在小院里微微含着一口怒气，替他洗净晾好了白日里沁汗的衣衫。回转屋里，那位沈小姐老早就和他同居住在了一起，如今不戴白手套了，剪了朴素的童花头，蓝布衫下高高隆起的肚腹，倚在枕上扶着少石，两人头并在一起看印着红星的俄文书。

他于她那一丁点的温柔——吃饭时扶着沈琪坐下，再点点下巴客气地唤她来吃，充其量不过感激——然而还嫌她付出不够。逃亡日本的船票，两张，他几乎是毫不迟疑顺理成章地指望着她的珠宝匣。而这两张逃出生天的船票，成全的不过是他和沈琪，两个相依相偎、志同道合的人儿，去往一个她遥不可及的新世界，"保存革命的火种"。回过头来，他替她所做的"妥善"安排，不过是嘱她早日带着空珠宝匣回去乡下，"等待他革命成功的好消息"。

出嫁从夫，她在他面前低眉、惨笑，一层层打开妆奁，纵使眼边有泪也只能在这昏暗的油灯下不为人知地拭去。"这是你家求亲送来的红宝石戒，这是新婚时我戴过的龙凤喜镯……还有这个，本来是为日后孩儿准备的金锁片……"她瞥了眼身材臃肿的沈琪紧紧靠着少石的样子，静静闭了会儿眼，再睁开，"你们都拿去吧，过几日沈小姐分了娩，你们就走。"

记忆里多少次的相送，浓雾、薄暮，他留给她的永远是黄鹤杳去的背影，即使在梦里也从未回过头。她在烟雨茫茫里撑着青油纸伞，怀里抱着的是他托付给她的孩子，就这样一眼一眼看着他，携着旁的女子上了船。

突然岸边钻出几个黑衣特务，不知哪里走漏了风声，枪声齐鸣中他束手就了擒，到底没逃掉。

他倒卧在冰凉的北石冈上到底几日了？她不敢想，一想起那震起飞鸟的枪响，仿佛那死亡就朝着她破空而来。他走了，她的心魂也随之而去，从此这孤零零的世上，只剩她凋零半个人。

柔娘抚养着少石的孩子，一个人在乡间独居了很多年。

只是神志偶尔昏聩，爱在晨昏里绣着鸳鸯：公的叫"鸳"，烁烁其华游在前面；母的为"鸯"，安安静静随在身后，尽管朴素得像只寻常麻鸭，只脑后一绺儿碧翎，可它们总是一对啊，就这样，永不分离，直到死——临死前，柔娘嘱咐少石的孩儿，那时已长成了个高高大大的后生，从枕头里掏出那包银元，还拿绣着鸳鸯的红绸包着，整整一百块——那是家计艰难时靠纺纱织布挨过也未曾动过一块的——现下却悉数放进棺里，予她陪葬。

十七岁那年，柔娘恋上了一个男子，还专门去庙里求了签，签是上上，说有缘分的两个人，命里总有挣不脱的纠葛，好像颈脖相缠的鸳鸯一样。

223

北园鲛

苏州河距入海口十二里处，在一处月白风清乱草如虬的好所在上，是一座小小的城，苏州城。

这座城跟它的名字一样，生得眉目如画。眉目如画得好似苏州城深处居住的柳寄生。

我就是柳寄生，五陵少年，翩翩白马，杯中月，千金裘，任它豪奢如血，不过博我一笑。

我在苏州城的最深处，有一所美丽的宅子，还有一双青布做成穿上很舒服的皂底靴子。每个月到了一定的时候，我就会觉得饥馋非凡，于是我会潜进宅子最深处的月洞门，里边有一间小小的库房，从内至外发出清幽幽的香味。里面的木格架上，放着一排排齐整的青色犀牛角，在古书《异文博志》里，它有着使妖邪迷乱心志的作用。

袖下两寸见方的一片。我随意行至游人如织的通衢，穿过木牌坊一带，脚下即是色如绿潭、蜿蜒流过的苏州河。河岸上的寻常百姓们衣棉布、食五谷，休养生息，安乐非常。

全然无人注意到我。

我在河岸边蹲下身，背后正有货郎包着角巾，手中的拨浪鼓

224

摇啊晃啊，一咏三叹地走过，面前河流中的倒影与他脚对脚，眉眼儿清晰。

我似狡猾的狐狸一样，露出了洞悉一切的笑容。于是我点燃了袖中的犀角，手平平地掠在水面，随着指尖薄薄的犀片氤氲燃烧，几十里水草袅袅的河底顿时起了诡异而生动的变化。

深深幽幽的水下倒影里，货郎迎面儿走来一个大姑娘，水红裤袄里的纤腰跟小曲儿一样，摆啊摆，吸引得货郎的眼光，抛开再缱绻。白乳一样的犀香渐渐悬在整个青色的水面上，那大姑娘的倒影无限风骚地侧过头，朝我飞眼儿一笑，这一笑暴露了它或者它们的行藏——两排尖尖密密的小白牙咧到耳根，柔软的手足向后抛起，就跟白丝绸卷起的飘带一样。脖子以下，至手腕足踝都长满了细细的鳞片——这些体貌特征出现在了水面所有的倒影上！

它们不是什么倒影，它们是鲛人！

仿佛闻见了来自鲛人腋下最新鲜的水腥——我的馋涎犹吞不止。

长平二十七年，极偶然的机缘下，我发现了苏州河里巧妙隐匿的鲛人。这个族类面容俊美，智商低下，体格柔韧，生性懦弱而凶残，好扮倒影，择机噬人。若有面容俊美的年轻男女无意中凝视自己的倒影，那张尖俏的脸就会自水中升上来、升上来，越来越近，直至和衣破出水面，予你冰凉一吻，让人片刻情迷意乱，还来不及清醒即被拖入水下，为鲛人所分噬，顷刻间变做干干净净一只骷髅头，在起风的时候被鲛人们当做雪白的球来踢——类似我们流行的蹴鞠。亡人的衣衫则被鲛人收起，无事的时候扮作岸上行人的倒影，一遍遍似模似样，行来走往。柳荫下兀自水波幽幽。

捕获鲛人的过程非常简单，事实上犀香的滋味已经让它们如

225

痴如醉。只需一只捞金鱼的竹网兜就可以将它们自水面平平抄起，犹想顺着你的胳膊攀缘而上，发自本能地引诱索吻。我拿食指抵住它们美丽的嘴唇，轻轻摇头，再粗暴地将它们拽下，收入一只沾湿了水分的青布袋中束好，避免白日的阳光直接熏蒸，最好再放一串它们闻惯的金钱柳进去，避免它们在最终的死亡前心情败坏，影响肉质。

做完这一切，我站起身。岸上行人熙来攘往，无人知晓刚才我做的一切。他们只关心眼前得见的事，一日三餐，一叶障目。至于水面上的蚍蜉，朝生夕死，自是无人理会。

捕捉回来的当天，我将鲛人放进院角一口青瓷大瓦缸中，空腹蓄养一天一夜，让其吐净体中的泥浑，再慢慢加入"风盐"——本地的一种特产调味料。每年白露前后，夜来霜重，寻常民居房前屋后的紫苏草上总会结起一层细细的白霜，微咸，贫寒人家的未嫁女娘为了补贴将来的嫁妆，常常会刮下这种紫苏盐霜，在暖暖的秋日太阳下暴晒，一斗霜晒到最后总会得到四五钱这种盐，是腌制鲛人的不二法宝。"风盐"一没入缸里，鲛人的触肢就缓缓蠕动，泌出起泡的黏液，那咸味慢慢就浸进去了——鲜活的肉体这样浸腌调料，切片的口感才会格外好。

然而这还不够，还需得在满月的夜里，去面向月光的山坡上采集"琉璃糖"。属于我家的产业里就有这么一片生满了兰花的坳潭，月光好的晚上，雪似的光辉会顺着山坡一直流泻到深潭里，到最后潭水会被月光挤得满溢出来。这样的良辰，把绣花用的竹绷插在兰花田，待风送月光，轻轻飘过，慢慢圆形竹绷上就会凝起一层半透明的冰糖。趁天还未亮拿回来，用榔头一敲，琉璃样薄薄的片糖便淅淅沥沥堆了半碗。

而鲛人早已因为饥饿沉睡在缸底，眼睛微翕，面容模糊美丽。我只能远远走开，挥挥手，早有下人烫洗好菜刀砧板，姿势熟稔地往缸底一捞，不过寻常宰鸡屠狗尔。

再见得它，那美貌无端的尤物，不过餐盘中拌好的一盘细细肉脍，裹了霜样的琉璃糖，像雪天里情人睫上半融的泪。肉脍旁的梅花小碟里，依次是微辣的赤酱、辛芬的绿芥，还有遥远路途运来的山西糟醋。随意蘸取，然后和了泥封里新拍开的汾酒来喝，唉！那滋味极之耐嚼，越嚼越发清甜、细、微腥，让人忍不住颤巍巍地叹息、心痛，总觉得是故人经年重逢。

三月里以来，可能是吃了太多鲛人，我越发神昏身倦。衣袖滑落手臂，经常在白日阳光下沉睡，然后被花瓣所埋。果如《异物志》所说：鲛肉性异，或食之寿，或食之毒。是寿是毒我都不计较了，我心里只想着城东谢王侯家的四小姐。那个女人，颌小眼细，和衣闭目在神佛面前时，粉色颈子绵延到层层叠衣以下的肌肤，让我贪馋不已，犹似又嗅到指尖的鲛香。天地万物间还没有什么东西给我这种感觉，彼时我立在佛堂外，袅袅梵音催动着花瓣，渐渐迷了我的眼，由此我判断我爱上了她，像是对鲛人肉的无止索求。

但是很快这爱让我痛了。

谢四的马车骨碌碌经过长街，长街边有一个游学的少年，我无法得知谢四透过颤动着的横排竹帘看见的他是个什么样子。总之，那车从他身边经过后，少年俯身，略带诧异地从鞋前尘埃里拾起一只镶金醉花簪。

接下来发生的事情对这个时代的女人来说不啻于一个公开的秘密。

那少年，他死之后我知道他叫长生。长生穷，一碗粥划成好几块，灯火下看书。然后他的际遇很久以后都被他当做破空而出的梦——柴扉有人轻叩。他才开门即被人一把拉了出去，马车、长街、朱门，巷道长长复长长。尽头有美人等他，不问情由，以身相许。缠绵再缠绵，这就是在佛前合掌的少年女郎。她眉眼虚空，貌似虔诚，却吸引得撞磬的僧人眼神忽烁，当然这一切也可以只怪廊外落花，三月春风，端的是恼杀人。

几昼几夜，水仙香暖。梳着灵蛇髻的谢四夜半来，天明去。长生衣衫零落，将自己葬在洁白的棉被下，水米未沾，神思恍惚，好像缸底面容安静并且微笑的鲛。他明白自己卑如蝼蚁的快乐，所以不想挣扎命运，明知几步以外的房门从来未曾上锁，并且枕下的织锦袋里，还有一些黄金的花钿。

长生不是最后一个让谢四吃掉的男人，我觉得她很脏。白衣表面，内里淫奔。我想着她的时候觉得心里微微痛，后来发现手指也痛，原来是伸手入水面，碰到了未曾出水的莲花，被锋利的花瓣划出了血。我收回手指，这样的女子，我必须处罚她。

但是一切还来不及开始就自行结束。谢四死了，天刚破晓，谢王侯府就挂上了雪白的灯笼。她死于一场急症，死前吐了很多血，还在笑。

王侯府的仆从冲入后花园里的密室时，锦榻上那俊俏的书生鼻唇青紫，谢四长及脚踝的黑发颓然盛开，铺落一床。床下安静跌落着一只拔尽羽毛的鸟儿——名叫"百花翎"的鸟，在古代本来就是鸩的一种，甚至还有种过之而无不及的秘用，男女间通过一吻可以将毒传给另一方，所以用"百花翎"的羽毛浸成的酒，又叫"同生共死"。也只有在巨靡奢侈的谢王侯府花园里，才会飞翔着这种只存在于传说中的鸟儿。不知道长生在白日里第一次见着这种误入窗扉的鸟儿作了何想。我们只知道他最终的决定，谢四，那侧脸雪白妖媚的女子，他既然不能光明正大地得到她，那么就带走她，像个男人一样。

这在苏州城里是一件秘而不宣的丑闻，我爱的女人死于这一场丑闻。要命的是，从生到死，她压根儿与我没有任何关联。

我日日梦见她提着灯笼、衣衫半褪，在晦暗的长巷深处阑珊地对我笑。我隔着幽冥悲哀地触她，触不到。也许我该再吃一只鲛，这样心情会好一些。

我遇见了长三。

长三巷子是苏州的青楼聚集地，苏州河在这里折了好大一个弯。映着灯火靡费，这个河湾讽刺地开满了洁白的莲花。那天天气很不好，斜风卷浓云，有雨扑簌下来。我撑着青油布雨伞慢慢地走，这时，我听见了鲛人在莲花下轻轻地呜咽。

拂开一重又一重浓重的莲枝莲叶，浅白雾霭里，我看见了纠结着莲花茎梗的长三，这是一只雌性的鲛人，面孔雪白表情空漠地看着我。隔着水面我们相望，我仿佛看见了另一个世界的谢四，它们眉目之间真正有一点神肖。

我没有带青犀角，迷惑不了长三，只好够了胳臂徒手捉它，还有些担心，因为鲛人其实是很狡猾的物类，再加上它们身体又很滑，很难捕捉。想不到长三应手而起，脚踝还拖着沉甸甸的物事，是一只雄性的鲛，它爱慕地看着长三，表情欢喜。我下意识地觉得恶心，捧起连成一串的两只鲛人，迎头便往岸边寿石上重击，那一直冲着我们单纯微笑的雄鲛立刻脑浆迸裂而死，软软滑下，好像一件绢绸衣服，柔弱地沉向水中。

长三和几掬河水安静地栖息在我合拢的伞里，我小心地抱着伞，特地采了一枝莲花放进去，安慰她我所想象的凄惶。

它是第一只我不准备吃的鲛人。

它被我妥帖地安置在靠水的北园里。那里总是烟雨蒙蒙，对人类来说，湿气太大，对它来说也许是一个舒服的居所。

房间正中有个正方形的浴池，我吩咐匠人凿了几个拳头大的小孔接通了外面的苏州河水，这是长三的床。我把它从伞里哗哗倒出来时，连带倒出了半斛珍珠。长三它在哭。

229

第二天我去看它的时候发现它已不在池里，木底地上有银亮一条线，顺着这条线穿过几个房间，在敞开的宽大花阶上，长三好像一只巨大的雪白蜗牛，蜷缩于地。我捧起它的脸，它立刻奉上它的唇，它也许还在混淆我是某一只雄鲛？神志不清。

我扭头避开，毕竟只是一只低等的奴，因着那张脸而存活，不必成为盘中蘸酱的肉脍，但永不可能成为世间的女人，和我有着共同的情爱。

第二日我醒来又去看它，下人已经把吩咐准备好的木盘搁在北园的墙下。木盘里是层层衣料流苏，一层杂着一种香花。是我的玩偶，我自然要用最美的花钿来打扮它。不管它是否愿意。那钿盒里的朱砂膏是为它额前点起江南最时新的梅妆；蜀地运来的彩锦，予它裁了天青色的狭身罗袍，而里面自然要配上云香色的抹胸。艳是艳丽，但它总觉得疼痛，在层层绸缎里腾转翻挪，如同一条即将从俗世纷扰里蜕皮而出的蛇——鲛人的身体太过细嫩，除了在水底的偶尔玩耍外，其实是不太经得起衣料的摩挲，哪怕是最轻柔的丝缎，久了也会在两肋磨出血迹斑斑。

"你若不想被吃掉，便要变做我心中的模样，虽然痛苦，必须忍耐。"我在池边蹲下，抓着它的长发。它的脸被迫支起，承受着我上面的字眼。

"我要你变做人，变做比谢四还要美丽的女人。"

它听不大懂。但是它还是安静下来，碧珀色瞳人里有惊惧，还交杂着肉欲的爱慕。我只是站起来，将手中小半盒香粉倾倒在它赤裸的肩头，姑苏的香粉，最能祛湿除潮："今后少待在水池，晚上晒月光的时候时常抹涂，说不定会长出女人柔和干燥的肌肤。"

长三很乖，很听话。听话得堪比我猎苑里驯养的狼犬，秋天还没过完它已经可以攀住墙壁慢慢地行走。浅粉芙蓉濡袍下的小脚，是我请教了年老的妇女，亲自去给它裹的。裹好了脚的长三，走起路来更加疲惫疼痛，但是见我一踏进北园，还是欢欢喜喜地蹒跚迎上来，尖尖的脚跟划出两条长长的血迹，坠在裙子后面，像两条漂亮的红色缎带。我会叫它长三，"你知不知道这个读音的含义？"

它总是对我发出"噗"这个简单的音节。我只好自问自答："'长三'是一个苏州城里极贱的地方，里面布满了青楼，青楼里开满了烟花。当然它还有一层意思，它和一个女人的名字非常像，它叫谢四……"

长三对最后一个词格外敏感。总之以后当我无意中叫出谢四的名字时，它以为是唤它。彼时月满中天，我褪了鞋子坐在长三的水池边喝酒，然后我叫"谢四"，我的指尖立刻得到了一张柔软的脸，它仰望着我，轻轻呼吸。

"谢四，"我问它，"如果我在长街上再遇见你的马车，你会为我停下来吗？或者再遗失一枚金簪，晚上偷偷着人来讨？"

"谢四"不说话，它什么都听不懂，只是潜下我的膝盖，翻身滑入水池，像条真正银白色的鱼，静静浮游。

我向后倒在木纹地上，想象着自己的手里正捻着那只簪，笑："但是你的下人如何讨得回去？我不是那些没根没底的少年郎。因为这一见钟情，你会亲自来拿么？"

推开门，谢四低头进来，沉重的发髻上斜插满火红的榴花，透明的棠纱衣下是洁白浑圆的肩膊。谢四说："我只是来拿簪。"我睁开眼睛，静默了一下："长三，以后头发是湿的时候不要靠近我，还有，你身上总是很腥，让我想起了海边的鱼货。"

结果下次再去，水池里浸满了火红的木棉。那没有香味的花，长三静静潜藏在底下，莫非它以为这样久了就可以遍体生香？

231

差不多是这个时候，我托人从合浦买了一个丫头，原先是个采珠女，虽然出自贫寒人家，但仍然漂亮得脚趾都做雪白。我为她命名叫谢四，与长三不同，新谢四换上华美的衣裳很快能进入她的角色，毕竟是人类，没有其他琢磨不透的情感。

谢四一度成了我宅子里最风光的女人。仆人见了面都恭敬地称呼她并且低着头慢慢退到三步以后，让谢四的锦花鞋子可以骄傲地从容走过。长三一定知道了谢四的存在，好几次我携谢四去北园游玩都没有看见它，它把自己作为秘密隐藏在新采摘的满塘木棉下。并且我叫着"谢四"这个字眼的时候它也不再会浮出来。

然而谢四很快开始郁闷。原来她很贫穷的时候得到了彩缎衣服、金钗和鞋子就会很高兴，但她得到这一切后就想要更多的东西，比如我心里最隐秘的感情、最全心全意的爱。但是她很快失望，弄清了真相后她发现自己不过是别人的一个昂贵替身。然后她开始放任自己，不再每天沐浴洁净身体，发上簪子的数量也不再多于两根，我经常在醉花荫下拾取到她的一只耳环。在月夜里，她在我紧闭的大宅里独自游荡，直至失踪。我想她最后去的地方，应该是长三的水池，她也许在这咸腥味的水里又想起了她的故乡，所以她好好地哭了一场，摆脱了她此前十多年一直很喜欢的沉重华妆。最后她进了池塘，去寻找梦魂中的珍珠。也许找到了，也许没有。

第二天清晨我觅到池边，看见长三在玩一只雪白的骷髅球。

接下来我和长三度过了许多年岁。我眉目之间渐渐萧瑟，也就是说我已人到中年，但是长三，它还是鲜嫩如初，冷冷的，安安静静。我此后的岁月并没因为长三的不喜而全无其他故事。在一次夜宴，我结识了个教坊司的歌伎，年纪已然不轻，然而风韵犹存，好勾了琵琶唱《踏莎行》。第二天我就用马车将她载回家，是那种有着横排竹帘的马车，在碌碌行进时看街边美少年的脸，颤动的、分成一线一线的暧昧迷离。

这个歌伎，我用一百两银子换得她叫谢四，这个谢四倚着横排竹帘转过头，对我说你看街边那个胡人少年，皮色黝黑，真的是有趣呢。恍然如昨。

谢四就以这种方式不定时地出现在我的宅院里。根据收受的碧玉或者琉璃簪的价值来决定自己叫谢四的时间长短。当然她在别的士大夫那里也会根据别人礼物的多寡被称作其他名字，或是春红，或是秋香？

收了钱的服务自然格外殷勤格外好。这个谢四像极很多年前那个王侯家的谢四长大后的模样，比如在佛前极虔诚，合目跣足不惹片尘的样子，都是反射很多年前的景致。只是长廊夜深时她哄得我在臂弯里沉睡，然后提着风灯，裳褪肩裸地踱到尽头的百宝室里，去偷大粒珍珠和钱，犹自贪心不够。

八月八的时候，长三巷子里的勾栏纷纷在苏州河上游花船，船首的红官人披金戴银，扮嫦娥，扮观音，扮一切不染尘俗的仙子，结果却是为了评花魁，来年好自增身价。谢四侍在岸处我的水榭里，算得上是良家女子，偏要忍不住在箫笛空闲的片刻，偷偷去立在沿水的高木阶上，让风吹体轻，花簇鬓高，衬着水下也许鲛人所扮的华丽倒影，非要高高地和脚下花船上的官人们争个高下，引得围观市井，无不啧啧有声。

但是因为她是我伸手可触的谢四，所以我饮下一杯酒，笑笑。

七夕的时候在月下看流萤，她帮我将金橘浸在阳泉酒里喝。我还记得那天对面的谢四穿着白色竹布夏衣，显得非常清爽。这时我们听见一阵缥缈的歌声，在月亮下冷冽入骨，这歌声滑过我们身边的绿蘘草，在草尖徘徊成气味芬芳的酒酿，滴到盛着阳泉酒的浅碟里，那酒便格外清冽起来。

因为谢四不喜欢，她来以后我已经遣散了府里所有的歌伎，是什么人，在月下微微地挑战着她面色发红的尊严？她扶着我，我们穿过竹林，最后来到了长三的北园。北园草萋萋，及膝长的草每一株都长成了一只仙鹤翘首欲飞的形状。在植物芬芳的拥簇中，长三抱膝坐在平坦开阔的花阶上，沉重的飞天髻后仰，使那张纯白无瑕的面孔直对月光，身后蜿蜒铺展的水晶纱摆是月下独徊的半透明阴影。

看见我们来，它鸥鸼一般折身扑回水里。

"那是什么东西？"谢四的脸带着天生的轻贱相。

我持着她的手臂，居高临下地看着水中瑟瑟白影，"水凹里捉来的玩物，原来准备伴着莲花一起养。你喜欢便送给你玩。"

那天谢四走的时候很欢喜，破天荒没要她该得的那只玉连环。

后来她往来频繁，红漆圆提篮里带着她精心制作的吃食：糖卷、素包。递到跟前却不是做给我的娇俏，非贴着我要去喂鱼玩。

鱼，就是寂寞靠着水池阑干的长三。谢四临水把点胭脂的白糖卷递到它的鼻前，乖！过来吃。犹如饲着一只东瀛锦鲤。

长三从水面之上翘起睫毛看她，突然进前！和着点心咬下了她葱管一样三寸长指甲，谢四惊得"扑通"坐在地上。长三吐出了糖卷，它素来不爱甜食。我猜它本想噬断谢四的手指。

水里的长三最后一次与我冷然相望，然后折身走回深深的水下。冬天的安眠提前到来。谢四气得拽着裙角，池边来回怒骂不休，满篮的糕点统统掼在了水面上，激起无关紧要的点点水花。

贾商的船自东海飘来，贩来硕大的东珠，还有小半舱满城裙带争相围观的珍奇玩物。闻说我饲着一只鲛，大肚商贾便于某一天清晨，带着最纯粹耀眼的金子，翘着胡子走进我的二门。他要买长三，关在透明琉璃的巨大盒子里，运到三山、方丈等地去兜揽，那里没见过稀奇景儿的人们一定会发疯似的高价买票。

我挥了挥手，转头自去喝酒。仆人独自带着贾商，穿过沾雾的回廊。拿网兜将沉睡恍惚的长三自池底拽起就投入贾商带来的木桶里，为了保证它的新鲜，据说贾商还往它身上淋了一些菜籽油，再拿短木棍搅了搅，他对这场交易非常满意。这一切都是仆人跟我说的，同时给我看了贾商交割的十块马蹄形黄金。我将这些黄金掷入了长三待过的水池。它们沉在那里，再无什么情绪。只是有时我想看看我的鲛人，走到池边看见这些黄金才会恍然大悟。

此后很久没见过长三。那个歌伎谢四看上去更老，怎么突然就白发苍苍，老得我都不愿意跟她来往。再后来我娶了一门妾，城北小吏的女儿，姓谢，排行第四。洞房的时候大红衣裳衬着巴掌大雪白的面孔，十三四岁，身量未足。有调笑的仕朋恭喜我们曰：一树梨花压海棠。

小谢四脚板很大，并且有些臭。她晚上爱潜进我独卧的房间，在我左腋下蜷成一只球样睡。问她为什么，她睡眼惺忪地答道："一起睡我才是你的女人，我是你的女人，我们家才可以光明正大地拿你的钱换米换肉吃。"

她自觉自愿地在我面前扮演起小女孩甚至是女儿的角色。"我还小啊！"她要你的怜，进而要你的钱。我干脆用铜钱铺满她的小床，转过身却独自怀恋过去那些体态丰美容色艳丽的情人。

这个时候鲛人的存在已不是秘密，苏州城的早市上常有粉红色的新鲜鲛肉挂在铁钩上和猪肉一起卖，两二文钱的一小绺。寻常妇人拿柳条篮拎回去，早上剁碎了加皮蛋屑一起煮粥，随便撒上些止腥的葱姜，据说有滋阴生津的效用。鲛人被发现的过程很偶然。长三巷子里有个特别的妓女，每次她攀上高高的木阁楼，总有许多公鲛破水而出，发出奇怪的呼叫。钦天监的灵台郎说：物有妖相，地动山摇。这个妓女让我心有所动。

果然，是长三。这么多年，我颤巍巍地伸出老年人长满斑点的手去够它的时候，它还是那么冷冽无瑕，只是厌恶地向后缩一步，地板上留下鲛人独有的潮湿痕迹。当年它根本没有踏出苏州城一步。大腹的贾商看着木桶底衣衫尽剥的她，突然喉咙咕噜噜响，起了色心。但是他一手抓起长三，涂满菜籽油的后者就从他宽大的指缝中滑腻腻地溜下，活像没有壳的巨型蛞蝓。贾商完全不知道该怎么办，他围着木桶走了很多很多圈，抓耳挠腮，最后一口鲜血，就这样喷地而死。长三被抓，软软地瘫在衙门大堂幽暗的青砖上，不知堂上的大人怀了怎样的心思，判它入官为奴。

然后很多很多年过去，她的艳名渐渐传播开去，这个传播开去的名字，她自作主张，叫谢四。

但是我伸出手，叫她谢四的时候，她头扭到一边，不搭理。然后老鸨出来继续收钱，"我们姑娘今儿个身子不爽快……收了一锭金子后，官人请慢慢赏玩，谢四还不快给官人唱个小曲……"

长三终不肯跟我回家，当着我的面它甚至以五个铜钱又接了一个贩夫的客。它与那个黝黑粗笨的贩夫奉茶唱曲，婉转迎奉，甚至还咿咿呀呀地唱了一首苏侍郎的《水调歌头》。我叹息一声，拿起手杖慢慢走回家，身后唱曲的长三，扯起一块锦帕半遮住了脸。

小谢四在我不经意间已经长成大谢四，脱了小时候的娇俏，她现在就是一个面容乏善可陈的年轻女人。古怪而皮色泛黄，说话很是刻薄。她得到了金得到了银，但是怨我，误了她的终身。我有心休她，她又说，你始乱了，现下终来弃。我说，那么……她钻进我这老人的被卧，说干脆一起死掉，这样谁也不再欠谁。结果第二天她就看上了新来的长工，他在檐下的迷离阳光中裸着精赤的上身搬运谷米，长得很像很多年前我从长三身上摔死的雄鲛。我的小小谢四终于跟他一起跑掉。不久以后海边传来消息，说那男人抢了她的珠匣，再掐住脖子将她溺水而死——以前我们

236

情到浓处她也曾说过，这辈子最大的满足莫过于死在心爱男人的手上——现在她求仁得仁。而我的爱，只停在很多年前的回忆里。我拄着杖，站在烟雨迷蒙的窗下想，觉得很寒冷。

长三，这个世上只有我和它在。

但是它，完全忘记了过往。它只有躯壳像人，尽善尽美，而内里皆是鲛人天然的本性弥漫，日日欢喜于这人间有如许美婳的男子可以无穷地满足它片刻欢心。甚至连我的家仆，有几文散碎银子就可以去惠顾一回，回来小声地议论人是白嫩，但是腋下却有鱼腥气，仿似骚狐味道。他们说到得趣处，吃吃地笑。

当年我为它裁的兰草衫裙，放在金丝柜里，早已褪成苍白颜色。

终于有一日，它出了事，迎来的客人，是和我一般嗜吃鲛肉的人。长三的美貌，在他面前有别般的活色生香。是的，生香。只是一个温柔地拥抱，那男人就在它的肩脖生生咬下一块半透明的肉。

长三惨叫一声！

丧失了美色的官人，我以为我的竹帘马车终于能将它接回。

马车里它的肩膀还包着厚厚的药棉，它的触肢还在我冰凉的手里。但是它的眼睛，再不在我这衰老的男人身上。它贪馋地透过横竹条帘子看出去，有五陵游侠儿骑着马，并辔走在我们的马车边。长三吮着手指，笑得像吃麦芽糖。

北园的晚上，其实已不止一天，连仆人都以攀墙偷窥为乐——我终于知道，那游侠儿夜夜越墙而来，迎着浓妆的长三共效鱼水，还端着它的脸，仿照前朝野史里的称呼，唤它非烟，步非烟。

非烟，后世用它共称不忠的女子。

这就是我一生繁华的情缘。

我离开了北园，唤来了老仆。替我准备风盐，还有琉璃糖。月洞门里的木架上，应该还有残存的犀角屑。

　　那晚我就吃到了它，盘子里水晶一样透明的肉。竹木筷子挟起来，长长薄薄、怯生生的一条，先是红色的椒酱，再来一点葱绿的芥末，然后醋里涮几下。我放在嘴里，仅剩的几颗牙慢慢地嚼。疲倦。仍然何其庆幸，只有我这样的大富之家，才能如此齐备地尽享一只鲛的美味。还是这么多年来，我亲手、精心饲养的一只鲛。我的眼泪下来，我终于完整地得到了一个曾叫谢四的女人。

　　虽然它的味道，和其他无知无识的鲛，并没有什么不同。

　　我真正是老了，苏州城依旧眉目如画，清凌凌的河水由上游山石而来，哗啦啦地穿城而过。河岸上的百姓安于平常快乐的生活，休养生息，欢声燕语，和几十年前恍然的光景并没有什么不同。河水里的鲛人同样生机繁衍，在日下明晰的倒影游戏里，某个男装的女娘鲛或者又看上了另个穿了僧衣做和尚打扮的雄鲛，然后在岸上书生与和尚交错而过互不相干时，自双双携了手去浮萍下交欢。

　　这人生在"我来"和"我走"之间，并没有什么区别。任是繁华，转眼便颓败消散。

　　只是，在我的生命如青色宅门缓缓关闭时，宰鲛的老仆说了一件事。他杀的最后一只鲛，其实并没有用上青犀角。那鲛是在极之清醒的情形下引颈就戮的，甚至还松了一口气。当天它的长发在身畔恣意招展，它迎着刺过去的利刃明媚微笑，然后眼睛缓缓闭上。不过以鲛人极之愚钝的智力来说，像喜鹊一样以为闪光的东西就是廉价的珠宝，这也说不一定。

　　是吗？也许。我倚在紫藤太师椅上，手放在胸口，缓缓、缓缓地闭上了眼睛。热闹的春天在我周围大片的白个儿渲染开来。

残　简

谁在川上曰：逝者如斯乎？

犬玫瑰从川上回来，捡了一个痴痴呆呆的男人，男人，犬玫瑰不感兴趣，把他像块石头一样丢给柔和天，自己摇头晃脑地跑到水槽边喝水。柔和天秉承佛性修行已经七百多年，早已是不杀生吃素的了。但是看到这个男人青衣白肤地坐在灯烛下，还是忍不住伸出手指在他脸上勾了一下，拿到嘴里吮吮。这真是一个好看的男人，吃起来会格外丰美吧。然而佛在龛上合掌凝视着她，柔和天打了个哆嗦。

男人在后院狗窠住了下来。每天拖出来塞给他一根笤帚，倒也能将俯瞰三江的整片青石台打扫得一尘不染。吃饭时就面朝角落坐下，如果不塞给他一双筷子是不知道吃东西的。柔和天每天修行，采香花舀清泉供佛，座下还有只欢蹦乱跳的犬玫瑰，天台山一万四千年来亘古不变的幽静早已凝固成一整块微青色的时间，虽然咫尺山下即是热闹的红尘人世，生老病死，滔滔数年又不知是何时何事，但是山上清净的生活是片叶也不粘的。在时间静静的流逝中，这男人坐在阶下，房檐外的右肩时常积起一层薄薄的柳叶儿，很快就和屋角的水缸，门前的石兽，檐脊的飞龙一样，一直在那里，却又没什么理由，只是流年暗转，青苔催生。

又到八月中秋，犬玫瑰从后阁上找了一副模子来，柔和天做饼，粉是专门赶了八百里，到最近的琼来集市上去沽的，约好秋后折了莲蓬去还。馅就捶了一些脆的莲米，还有琉璃青坛子里的蜜玫瑰，被犬玫瑰嗅着，欢蹦乱跳了好一阵。做了十个花褶的圆饼，宝塔状堆叠在高脚盘子里，先拿去供了佛。

好容易晚上月亮上来了，轻纱一样不断升腾的袅绕云雾间，一轮八爪明月渐渐现了出来。犬玫瑰兴奋得摇头摆尾，对着月亮吠了好一阵，又低头去吹阶下的香炉，吹一口，烟雾又曳地升起一缕，袅袅飘飘间升上碧空，散在月亮周围。那月亮生着八只赤乌爪，不断地把身边的小星子扣下来塞入肚腹之中，渐渐地越发精光浑圆起来，间或爪趾间漏下一两颗星子，呼啦啦呼啸着一路望东南方而去，东南某处即刻冒起一阵火光，须臾散去。柔和天握着白玉佛珠极目望去：梁州城大旱三十年，又有一颗星辰，笼着红光，往巴蜀而来，及至眉山上空，却又分做三股，就此停坠不下，柔和天正在心中思量间，忽觉犬玫瑰来拉她衣角，原来几颗星子难得地落到面前的青石台上，火星迸撞间撞出一两个小坑，犬玫瑰就欢呼着叼了回来，一字排开在案上。柔和天取一粒微微发烫的星子按在圆饼中央，依次类推，高脚盘子上漫起一阵薄薄的银白色光华，滴滴答答直淌到桌上。取块饼咬一口，干爽的饼外好像裹了一层稠稠的糯米浆，中间的星子嚼起来更像一块冰糖。柔和天扔给犬玫瑰一块，犬玫瑰高高兴兴叼到一边舔了起来。香炉边的阴影里，那男子暗暗地赤脚静坐。柔和天拿块饼在他面前蹲下："吃一块，增寿的。"那男人越过饼就那么看她一眼，一弹指间柔和天仰头一愣，瞳人间粘上了一层薄雾样的东西，散发出三春桃瘴的气息，柔和天眼眶附近，顿时变作粉红，她茫然地眨着眼睛看去，那男人微蹙眉头，低头不语，在这清风明月下竟别有一番情态。柔和天心下一惊，撩起裙子转头奔入房中，圆饼在地上滚了几圈，跌入尘埃里化作无形。

水声山声天籁声无处不响，柔和天急急地跑动，穿过越来越深的回廊，几处月门，在漫天月色照耀下直奔到后山崖上。下面云雾深深，水声阵阵，燕子瀑深年累月冲刷下去，迎面一阵水雾扑将上来，柔和天迎头跃下，反手抓紧半壁上丛生的湿兰纠结的叶子，巨大的水流瞬间将她淹没，她仰头睁大眼睛，眼中的雾气化为一雄一雌两尾小蛇，啾啾鸣叫着顺水冲入万顷荷塘之中。

那夜柔和天就宿在荷塘里，她蜷起手脚伏在荷田深处，化作一段白藕，沉沉入睡。头顶两尾小蛇低低鸣叫着在低垂的花枝中往来嬉戏，究诘交还。

蛇，又是两尾月华一般溶溶的小蛇，一雄一雌，从漆黑的洞口柔着身子蜿蜒而下，小石子从山坡上碌碌滚动下来，退后稍远的地方看，那洞口赫然是一个枯骨干涸的眼窝，再远一些，那座低缓的山坡，竟然是一座累累骨冢！

"啊！"凄厉的惨叫划破这月夜。高楼，香榻，帐中美人狂叫，"受不了……受不了！他还没将那个东西拿回来么？"

四周的俾儿吓得花容失色："公主，再忍一忍，快了……"

男人在梦中霍然而起。

藏经阁上，五更的水漏"啪"的一响，柔和天横眉一惊，糟糕！经又念到哪儿了？

唉，这男人留不得！天台山清净的秩序在一点点被打破，秋天都到了叶子还不落，仍旧翠绿地生在枝上，五色桑还新挂了一串串朱红的果实，原菊开始重新抽芽，并且山石间还出现了这个地域不曾生长的珍珠蕨。万物催发，地气上扬，这些春的特征使柔和天在念诵般若波罗蜜心经的时候总会打结。她又想起那个看起来雾蒙蒙的男子，不行，待他恢复神志之后，必须赶快赶他走。

241

昨夜门廊上的迎客铃叮叮咚咚地响了一晚上，天薄薄亮的时候，犬玫瑰在川上的泥涂里发现一柄剑，一柄很寒碜的剑，剑柄的宝石都被撬光，深深浅浅的坑洞里寄满了红色的沙虫，但是剑锋依然锋利，在渐渐沉没的沙里映着水波发出隐隐青光。柔和天赤脚把它从水里取出，一串水珠迎风从剑尖滚下。她笑着伸出一根手指弹了弹，远方的山谷里一阵阵漾开清啸的凤鸣之声。柔和天欣喜非常，将它带回放在禅房里的七弦琴边，当做一件新的乐器。

　　男人在犬玫瑰面前蹲下，这使得他看起来和摇头摆尾的犬玫瑰几乎一样高。这里新来了人么？告诉我。犬玫瑰具有神通，但是不会说话，它只是看他一眼，然后抬起后腿挠自己的脖子。

　　月夜里柔和天弹着那把剑，剑托是柱，剑身是弦，一弦一柱在思华年。男人的心被绞紧了，梦里他按着左胸，左胸什么东西，*丝丝绊绊牵扯不休*。他在睡眠中坐起来，踉跄走过黝黑宽大的回廊。云巅之上的天台山无痛殿，不知何年何月就矗立在那里，《琼来县志》中，自魏晋时就有村氓误以为海市蜃楼，天上琼阁。那年深月久的楠木建筑坚实黝黑，不为所动，走过一重阁，一回首，就像过了一整年。男子没有回首，他捂着胸口向前走。十六岁，殿试校场，高中魁首，是夜赐宴琼林，那真是少年走马，春风得意。夜深酒浓，离开喧嚣的人群，他握着一把酒壶朦胧迷失在禁宫深处，高台、低阁、繁花、歧路。他醉眼迷蒙地在一条小河边蹲下，河对岸花树下，一只白鹭正在那里舞蹈。记忆里那只白鹭，细细的脚爪从白色的细羽里伸出来，它敛着翅膀，一跳，转身，再一跳。他看得有趣，动了把这只白鹭打下来的心思，随手折了近前一枝桃花，抹去花瓣就这么扣在手心加上三分力道射了出去，白鹭"咚"的被钉在对岸花树上。"呀！"一声惊叫，他站起来，酒一下醒了，哪是什么白鹭，分明是一个白衣的小女孩子，身量未足，梳着垂髫，赤脚在树下独自玩着跳房子。幸好只是挂着了衣衫，他灿灿拔下那枝微微冒绿的桃芽，扭过头不去看破洞中露出的那一小块明亮的肌肤。却不妨到，有两条细细的银丝，悄悄蜿蜒下衣垂，静静盘到两人脚边。羽、宫、商。柔和天曲起指头顺着剑锋一路拨下去，叮咚的音符散落在袖边，这应该是《梅花三弄》吧，奇怪的是，窗外的梅花却苦苦抗拒着不开，而五里外的桃林却争相催发起来，一瓣瓣嫣红地拱开枝头，一脉脉一直蔓延到窗沿上，风一吹，屋外的空地上立刻缭绕起来。虽然只是小小的幻术，但是柔和天还是开心得不得了，桃花桃花，问你何时谢呢？一片桃花静静飞到某人鼻端，他伸手拈住了它，顺手把它戴在那个小女孩的耳边，你叫什么名字？

五子……不，妩子，宋妩子。她鼓着嘴巴说，虽然宫里的执事不许我叫这个名字，说是犯讳。但是五不好听，我就叫妩子。她低头抚着自己的青丝。你是这哪一宫的女眷？她抬头想了想，不确定地说，我们住在白鹤殿。白鹤殿？他疑惑。宫中殿名都有严格的制式如"含章"、"华阳"、"未央"，无不深含吉瑞，如是以兽禽命名，则是蓄养畜类的所在。是白鹤殿吧。女孩歪着头想，中庭也立着铜鹤，檐上也雕着葳蕤白鹤纹，我们的衣服上也有。她侧过身子，向他展示身侧绣着的一只小小白鹤，那白鹤舒着翅子，她说它是要飞到瀛州。我也想飞到瀛州，你不知道白鹤殿是多么黑多么冷，姐姐们蜷伏着身子躺在冰冷的殿堂里睡觉，梦好长，有的天没亮就飞到了瀛州，只有一具空空的躯壳依然保持着蜷缩的姿势，风一吹，就白烟样吹走，留下来的，总有几个要列成队随执事去拜见长公主，她们再也没回来过。执事说她们化做了白鹤草，亭亭生长在庭院中。

呀！柔和天抽回手，青锋上隐隐一抹血光，她把淌着细微伤口的手指凑近唇边，窗外桃花开始谢了，夏蝉得意地鸣起来。自

243

剑锋始，整把剑卧在长几上"铮铮"弹跳起来，一个个音符倒叙着退出，直至最开始的"宫"弦，桃花退回了五里外，从来没开过。那男人第二天从旧布中爬起来，头痛欲裂，莫名其妙，天台山果然是一个高峻潮湿的地方。

无 常

从前有座山，山上有座庙，庙里有个老和尚。

老和尚对小和尚说：从前有座山，山上有座庙，庙里有个老和尚。老和尚对小和尚说：从前有座山，山上有座了不得的庙，庙里有个极为故弄玄虚的老和尚。老和尚对跪在他的前面、头发总也剃不干净的小和尚，说了很多、很多故事。

我就是那个小和尚，此刻，我剃了一半的长发正随着我的哭泣散落在肩头。面前的师傅，穿着青色的僧衣，一副得道高僧的模样。

我真的不想、不想当和尚。

有哪个年方二八、身体正充满活泼泼欲念的男人愿意当和尚？

我本是清凉山孤高寺外红尘镇人。正是桃花满心满脸的好年华。是红尘镇上洪员外家的小儿子，四邻八里出了名的读书人。下雪的时候，我常去城门外立立雪；烛尽的时候，去邻家西厢那里凿凿光；鸡鸣的时候，也曾起来舞舞剑。路边村妇端着清晨的洗衣盆闲谈：哎呀，听说洪家的小少爷昨夜又头悬梁、锥刺股。更别说为了刻苦攻读圣贤书，我将自己禁足在河边凉亭，让书童一日一日飞奔过小桥，送来一碗碗滚烫鸡油下的过桥米线。

人家都说，洪家小少爷，满身清贵之气，油纸伞下方步走得那是四平八稳、摇摇摆摆，从东街踱到西街，再从西街踱到东街，不曾看路上指指点点的妖娆女一眼。桥头说书的老夫子捧起一盏盖碗茶大喝一口：哎呀呀，此人非同一般！哎呀，以后一定可以连中三元，光宗耀祖！

嗯，于是这样早也读、晚也读，在十六岁快要读傻的时候，爹死了。

我把四书五经一丢，第二天就拿着《太真记》上了青楼，决定找个知音共同研读。但是去得太早了，妓院原来上午不开门。回家就被我妈拿下了。

孽障！孽障！老太太的龙头拐杖不停地敲击着地面，她在屋里转了几个圈，做了据说生平最重大的一个决定，把我当作功德，舍给了清凉山上孤高寺！

啊呀呀呀呀！

好惨好惨，我应该晚上去青楼的，我至少应该去一次青楼的。我读遍了书中自有黄金屋、书中自有颜如玉，到了最后学以致用的关头，被绑上了清凉山上孤高寺！

于是我被剃度。

但是说来奇怪，那头发怎么也剃不干净，剃了又长，剃了又长。在一圈高僧的围观诵经声中，我的头发前额头剃了后脑勺长，左耳鬓剃了右腮边又长，一缕一缕逐着剃刀，我一边哭一边忍不住吟：离离原上草。

最后住持方丈止住了准备去搬磨刀石的和尚。

只见这个须发洁白、飘飘如仙鹤一般的老和尚独自立在了我的面前，好像立在了红尘中一摊污浊不堪的粪土面前。青布僧衣的下摆流云一样拂过我的眼睑，真是清雅、清雅……我一想到自己以后就要穿上这样"清雅"的僧衣，然后剃光脑袋、天天豆腐白菜，路边再没有哪个女孩将我看在眼里、记在心里，就哭得更伤心了。

"是业火啊。"

方丈的手掌轻轻抚上我的头顶灵台。

后来听说，在我的肉眼凡身无法看到、感知到的时刻，我的头顶、全身，正被熊熊燃烧的红色火焰所包裹。寺庙里的每个和尚，连两个一胖一瘦、准备去抬水灭火的小沙弥都目瞪口呆地看见了。

"业火自心而来，当是红尘深种、欲念未息。"

凡夫俗子，凡夫俗子。

老和尚反复念叨了两遍。

"凡人的肉身太重，纵是天上神佛，也将它抬不过佛门清净地的门槛。"

唯有清心。

以止业火。

所以，"带他去见师叔吧。"

据说这位叫谨前的师叔特别会讲故事。他曾向东海龙王化来一片鳞，亦向西边王母邀来一颗桃，靠的都是讲故事的本领高强。据说，他的故事高妙的地方在于——讲到关键时刻，戛然而止，急死个人。要听下文？龙王也好，王母也好，对上他静静的眼眸，行，施舍拿来。

那个时候，我还不知道自己要面对这样一个讲故事的狠角色。只听得押送我的小沙弥议论：一定是让他听师叔讲故事，听不完的故事，郁闷死他，最终郁闷得他脱发，这下就了了师傅的心愿了。

谨前师叔穿着他极舒服柔软的青色旧禅衣，端坐在一个空旷的大殿正中。他居高临下又亲切无比地看了看我。

"我不想听你讲故事。"我大声地说。

谨前师叔不触不怒："我也没有给你讲故事。我要告诉你的，

247

是整个真实的世界。"

不受世俗人眼光蒙蔽的真实的世界——

"谁也不知道我们这个真实的世界到底是什么样子。你看，你面前有一个茶杯。"

我面前的青砖地上真的出现了一个明黄色的茶杯。

"然后，茶杯里有汤水。"

雾气飘过，茶杯里真的浩渺渺添入了汤水。

"你瞧，还有茶。"

汤水忽然变作棕色，飘出一阵又一阵清香，正应着外面缥缈的月光。

"人们认为的世界仅仅是口中汤水，可你瞧，还有点化汤水的茶叶，还有承托汤水的茶杯，然后我们才可以饮茶。"

我目瞪口呆地看着老和尚把这杯虚空中变化而来的茶汤端起，一饮而尽。

然后我顶上的头发突然不再自行生长，露出了点点秃斑。

"各诸因果，加诸彼身，一盏茶水，这就是世界。"

我痴绝了半天，甩甩头：师叔出家前，是从天竺过来要把戏的么？

然后我脖子上又蓬勃冒出了新的毛发。

各位，上面是引子——

说书的甩了甩衣袖，一拍醒木，列位看官，你们可知老和尚给小和尚讲了什么故事？

行。说书的接着笑眯眯地取出了大铜盘，不好意思，各位路过的，打尖的，或来听小老儿说书的，别忘了，我也是靠说故事来赚钱的呀——

以上，仍然只是一个引子。

哈哈哈。

248

你知道，我们红尘镇位于成都府的近郊，镇外有条溪水，每到八月，溪边就会飘满阵阵桂香，那条小溪便得名桂溪；桂溪外有座小小的和尚庙（它有时会抢我们寺的香火钱），这座庙因为遍植樟树，所以名为樟灵寺；樟灵寺外又有一个小村庄，村民在村口立了一盘巨大的石磨，就着桂溪上面流下的清水，一年四季就以磨豆浆和豆腐为生，这个村子叫磨子村；然后石磨边有一座巨大的石桥，石桥上刻着三个大字"磨子桥"，据说它连通到外面巨大的旷野与蛮荒之地，那里遍布沼泽，常常有不知名的鬼蜮出没。

　　好了，这其实是那些从来没出过磨子村的土人吃不到葡萄说葡萄酸，磨子桥外并不是什么鬼蜮出没的荒野。如果你收拾两个玉米面馒头放在包裹里，背在背上走出村外，再走啊走、走啊走，说不定会遇见九条尾巴的狐狸，穿白衣服、从树上倒卷下来的美女，还有就是牙齿跟短锯一样的青面壮汉，嗯，风景是多么特别啊，全国各地都看不到……如果你正好是个青壮后生的话，还可以看见不同种类的美女飘来飘去，她们的共同特征之一是很饥渴，一看见你就想和你谈情说爱。可如果你是一个腰粗膀圆的壮年女性的话，我也……我也不知道你背着馒头上路会遇见些什么，磨子村的古代历史上还没有壮年女性被怎么样的记载。

　　好啦，好啦，其实以上只是我胡扯来吓唬小朋友。在磨子桥外的荒野你走啊走，可能会遇见一座城，成都城。大家都认为它存在，但是从来没有人见过，反正荒野里只有一些大大小小的村庄与集市。比如买卖琉璃的琉璃场，买卖骡子和马的骡马市，还有买卖花椒的蔎香里。有一块长满野生红苕的荒地，大家可以去那里任意采摘红苕，于是就叫它"红苕地"，这个名字真是太直白了，很多年后的文人骚客嫌它不风雅，就给它取了一个名字，叫"红照壁"。

　　那个时候，我们谁也不知道这块荒地下面埋了很多象牙和火星人一样的金面具。有的时候，我们会在山上遇见一种黑白相间、长相圆胖的动物，比野猪略大，比狗熊略小，喜吃竹，很难打，即使打下来肉也不是很好吃。我们就这样穷而安分地过着简朴而不自知的生活，春天祭祀，秋天收种，白天耕地，夜晚酣眠，最多砍一根竹子，劈成一样大小的一百三十六块，歪歪扭扭地写上什么东啊、南啊、西啊、北啊，再画点油饼油条在上面，大家一起坐下来欢欢喜喜打麻将。

伸出小指在鼻孔里搅一圈，再抠抠跷着二郎腿的脚板：哎呀……碰……和——了！

所以你看，我们都是古代朴素的唯物论者，和全国各地的居民一样，有两尺布，就去裁件衣服；有两个铜钱的话，就去酒肆饮一瓢酒、沽一瓢酒。春节的时候，我们用红枣和糯米蒸"洗沙肉"，或者用咸菜和猪五花蒸"咸烧白"。与其他地方的人稍微不同的是，我们会在种植黍米的田地里种植一些海椒，然后在地头再种植两棵花椒，两者提供给我们辛辣的味觉，以驱除本地湿热的气候对身体带来的影响。就这样平平淡淡一直到老，我们从来不想虚妄的事，诸如那座从来没有人见过的成都城。

啊，成都城。

只有每年春天，这块荒地上密密匝匝地开满粉红色的芙蓉花，那么美，那么多，像海洋一样把荒地上的磨子桥、骡马市、红苕地们等已知和未知的地名统统湮没，连成一个整体，在浓雾缭绕间，从山顶上往下看还真像一座城了。我问我背后的小青牛儿是不是，小青牛儿欢快地打了一个响鼻，响鼻里喷出一片粉红的花瓣，在空气中打了一个旋儿：哞……

哎，昨天听说，因为我们这里的姑娘红色锦缎织得好，朝廷准备派一个管织锦的官儿长驻在这里了。

啰里巴唆这么多，我也不是古代版的《国家地理杂志》，犯不着在这里多做植入广告，我只是想说，本地真是一块特别平和、特别唯物主义的土地。但是呢，在如此平和、如此唯物主义的土地上，却常常会发生一些特别古怪、特别蹊跷而没法解释的事，比如房子旁边的井里生活着怪异的神仙，变成鲤鱼能游弋在雾气中的少女，还有走失的魂魄能化成异物等说不通的怪事。当时我和我周围的人并不知其所以然，所以常常深以为惧、大惊小怪。

当年呵，我也不知道我以后会出家，成为一个特别爱讲故事的大和尚，所以说这个世界真是无常。一直到我通晓佛理，俯身拜在了须菩提的门下，才慢慢明白了这个世界远不是我们所见的那样简单：在极乐的人间之上，还有神仙所居住的更为极乐的仙界；在悲苦的人间以下，还有鬼畜等所在的更为悲苦的冥界。几个世界各行其道，但总不免有一些细微模糊的交界，像米于沸水中煮出乳色的米浆，茶于冷泉中浸出隐隐的碧色。那种交界，便是一切不可思议之事发端所在，狰狞虚妄，又玄异美妙，是梦幻泡影，如露亦如电。

我受这些故事所感，于是在世道平常之际，虔诚地合掌站在路边，先把这些光怪陆离的故事记载下来，想着总会对今世及后世者有些许用处。

而现在我看着你，三千烦恼丝剃不干净的少年，你跪在我的僧袍前，为即将失去红尘的享乐而痛哭流涕。

你燃烧着业火，你醉溺在红尘，你以泥涂为食，你蜷曲又绷直着身体，你想着人生苦短，你希望抵死方休。但是你怎么能明白：一朵花从枝头飘离的时候还如此鲜嫩，而坠于我们手心时则腐败枯萎；为什么你清晨醒来，眺望明天，却在傍晚时分死去；你希望收获好的，最终却往往只能收获恶的。所以痴愚的人，我不是在讲故事，只是在告诉你，什么是无常。

什么是本心？

管织锦的官儿第二个月就来到我们这儿。坐着八抬大轿，想着自己恍惚的烦恼。

恍惚的烦恼开始于……开始于什么呢？仿佛开始于自己去了

一趟醉仙楼，酒啊，女人啊，以及袅娜婉转的南曲……每一步都腾云驾雾，好似在梦中。

醉仙楼是京城里名气极为响亮的一个酒楼，原址是前朝的一个寺庙——醉仙寺。据说有仙人饮了琼浆，常常醉倒在大殿之上，喷出的酒气化为仙气，染旧了页页经书——和尚们早起念晨诵，翻开经书，一念就给醉歪在蒲团上。所以醉仙寺没出过什么有德高僧，倒常常出些醉和尚，东倒西歪地互相扶持出寺槛外，在民间影响极坏。不久以后就给废了寺，改成了内容积极向上的醉仙楼。

醉仙楼里每一级朱红色楼梯上都雕满云纹，一级一级地从"地字号"房间里直通到"天字号"房间——专门迎接达官贵人的天字号房间，所以这里的楼梯有个特别的好口彩，叫做"步步上青云"。

而这位大人恍惚的烦恼，就来自于醉仙楼里某一个谜一样的房间。这个房间仿佛在顶楼，他醉得实在抬不起头，只记得脚下"步步上青云"，而青云雕得凹凸不平，这楼梯实在难走，但他还是向上走啊走，呃！四周光线昏暗，琢磨不明，应该是在顶楼了。他摆着两只手，晃晃悠悠地朝四处看，跟跄的脚底下隔着布满"青云"的楼板，是底层客人大口豪饮的欢声，是低处舞伎慢旋腰肢的笑语，琵琶和洞箫交替着缠绵，丝竹乱耳中还有胡人的羯鼓，一声又一声，由远及近地传来，正好映衬着头顶上青瓦灰色的屋脊，那里安坐着似龙的石兽，终日朝着朔望里漫漫的灰色月光。

顶层，所有房门都默然紧闭，只有其中一扇半开半阖出一条小缝，好像马上就会伸出一只捏着手绢的红袖，朝着大人款款招手：来啊，来啊，饭快熟了，你快来揭锅罢。

他嬉然一笑，好，就来，就来。

一阵酒风，他一头撞了进去。那扇门在他身后紧紧合上，寂然无声，和所有雕满花的木门一样。若他还余半分清醒，定可在一脚跨进门槛的时候，余光瞥见左边的木门写着"天字第一号房"，而右边的木门则写着"天字第二号房"。

他在那个房间里遇见了什么呢，这是一个谜。连他自己也不知道。第二天，他被店里小厮从"步步青云"的楼梯上扶回家里时，还醉得像罐醪糟。只是从那之后啊，他就得了一种难以启齿的怪病。

离魂。

"夫离魂者，魂魄悠游，身若木桩，仅余游丝之气——《古续千金方》。"

简而言之，就是魂魄离开身体自己去梦游了，而人就留在了原地，变成了傻子。

开始只是一小段时间一小段时间的离魂。在午后的书房，四面兰草一阵又一阵地喷香。他支着头，昏昏欲睡间便进入了离魂。似一盏茶的时间，魂魄归来，如同大梦初醒，自言曾上天入地，好像历经了几百年，又好像回到了昨天——在金殿之上慷慨疾书，嘴角含笑间盼顾自得，自觉才高八斗，而今科状元非我莫属，远远胜过身后那些误了时辰而被拦挡在宫门外的同榜进士，真是挡得好、挡得妙；复又果真中了状元，大红官袍一抖，催马扬尘在京城繁华的官道上，路旁指指点点羡慕不尽的皆是凡尘里的贩夫走卒，觉得普天之下所有荣耀归于己身，真是说不尽的春风得意。

忽而魂魄不知身在何处，昏昏然又仿佛自己正大开夜宴，满座高朋，皆是皇亲国戚，觥筹交错，宾主尽欢。当时止坐在湖面的游船之上，抬头望天，低头揽月，清风无边徐来，真觉得人生在世，夫复何求。

徐而又站上了金銮宝殿，穿着当朝宰相的一品官服，在上座黄袍者的赞许下，正指点河山，慷慨而谈。而素日政敌则龟缩于大殿一角，面色灰败，两股颤颤，如服毒之鼠，仓皇间不敢抬头。痛快！痛快！真比喝了好酒还痛快。忽然外面一阵惊雷直击到天

253

灵盖，全身一抖，大雨"噼里啪啦"倾盆砸下。刹那间离魂归来，自己却当真身在这大殿之上，只是两旁火烛于急雨大风之中明灭不定，在一片氤氲的雾气中，龟缩跪在大殿一角的仿佛正是自己。只看见上边黄袍者远远的怒容以及满朝同僚讥诮的目光，难道是自己离魂太多，已经获罪？一念及此，腹疼如搅，仿若服毒之鼠。

简而言之，就是这位大人离魂越来越严重，竟然白日梦做到了大殿早朝上。当然，皇帝及其他大官们不相信"离魂"这么无稽的事，他们就觉得这个矮胖矮胖的家伙喜欢翻着白眼、流着口水开小差。于是圣旨下来，立马左迁。胖大人作为管理蜀地（也就是本地啦）织锦的锦官，携带着家眷到了我们这儿。

在离开京城之前，胖大人最后去了一次醉仙楼，拍遍栏杆，倒不是留恋声色犬马，而是想弄明白那晚到底发生了什么？

可他伸出手，摸了摸眼前这堵青砖墙，记忆在这里出现了偏差，"明明记得这里有一扇门的啊。"

就这样，带着满腹的委屈和疑惑，以及为数不少的家财，胖大人来到了我们这儿，驻扎到了荒原上一个叫做"锦里"的织锦一条街。

其实胖大人私心里也许暗暗松了一口气。因为我们这里地广人稀，人员构成简单，仅就胖大人驻地所在的"锦里"来说，一条不到一里的小城巷，湮没在荒地的芙蓉花中，每天往来几十个人，十分好找——好找什么？噢！我忘了说。胖大人的离魂越来越严重，严重到魂魄乐不思蜀，压根儿就很少回身体的地步。他天天呆坐在无数等待质检的锦缎中，好像一条白白胖胖的蚕，带着恍惚的表情，沉浸在了不知所云的离魂中。白日到黑夜，阳光不断折换着方向，胖大人似喜似悲、似幻似醒，日渐消瘦下来，好像一个慢慢干瘪下来的白色蚕茧。青羊宫的道士说，大人的魂魄可能是化做某个实体，离开了身体，开始了独立的生活，要想大人回魂，得加派人手，赶快去找。

赶快去找，赶快去找！太夫人和夫人，以及少夫人也是这样一迭声的催促，怕是再晚几天，大人越饿越瘦，倒是化成一只身轻若燕的蝴蝶飞走怎么办？

可外面人来人往，怎么知道谁是大人的魂魄呢？仆人们都犯了难，不行只有瞎猫逮着死耗子，蒙着谁算谁。还好是在我们这片名叫"成都"的荒原上，还好锦里只有短短半里长，如果这是在人来人往的京城？那……那只有让大人神魂两处、人格分裂了。

于是仆人们开始撸着袖子出门找。开始尽寻一些身高体态与大人相仿的，难免就逮着了后街的几个屠户。待得挤开了摊子前的偷肉小孩，将屠户逮回来请道士一作法，屠户倒是昏过去了，大人生龙活虎地跳起来，开始磨刀杀猪，吓得白胖白胖的夫人"吱呀吱呀"直叫唤。

仆人们被各打了二十大板再度放出。这回大家长了个心眼儿，咱们大人可是有气度有身份的人，要找也要找那种看起来穿得好、气宇轩昂的人，才有可能是我们大人。结果隔天就在街上遇见一个风尘仆仆的有钱绸缎商，挺着肚子、摇着扇子，扇子底下还晃着一块碧玉坠儿。于是仆人们一拥而上，把跟在绸缎商后准备要钱的蓬头小儿一推开，这个绸缎商又悲剧了。道士们一阵忙碌。半晌，大人再度苏醒，看着镜子里面的自己，高兴得满脸放光。大家伙儿心里舒了一口气，连前日被屠户惊着的夫人也壮着胆子出了房门。不料，唉！这个不料可真让读者心里一咯噔。大人抱着镜子亲亲热热地说："哎呀！真是踏破铁鞋无觅处，得来全不费工夫。大人，我准备了一份薄礼，正想上门拜访您，您看明年的丝绸专卖权是不是让给敝店……"

仆人们屁股都要被打烂了。天晴的时候，伤口特别痒，大伙儿一边在街边挠痒痒，一边盯着过往的绣娘想：难不成大人的魂魄化成了一个美女？

中元节的时候，大人还没醒过来。夫人急得唉声叹气，大人

255

又不是鬼，又不好祭祀，只拿大人平时最喜欢吃的红糖油团子，串了长长一串，斜插在家门边。有心下不满的仆人偷偷议论，这要是招一只狗来吃了，那么这只狗到底是大人，还是不是大人呢？

天渐渐黑了，糖油果子突然不见了。

据门丁回忆，没有目击到野狗等疑似物体。啊！难道是大人曾来过？于是仆人们再度倾巢出动。

中元的锦里，自是熙熙攘攘，十分热闹。这里的老百姓最喜欢找个名目过节了。大家张灯结彩，卖民俗物品的、耍把戏的，把个锦里堵得水泄不通。更有一些居民拿出了七夕节没有用完的莲花灯，预备拿到府南河里去放。锦里的人比平常多了十倍，这自然给大家伙儿的寻找增加了难度。

但是凡是皆有"关键词"，这里的关键词是什么呢？答对了，红糖油团子。

仆人们围堵了"三大炮"和"驴打滚"小摊，杜绝了和红糖油团子混淆的物品出现，再派人在锦里警戒巡查，目标是一百六十八厘米左右人士。排查了一晚上，本地人士本来就矮，并且现在这时还是古代，没有牛奶等补钙的东西出现，所以本地人士身高少有突破一百六十厘米。按说十分好找，可找了大半夜，无功而返。夫人不乐意了，决定抛头露面亲自寻找，于是她出了府门，刨开挡路的人群以及一个正在吃红糖油团子的流浪小儿，发挥女人超级准确的"第六感"，亲自把整条街细细梳理了一遍，还是没找到。难不成大人真的化成蝴蝶飞走了么？不成呀，最近大街上开始流行吃油炸昆虫……

身后的仆人一直在嘀嘀咕咕着什么，街上太闹，夫人听不清爽，等她终于听清楚时，发觉仆人在说："那不是我们府里的红糖油团子么？"

夫人愣在了当地。

熙熙攘攘的人群中，有一个矮矮脏脏的小孩子，一边用手背擦着鼻涕，一边大口大口吃着手上的……手上的什么呢？红糖油团子！

一整颗红糖油团子甩起，再"啊呜"一声落入了大大张开的嘴巴中，被这孩子囫囵吞了下去。只见一个拳头大的鼓包完整地从细细的脖子顶端滑到细细的脖子底部，看得周围人哽着唾沫替他直费劲儿。

熙来攘往的人群中，吃完了油团子的孩子静静对着夫人的眼睛："你就是我后来娶的媳妇儿么？"

"长得和我妈妈真像，也会弄红糖油团子给我吃。"一大颗眼泪出现在他的腮帮。

一伙说说闹闹去放莲花河灯的街坊走过，孩子突然不见了。

夫人站在当地，百感苍凉。回过神来时，夜鼓已过了三更。赶快找来地保、里正，若是有可能，连街头小庙里的土地公公土地婆婆也会请来，就一件事：那小孩是怎么出现的，又到哪里可以找到他？

地保、里正推理小说附身，通过几天艰苦的探询，渐渐梳理出了一些简单的脉络。

七月初九的那一天，有人看见这个孩子从东边的荒野来。起初挤在村口一群预备去骡马市的马贩那里过夜。在烧干草和牛粪取暖时，他也曾挤在火边睡觉。睡觉睡得迷迷糊糊，听见马贩谈天南地北之事，也会忍不住乱插嘴，谈论京城诸多奇闻异事，下至醉仙楼的楼梯有何典故，上至当今皇帝相貌如何，假假真真、真真假假，自然免不了受人嘲笑。说来也怪，当寻常马贩嘲弄他时，这孩子嘴舌犀利、不依不饶。而当马贩里较有地位者训斥他时，他则乖顺异常，以求不被赶出火堆。究竟一群马贩，谁地位为尊，谁又地位普通，当然也没人告诉他。以小小一个孩子，心思如此老成，实在可惊可叹。

夫人一听，心下便相信了三分是自己家老爷，看人眼色，是老爷最大的爱好与习惯啊。

但老爷离魂，好不变，歹不变，怎么变个小孩儿呢？

最后又重金请来了青羊宫的道士，作法去感应老爷的魂魄到底在想些什么。

道士开始觉得自己很冷，仿佛衣不蔽体的模样，小小瘦瘦的脚踩在冷水里，没有鞋穿，非常想去绸缎商那里讨几尺粗布，做一件衣服；然后又觉得自己很饿，又想去屠夫那里讨二两肥肉，又在火上烧来吃；复又看见村里财主的儿子背着书包上学堂，知道读书以后是可以考功名、当状元，有衣穿、有肉吃的，心下便十分羡慕，也巴望自己可以读书。道士尽量把大人的魂魄往温暖的想象中去引，提醒他自己是当过大官的，是有酒喝有肉吃的，没想到大人的魂魄却全身一缩，显得非常苦恼畏惧。夫人欲再问什么，道士脸色一白，仰面栽倒，大人的魂魄已开溜得无影无踪。

道士回到青羊宫，发了好多天高烧。据说，梦里一片大红色，飘来飘去。

总算烧退了，道士刚一出房门，就看见了一只白白的猪，不是！道士以为自己烧晕头了，猛地晃晃脑袋，原来是夫人！

哎呀！女施主，您就饶了贫道吧！

道士本想缩回房间继续高烧，却被夫人像挖蚌壳里的肉一样挖了出来。再一轮的装神弄鬼后，道士感到了彻骨的寒冷。

寒冷先是来自指尖，道士，哦，不，他现在是一个书生。

书生放下笔，把冰浸（这是四川的一句土话，居然如此风雅）的手指缩回来，团在嘴前呵口气，居然粘到嘴角殷红一片油辣子。

温不完的功课，赶不完的旅途。书生寄宿在京城近郊一座半废的寺庙里看书，吃完了家乡带来的最后一点油辣子，抬头即是月色，半残；晓风即是霜风，轻寒。单薄的肩膀打着抖，微微耸在了一起，眼看见，那薄白的细霜丝丝缕缕爬上了帷栏。

衣不蔽体，十年寒窗，靠着有钱人家的一点施舍读上了书，字里行间，人比笔瘦，笔比墨寒，种种凄凉苦楚就不用说了，书生在空旷的月夜下咳着嗽，蜷缩成了一团。回首前尘，前尘如梦，思量今后，一片渺茫。书生咳着嗽，指尖又是一点红，不知是红色的油辣子呢，还是咳出的一点半点血色。

正在蹉跎半响，忽然书斋外响起了叩门声。"吱呀"一声门响，一只瘦脚，穿着黄色的衲布鞋，就这样走了进来……

这次的招魂是被愤怒的夫人打断的。夫人一口咬定进来的必是一个女人，大人当年穷心未褪、色心又起，于是恨屋及乌，一块惊堂木招呼到了道士后脑勺。真是无妄之灾，道士翻着白眼，再度仰天栽倒，晕了过去。

夫人回到家，大人离魂还未醒来，肚囊皮拖下来二尺长，已经饿得像一个空钱包了。

于是道士醒来后，再度看见了夫人的脸……

这次招魂，不知是道士还是大人的魂魄出于对夫人责罚的畏惧，显示出的都是一些好东西，嗯，也说不上多好，大红的袍子下，尽是黑色虫子细细密密的脚。

大人终于当了状元，那真是风光一时，花团锦簇。可接下来的日子，大人慢慢感受到了来自背后的"刀锋"和红袍下的"虫子"。状元的荣光，转瞬即逝，他只是一个进入朝堂、论资排辈的普通官员。之前背后的种种妒忌与不屑，此刻以各种形式浮现了出来，心里还沉浸在光环中的大人由于没有及时收好尾巴，便被人痛踩几脚，上朝一个月，因为种种小错处和小漏洞被御史狠参几本。又因为举止乡土，不知京城仪态成为大家当面逗弄、背后嘲弄的对象。之后，录取他的考官因为贪枉获罪，树倒，猢狲四散，他再度因为站错队而大受影响。连上门提亲的对象，都由京官变成了地方官。最后定下一个挂冠回乡的老员外家小姐，白白胖胖，人才不算十分出色，但夫妻也算和顺。

谨小慎微的大人在官场每遇不平，举杯对月，杯中的月亮总

259

是不圆，总是半弯残。但是想着自己一个村中弃儿，到现在居有大屋，身穿暖服，妻儿在宅屋里平安深睡，出门还有仆役吆喝清道，人生这样，也算将就，就如酒杯里的酒，有这半杯，虽然不曾圆圆满满，但总比空杯子的好。特别是看见某些好于直言进谏的同僚每每惹得龙颜大怒，被逐出朝堂，获罪的获罪，流放的流放，就好像我虽在颠簸的小船里惶恐终日，但总好过别人已经惨淡落水——仰脖干尽杯中酒，大人心里的感喟就更深了。半夜想想，唉！其实说起来，这段时间看人眼色、揣摩别人话中含意的本事又长进了不少。

但是杯里的酒荡开了一点涟漪，那是握杯的手在轻微地发抖。纵是野心无处着落，这样小小而和气的生活也开始出现了倾颓的征兆。

正月的时候，屋檐上的青瓦突然一片一片自行脱落。街边的老人说，恐怕是屋里进了狐仙。但请驱鬼的道士进屋四下一看，又说一切干干净净，只是大人额头有一点变幻莫定的黑雾，似是不祥的征兆。随着青瓦不断地脱落，终于打破了路上行人的额角，本来赔些汤药费，也不是什么大事，但新上任的监察御史为了树立自己的铁面形象，便拿矮矮肥肥没什么背景的他开刀，一本"仗势欺人"奏上去，虽然混在了许多官僚贪污腐败、仗势欺人的奏折里不太明显，但谨小慎微的他也能感觉上司的目光越来越阴寒。不知是不是去年的节礼送得轻了些，当时礼物只是被上司府里的管家传了进去，连大人的面都没见到。

然后他最钟爱的小儿又染了天花，在二月里殁了。他默默揽着剩下的两个孩子，一左一右，在雨后没有点灯的堂屋里发呆。孩子们是如此的瘦弱，背脊骨摸上去一截一截的，跟胖胖的他不一样，因为平时里无心饮食，小小的孩子，脸色总是不好，哭和笑声音都小小的、淡淡的，好像随时会夭亡一样。

芒种的时候，夫人的家乡也传来不好的消息，说是不长进的兄弟终日流连于赌肆，输干了大把的家财，最后竟因为几句口角打死了人。白发苍苍的员外老夫妇千里投奔到他家，求情兼告收容，他好像已是家里最能遮风避雨的一块屋檐。

最后，在他低调地奔走下，人命官司仿佛不了了之。但在小舅子向街坊四邻狐假虎威的夸耀背后，是他为了奔走时而做低服小的辛酸、时而扮猪吃虎的可笑。人生在世，久受奔波劳碌之苦，他在暑热的傍晚回到家，脱下湿濡肮脏的绿色官袍，腆着汗津津的肚子，茫然地坐在圈椅上，长长的叹息之后是长久的失神，常常不知自己活着所为何事。

对了，和他过不去的那位铁面御史，最近常带着近乎狰狞的笑容在他面前晃来晃去，欣赏着肥肥胖胖的他不由自主脸皮抽动的样子，不知是不是又嗅到了什么东西。

山雨是不是要来了，我怎么感觉到凉风灌满了整座楼？

直到那天晚上，他进入了那个神秘的房间。然后开始离魂。

仔细想想，所谓离魂，是不是灵魂也不满这沸粥一样的人生？期盼着能够彻底解脱。

轻松——一瞬间看清人生所有片段的花开花落。

放下委屈，不屑于得意。原来，我只是寂寞的我，抱拢双臂，是内心深处的孤寒；只有我能最终地谅解我，给予别人无法企及的温暖。曾经的种种欲望，横流；世间躲不尽的沧桑，难耐——就像嗅到自己身上陈旧的体味，又卑下，又自怜。唉！就这样吧，让我沉浸在做梦一样的深深温暖里，梦里痴，梦里醉，梦里欢欣爱悦，梦里全身发抖，梦里不愿醒来。

再也不要想——我是谁？我到底身在何方？我是否有人疼爱？我醒来是幸福还是凄凉？

沉溺、沉溺，人的一生如此短暂，浮光片影，琼花坐宴。我若是蚍蜉，自然是朝生夕死，但我是人类，仍然是这世上的匆匆过客。

道士的声音渐渐低了下去，低了下去，仿若进入了熟睡。夫人则在旁边听得全身发抖。

最后，在一座带着余温的砖窑里，他们终于找到了那个衣衫褴褛的孩子。他蜷缩在密封的火灶深处，像嵌在花生壳里的一枚花生仁，只从一个巴掌大的砖头缺口那里瞥得见他。

不管人们怎么呼喊，他只是迷迷恍恍地熟睡，间或轻微地撇下嘴角，对外界的一切不予理睬。最后，夫人带来了一根晾衣竿，轻轻捅过去，那孩子突然化作了一片模糊的云烟，晾衣竿收回去后，他又再度凝结为熟睡的实体，小小的身体随着呼吸微微起伏。那种极深极沉的熟睡，甚至让夫人都感受到阵阵模糊的困倦。

这时，京城发生了一件大事。月明星稀的晚上，突然从天而降了一件奇怪的东西。

一间房子。

是啊，从天而降了一间房子。不偏不倚正好插在了醉仙楼天字一号房跟天字二号房之间。

有人认出这是旧年醉仙寺的一间禅房。

人们查看了当时的旧志，发现在很多年前，醉仙寺一带爆发了一场强度惊人的地震，地震中，有一间禅房"嗖"的一声就此被震上天，很久都没落下。

慕名而来的人们将醉仙楼围了一个水泄不通，有人大着胆子推开了禅房，吱呀！禅房里竟然有两个人！

一人是个和尚，穿着黄直缀僧衣和黄衲鞋，正守着一口锅，锅里热气腾腾，居然是半锅快要煮熟的黄粱饭。

而另一人书生打扮，正覆着补丁薄褥，蜷在小榻上熟睡。只是其人颇为瘦弱，面色白中带青，睡梦里咳嗽两声，嘴角便染上点点血迹，看来似乎命不久矣。

和尚带着犯难的神色问向众人：饭已熟了，要不要叫醒他来吃呢？

262

故事到这里就告一段落了。列位看官若想知道还有什么下文
——当然也没有了。后来，看热闹的人群散去；后来，和尚走了；
再后来，书生也走了。

　　只有那间禅房还在。

　　很多很多年以后，有几个好奇的半大孩童去那禅房里戏耍探
险，无意从书架上弄掉一本发黄的小人书。书的最后几页已被虫
蛀得半残，只恍惚记载着：那年夜里，酒醉的大人迷迷蒙蒙进了
某个神秘的房间，他在那个房间里看见了一个正在熟睡的书生，
他瞬间毛骨悚然，酒吓醒了大半，因为他突然想起前尘往事，明
白自己只是书生的一个梦境。

　　梦醒了，一切该消失的就会消失。

　　所以，和尚犯了难：要不要叫醒他来呢？

三日徘徊

一出西关心自悠

第一日：

　　五月的时候，我们一行人驱车从成都去康定。

　　我坐在车后座上，眉目渐渐交睫。闭上眼睛那一刻，满目所盛，还是成都旧历四月间烟笼翠罩、花红柳绿的繁热。同行的阿姨伸出温热的手掌拍了拍我，二郎山隧道到了。

　　过了此界，那边就是藏区。

　　我睁开眼睛，眼前的景物自黑暗中倏然清晰朗阔起来！

　　巍巍二郎山颜色由绿到深上扬而去，森然的山顶缭绕在半天乳缎似的云雾里仰身一啸，再连成巍峨一片俯冲下你的视线，直逼你的眼睫。我自睡意中懵懂眨眼，睫毛仿佛都能轻触到这逼面而来的冰凉山石，于是群山冲我一笑，再倏然而退，留半点绿意粘在我的眼角，算是对我的馈赠。

　　此刻我们正位于天全县龙胆溪川藏线上，穿过这全长 4176 米的二郎山隧道，对面就是泸定县别托山川藏公路。这里仅洞口海拔就到 2200 米，已经算是青藏高原朝内部大陆延展下来的次高原地带。在清冷的空气里我们裹紧了身上的防寒衣，已经觉得微微的耳涨和眩晕。不远处的隧道入口镶嵌在绿意盎然的二郎山上，白砖红顶，复又修成两层楼塔式样，已经有了鲜明的藏区风格。隧道前的空地上，有当地的乡民逶迤摆卖着特产，最让人心动的是当季的鲜果，这里温度比成都一带寒冷，所以晚熟的樱桃和桑葚都肥硕鲜亮得喜人，盛在小篓子里，几块钱的价格，带有藏域特征的乡民热情地指篮吆喝，旁边慢慢传来烤玉米的香味。

十分钟以后，我们穿越了这条国内最长的穿山隧道，时空突然出现了短暂的停顿，这停顿是那样的静默，秒针发出"咯噔"一声轻响，无边无际极为纯粹的阳光顿时从四面八方倾泻而下，我们像暴露在一大块极为纯粹的黄金里，安然承受这 3000 米高原以上的阳光。以极透彻的蓝天为朋，以极广袤的大地为友，整个人的身体往后仰去，觉得自己轻若微风，又好像和这阳光一样无处不在。为什么来到这高地上的人容易成佛，就好像坐在爱琴海边的人们容易成哲一样，在这里宏大与渺小，喧然和安静之间走到了一个极点，达到了一种不可言说的对立统一之美，非亲身置于其间的人不能感受到。身后 8 公里隧道外二郎山的阴湿天气就好像前世的触觉，顿时被记忆飞速席卷而去，像蒸发一样不留痕迹。

写到这里我的指尖和心灵出现了短暂的失语，虽然我想尽力形容我的感觉然终究不可得，人世间极大的美本来就是给人震惊，而不是让人言表。

汽车在如巨人般巍然而立的大山间穿行，幽深险峻的大渡河峡谷犹如飘带般蜿蜒在群山之间。高原山地最显著的特征就是植被稀少，缺少绿荫遮蔽的山脉高低隆起，就好像巨人的肌肉般随呼吸微微起伏，间或山脉间出现至上而下滑坡的巨痕，就好像这肌肉间的血管在勃勃脉动，传递着来自大地之神的力量。

转过一处山脚，河流随意地拐一个小弯，就能形成一小处相对比较肥沃的冲击地带，于是当地的居民便在这里繁息，形成一个又一个小小的村落。靠近河的地方总是灌溉着一小亩一小亩的田地，间隔地种植着玉米和土豆等杂粮，进去一些的地方紧靠着山，是一小丛一小丛错落的民居。在这山高水急的险峻之地，人类仍然能以自身的顽强，巧妙地贴合而不是触怒自然地生存下去，是不是这才是人与自然原本和谐相处的真意？

汽车终于驶抵此行的终点，拉姆则林卡，藏语里仙女的意思，是康定此地最好的酒店。我们一行人的房间恰好对着背面绵延的山坡。俯身放下行李，从落地玻璃窗看出去，一丛一丛淡紫点染的高山杜鹃自山巅俯冲而下，好像穿着骑马装、扬着马鞭的藏族少女，美丽中掩不住火辣辣的野性，来到你身边却又不靠近，就远远近近地立在山坡上满脸挑衅地看着你，咬着唇角眼含秋水，胸口还在一起一伏。

亲爱的儿郎，你愿过去接受她含笑的一鞭吗？

而远处跑马山上的月亮正在冉冉升起，清亮的歌声由远及近，响彻四野。

三伺

第二日：

少不入川，女不入藏。

极有意思的两句话，寥寥数语，大致是说少年人进不得四川，因为天府之国、一马平川的舒服啊，少年人心性浮，一不小心骨头就软了，遗忘了当初的斗志。而女不入藏则是心儿容易像鹿撞的少女，进不得康定一带的藏区，因为这里有世界上最帅的汉子，一见误终身，很容易就被勾去了魂魄。

这样说得少年人可真是惨，无论少年与少女都不容易啊。

在去康定的路上，我兴致勃勃地问阿姨，康定哪里可以见得着传说中最帅的康巴汉子？她回答我说满街都是。真是难以想象啊，这个世界上有一个遍大街都是帅哥的地方，在这里长得丑一点走在街上，反而比较好认。又想起小沈阳的段子：小时候我妈带我去公园，周围的阿姨全围上来夸我，"姐，你这猴哪买的啊？"由此展开丰富的联想……扯远了。

刚到的那一天晚上，就蒙受盛情去观看了当地藏族歌舞团的歌舞。我们坐在二楼的一个开放式的小包间里，包间有栏杆对着下面的舞台，我趴在栏杆上看着下面一桌一桌的散客，每桌散客面前都堆了一大捧成团的白色丝带，抖开即是哈达，若看见哪位姑娘歌唱得亮，哪个小伙舞跳得好，尽可以一步跨上台去为他们献上哈达，兴致起来一起共歌一曲也可以。

忽然听见嘹亮的歌声响，从舞台的幕布后鱼贯而出一伙藏族少年，长发白衣，蹬着皮靴，随着乐声一和三唱，刚若雷、韧若鹰，一个个高大纤长，宽肩细腰间掩藏不住的潇洒，奔跑起来盼顾自若，好像一匹匹长鬃的白马。

这就是传说中被希特勒称道为"世界上和日耳曼男子并行为最优秀人种"的康巴汉子吗？果然很帅。

同行的老师问我想不想上去献上哈达，我不好意思地摇了摇头。这里的一切如此像梦境，那么就让它步若柳絮，何必又去惊扰。

不过满堂的康巴汉子，再帅也帅不过在座的一位报界前辈。他的长相可以说是最俊美的康巴汉子范本，即使年过五旬，坐在沙发上腰板也挺得笔直。极好的气质风范最易让人折服，再衬着轮廓分明的面容和一头纯白的头发，那仪表真真让人叹服。言谈中我们说及康巴近年来的发展，他对这片土地有着极深的感情，他说他觉得现代最帅的康巴汉子应该是这样：即使一身最地道的长发藏装，颈挂珠链，腰悬宝刀，也可以泰然自若地出现在最繁华的商务中心，打开面前的笔记本电脑，以一口流利的外语与人作商务上的沟通。帅的崭新定义就是古典与现代，外貌的俊美和求知、求新、求变的思维观念完美统一。他说，我们康巴汉子的帅气应该走到更广大的世界里去展示，然后为人所知。

造化钟灵秀

第三日：

这是一片物产丰富的大地。人们经过一夜的安眠获得了充沛的体力，而这片大地经过一夜的水汽滋润，在天地间最清新的时候为我们奉上了珍贵的物产。

人和自然的宝物一起生生世世，在这片大地上安宁栖息，静静繁衍，一起天明，一起日暮。

我们来的时节，正好赶上了虫草的丰收。在这农历四五月的时节，出产的虫草据说已是"二道草"（第二遍采摘的草），而如果提前十天半个月来，那时的虫草叫"头道草"（第一次采摘的草），顶子上的芽苗才冒出极新鲜的一点点，就跟茶一样，据说还要好。

于是吃过一碗热腾腾的酥油茶，嘴角还带着馨香的油脂，我们一起去早市上赶虫草。

走在康定曲折的大街上，伴着旁边爽朗大笑而去的折多河，鼻端是一丝儿一丝儿清冽的空气。同行的老师示意我抬头往东南方向看，我眯着眼睛，好容易适应了那耀眼如金刚一样的日光，一大片高不可攀、直耸云端的白色就那么傲然出现在我的面前，近景里的小城与房屋，乃至稍远一点的绿色山峦都像子民一般，在它的面前心怀敬意地俯下身来。

贡嘎雪山。

"贡"是冰雪之意，"嘎"为白色，这座海拔高达 7556 米的蜀山之王平时都隐没在厚厚的高原云翳里，保持着孤独而威严的气概。天气晴朗、可见度高的时候，偶尔一见它的真容，已是极大的幸运。

虫草市场里聚满了早来的乡民，大都端着小小的竹篮，篮里一簇一簇暗黑的物件就是新鲜采来的虫草。来得早的乡民占据了市场里的好位置，于是抽出一根小板凳坐下，拿着竹木的小刷一边刷着虫草上暗黑的湿尘，一边抬头招徕着往来的客人："好虫草，新鲜采下的好虫草，大的八块，小的五块。"而四处逡巡着寻找买家的则是专做此行的小贩，手心里半掩的布袋则是制干的虫草，遇见有意的客人则把布袋亮开："看，制干了都有这么大！"

虫草从其生长环境来说，大致分为两种：一种生长在高原草甸上，土黄色，虫体肥大，肉质松软，叫做草原虫草；另一类则生长于高海拔阴山峡谷中，黑褐色，虫体饱满结实，就是在康定我们所见到的这种高山虫草。因草原地域辽阔，市面流行多为草原虫草，而高山虫草源稀少，但古医书记载入药的多是这种，由此更见其珍罕。据说今年康定此地的收成好，于是虫草的价格便宜了很多，往年好的单根虫草价格会走到十五至二十元，甚至更高。运到几百里外的成都立刻身价倍增，十根左右被红丝线扎成小束，罩在玻璃罩中，往往要高等药店才看得到它的踪迹。再由此流通出去，价格更是不可测了。

买完虫草，我们自在游荡在康定的小街，饿了便在路边的挂炉小店买一只康定的烤馕。这里的馕与新疆驰名的那种格外不同，形似脸盆，厚达三寸，买上两三个拎在手上，胳膊都要沉坠得向一边歪斜过去。咬上一口，似馍非馍，蓬松馨香，唇齿间传达出谷物自然的甜美。渴了，路边自有小罐子装的本地酸奶，都是当地的居民无事自家做了自家吃，偶有多的便三五小罐的路边摆来贩卖，据说味道极醇极酸，要买了回去掺蜂蜜用小勺挖着才好吃。

放眼康定，绿色山峦四面护着城，缓坡上大片大片的山壁都装饰着五彩的藏传佛像，足踩莲花，头顶祥云，衣衫飘带鲜活得就好像要从山上朝我们飞过来似的。这是本地虔诚的佛教徒自发自愿的供奉，自很久远以前就世世代代描绘在那里。老的佛像历经岁月的流逝而变得斑驳，而新的一些则鲜艳如昔。其中最大的画像高达数丈，最小的也有一人多高，含羞半匿在绿色的植被间。

这些大大小小的佛像作势欲飞，衬着康定满城的金瓦穹顶，鼻端传来的幽幽酥油香混着线香的安宁，偶有阵阵佛法梵音的喃喃教谕自路边的小小店铺飘出，犹自萦绕在耳边，南来北往的嘈杂人声则交透着世俗的红尘之美，我们好像安步于佛与人共存的古代世界，这样的地方才能生出"拈花微笑"这样美妙的词汇来。

饱览这座位于高原上千年之久的历史名城，我们感受到的是汉藏文明交融和谐之美，如同跑马山上的歌声一样，悠悠而来，自古如此。三日康定，三日徘徊，既是这次旅程的终点，也是下次探究造访这里文明的起点。来的时候一身红尘重浊，去的时候，心灵的一部分已被这里的繁花绿叶所替代。美丽的康定三日，我收获了美景、歌声与友谊，张开双臂，感谢它让我的灵魂如此甜美。

浮生明珠过

——三月香港掠影

你想把你即将遇到的地方形容成什么呢?

形容成糖,溶进越来越烫的咖啡?形容成香,随你走进三月越来越暖的春风?还是形容成美人,在三月春风里与你相逢一笑,再擦肩而过?

对生长在内陆两千公里腹地的我来说,香港就是这位偶然照面、边走边啜饮咖啡的洋派美人。

一行人依次从罗湖过关,这是一个狭小的关口,恰似陆地与海岛的接吻。过关购买八达通卡时,服务中心的大叔与扫地的大婶已是一口"港腔"的国语,尾音带着很哆的拖曳,我们已来到香港。登上城铁东线,终点就是红磡,香港明星惯常举行演唱会的地方。

来之前,友人告诉我们,香港很小,弹丸之地:久负盛名的尖沙咀与标志性的夜中环只隔着五分钟船程的小海湾,而这个小海湾有一个响亮的名字——维多利亚港,传说中,这里的夜景很美。若你愿意,一双足够结实的运动鞋,可以容你一天之内踏遍港岛各处标志性景点。而在更早的时候,我总觉得文化意义上的

"香港"，是那般巨大：东方明珠，百年烟云，流落与回归，背负着承载不了的历史，矗立着"喷发"不尽的高楼，中外文明在这里冲突交汇，过目尽是应接不暇的人流，况且还有每五分钟就卖出的一个路易威登皮包，美人儿们对着小镜，在唇上抹上香奈尔的樱桃色口红。上层精英，底层烟火，法式大餐与庙街鱼蛋共同飘香。在英文广播与警匪枪战片的此起彼伏中，富人与平民、狗仔与明星共同沸腾成了这独一味的港式火锅。

地理上的"小"与时空中的"大"就这样交叠而至，亦幻亦真。

而地铁正载着我们，纵深向香港的繁华和文明而去。我承认，在见它之前，我已经对它有了过度的解读。

在尖沙咀出站，当天风很大，香港的商业区还在沉睡。和朋友坐进了港式风情的茶餐厅，在唯一会说国语的伙计大力推荐下，我们尝试了据说最为地道的港式早茶，包括一碗卤味公仔面，一份三明治一杯自选奶茶。端上来一尝，却微微有些失望，公仔面其实就是方便面，且整体口味偏于甜腻。倒是一种名叫"鸳鸯"的奶茶非常值得一提，也是拜港片所赐，总觉得油尖旺的阿 SIR（警察）们闲来之余，总是人手一杯。细细尝去，才发觉是咖啡与传统奶茶的混合，绕着牙齿的芬芳，似苦似甘。

喷上在"莎莎"新买的 KENZO 花之恋香水，香港正午，阳光不够炽烈，顶着风，头发缭乱地行走在香港的街头。这里是尖沙咀最为繁华的弥敦道，隔壁的加连威老道就是著名港星周星驰大量置地的地方，也是香港较为集中的潮流女装舶来之地，类似于成都的泰华与新中心等处。这里虽位于繁华的市中心，但是街道通通宽不过三丈，上行下伏，颇似重庆的"爬坡上坎"。路边的店铺狭小密集，各色大大小小的招牌一应探出，重重叠叠，行人如织。间或传来铃声叮叮，这是红色双层大巴从眼前庞然而过。

路边随处可见五六人合抱粗的超级大榕树，蓬蓬勃勃的树冠可达数百平方米。在寸土寸金的香港，为了保护这些生于斯、长于斯的百年古树，从市政规划伊始，人们就从房屋、街道的修建上迁就这些古树，给它们留下足够的生存空间，使这些百年前的浓荫，至今仍能庇佑这座国际化大都市的街头。

我和朋友的小小队伍里，常常加入一位不知名的香港朋友，他们带着我们穿过一个又一个街口，走上一座又一座天桥，再经过一个又一个地铁站，直到把我们带到问路的目的地，才操着平舌音的粤语普通话向我们微笑着说再见。尽管这是最为喧嚣的国际化大都市，但是人的心情在这里不知不觉中得到放松，内心喜悦安详，皆因是与一群文明、友善的人们相处。而我们一路行来，地上亦不见口痰、水渍，哪怕一小片碎纸屑。

毗邻港口的地方，是尖沙咀标志性的海港城，一处覆盖了几条街道的巨大商场，鳞次栉比着众多名品的旗舰店：LV、GUC-CI、HERMAS、CHANLE……往来穿梭的多是兴致高昂的时髦女人，扫货如打仗，每人左膀右臂都挂着两三个印着醒目标识的巨大购物袋，从一家名店杀出，高跟鞋一闪，马上又杀入另一家名店，满街都是深深浅浅的香水味。唐代大诗人杜甫曾说：三月三日天气新，长安水边多丽人……如今三月的天气里，在绿草如茵的郊外恐怕看不见太多的丽人了，丽人都结伴去城里买限量版的LV皮包了……

行至旺角，又是另一番风情。

隔着十数年光阴，美人张曼玉与张柏芝都在这里扮演过卡门，足以道出它的嘈乱、烟火、市井与魅惑。

这里古时称为芒角，因为当地芒草丛生，地形像一只牛角伸入海里，而附近的村落便得名芒角村。20世纪30年代，芒角改称为旺角，取其兴旺之意，时至今日，旺角已成为了一个极为繁盛的购物区和住宅区。

这里的一大特色，便在于人口密度极高。据吉尼斯世界纪录大全记载，香港旺角是全球人口密度最高的地区，平均密度为每平方公里十三万人。若说短短几日领略港式繁华是"管中窥豹，可见一斑"，那旺角就是最有代表性的"一斑"。这里留有不少旧日痕迹，区内大街小巷都不难找到老式饼店、神龛店、麻雀馆等传统店铺，区内有香港最古老的一些街道，步行乃是最佳的寻幽探秘方式。那种地道的风味与弥敦道的摩登景象全然不同。

　　在这里，若能让穿梭的人流凝滞不动，那生动活泼，更有生命气质的反而是两旁重重叠叠、不见首尾的大小商店。满目所见，各色海外舶来品牌专卖店与港式传统老铺正拱手作礼、并肩而坐，巨大的灯箱招牌指示你二楼正是某位知名医师的个人诊所，而隔壁正招徒授艺的老武馆则明显更"李小龙"味得多；专卖二手名包的米兰站才对你勾着手指呢，"翠华"老式茶餐厅早已抢先一步、热情邀你入内；几位退休老伯一边讨论着六合彩，一边走进路边的赛马会，而先前经过的巨大橱窗里，英皇珠宝和欧米加"金捞"正闪闪发光。身边，操着上海腔的中年妇人正讨论着购物的下一站是否应该选在铜锣湾，那是仅次于美国纽约第五大道、全世界租金第二贵的繁华所在，眼见得一场畅快淋漓的豪买即将展开。而我只是悠悠然地在"许留山"的甜品柜前放下十元钱，端起了一碗招牌芒果冰。

　　傍晚不晚，沿着海边的星光大道一路漫步，我们正要去搭乘维多利亚港湾里的小渡轮。

　　温柔的浅碧色海浪拍打在身旁的石阶，偶尔低头吸着饮料，头顶上一阵冷风拂过，是灰色的海鸥平摊开长达两米的双翼、抬着两只脚从你头上掠过。远处半球形的香港艺术馆下，有戴着格子围巾的英俊男子正抱着吉他，低低吟唱着粤语的歌谣。这样香槟色的黄昏，能撩起人们心底最温柔的情绪。而脚下，有深深浅浅的手印蔓延开来，这是为表彰香港电影界的杰出人士，特别邀请他们在此留下手印，亦成为香港旅游的一个热点。细细看去，李连杰的手印特别粗短有力，连掌纹线亦是十分清晰，不愧是专业武术家出身；而吴镇宇则十指有力，掌心虚浮，一看到这里，眼前就浮现起这位另类演员邪邪的笑容。另一个有趣的八卦是梁朝伟和张曼玉的手印亲密地挨在一起，刘嘉玲的手印倒留在了五六米开外，联想到三人纠缠几十年欲说还休的暧昧，不觉一笑。

夜终于黑了，寒风泠泠。天星码头之上，维港之夜终于露出它惊心动魄的美来。毗邻海港的数百座高楼皆为各跨国企业的亚太区总部，此刻全然隐去了白日纷繁的商业味道，纷纷成为了星星的载体，熙来攘往的白色游艇，升降频密的亮色航机，泊在港湾的国际邮轮，瑰丽壮观的会展新翼……只见万家灯火带着喧嚣的色彩，相互辉映，以极大的气势冲上云霄，与头顶上的漫天星空轰然相接，在蓬勃的交响乐中，仿佛已融成璀璨银河里的一部分。而所有的美景又全被脚下极为浩瀚的维多利亚港湾尽收，漫天星子与喧嚣的灯光又从极为辽远的九天之上"扑通"一声扎进海浪极深之处，让人觉得头顶是星空，脚下也仿佛是星空，而我们就身在这无边微风里的星空之间，恍若仙人，不敢笑傲五洲，也不愁天地悠悠，只眷恋这虚步玲珑蹑星空，恍惚间，人已经痴了。

然而闻见"镛记"的烧鹅香味，再痴的人也会醒过来。来香港，不吃地道的粤菜是一大憾事，吃粤菜，倘不去光顾"镛记"，那更是憾事中的憾事。作为 1968 年被美国《幸福杂志（*Fortune Magazine*）》评选为世界十五大食府中唯一的中式食府，亦在国际餐饮界评鉴权威《米其林指南》上榜上有名，镛记在香港食客心目中地位超然，其代表作镛记烧鹅又被称为"飞天烧鹅"，而其创始人甘穗辉先生亦被趣称为"烧鹅辉"。

吃过极见功夫的酸姜溏心皮蛋和蟹肉裹菜心，胭脂色的烧鹅就上来了，随盘附赠两碟冰糖蒜蓉与秘制果酱。穿着服帖西装的年老领班比了一个"请"的手势就彬彬有礼地退下，红色竹木筷子伸出，我拈起了一块传说中的鹅脯放入嘴中。怎么说呢？不咸，不辣，不酸，不甜。

它压根儿就没有任何味道。

但是慢着，鹅脯一入口，从接纳它的唇舌到细细咀嚼的牙齿，不自觉就切入了极慢的动作，巨大的香味——属于食物最为本原的味道，就这样在喉头弥散开来，层层回响，浸彻心扉，连鼻腔深处都是它升腾起来的味道。我一下呆住大概有十几秒没动，人生恰逢其时，恰逢其地，正好能邂逅这等美味，我实实在在体会到了生命不可言说的小小喜悦。

镛记之后，我们漫步在灯火璀璨的夜中环，不远处就是名气响亮的兰桂坊，蓝调爵士乐漫过极为嘈杂的人声，为香港之夜增添了更为斑斓的光影。

朋友对我说，香港之美，恰似一块滋味极其丰富的糖果，倘若你爱它，那就要舍得为它花心思——起码要用上几个月的时间，踏过每一条小街，尝过每一片摊档，看过每一片风云，守过每一日晨昏——也许你才可以真正解读这颗"东方明珠"。

而我笑答，恐怕就到那时，你问我香港之一二三，我仍说不出所以然来。对于美好，只能感受，因为太爱，反倒无以言表，就如一千六百多年前的陶渊明，面对满地菊花，他也只会说"欲辩已忘言"了。

那就这样吧，香港，我来过、见过，如同浮生邂逅一颗明珠，然后转身离去，一切都很好。

晚安，香港。再见，香港。